RACHID BOUDJEDRA

DIE EROBERUNG VON GIBRALTAR

RACHID BOUDJEDRA

DIE EROBERUNG VON GIBRALTAR

Roman

aus dem
Französischen
von
Eva Moldenhauer

VERLAG DONATA KINZELBACH

Die Übersetzung aus dem Französischen wurde
mit Mitteln des Auswärtigen Amtes unterstützt
durch die Gesellschaft zur Förderung der Literatur
aus Afrika, Asien und Lateinamerika e. V.

ISBN 3-927069-25-6

originaltext
la prise de Gibraltar

titelbild
nach Wasiti

ERSTER TEIL

"... Immer war dieses Tosen, immer war dieser
Glanz,
Und gleich wie hohe Waffentat weltüber unterwegs,
wie Zählung im Aufbruch, wie Gründung großer
Reiche im Tumult der Prätorianer, ha! wie ein Schwellen
von Lippen über der Geburt großer Bücher,
Immer dies Dumpf-Erbrausende über die Welt hin,
anwachsend, jäh, wie trunkener Taumel.
Jagend, über den Sand hin, nach meiner numidischen
Seele..."

Saint-John Perse, *Exil*

Gelb dann gelblich dann wieder gelb. Der Kran schwingt sich empor, oder vielmehr sein Arm schwenkt unablässig hin und her, immer dieselbe Strecke zurücklegend, gleich einem Pfeil, der sich in die blaue Materie bohrt, aus der im allgemeinen besteht, was man - gemeinhin - einen Himmel nennt; ihn durchstöbernd, ihn abtastend, ähnlich - der Arm des Krans - einer Art ausgerissenem Flügel, ganz von selbst und - jedenfalls - völlig unabhängig von dem anderen Flügel funktionierend, der hier den Sockel bildet, an dessen Ende sich der Arm bewegt: ein im Boden befestigter oder - vielmehr - gleichsam verankerter Sockel. Der Arm des Krans erweckt also den Eindruck, als schwömme er geradezu in dieser Art himmlischem Stoff, diesem wirren Azur; ihn sozusagen in Vierecke, Rechtecke, Rauten, Kreise usw. zerteilend; große ausladende Bewegungen hineinzeichnend, mechanische, repetitive, vor allem identische! Gelb also. Dann gelblich. Dann wieder gelb. Jedesmal, wenn er vor der Sonne vorbeizieht, und jedesmal, wenn er in die Schattenzone taucht. Also unaufhörliche und wiederholte Bewegungen vor jener Art Kreislinie mit ihrem mehr oder weniger mißratenen, mehr oder weniger flachen Oval, wie mit dem Hammer eingedrückt. Mehr oder weniger zerdehnt, gleichsam verformt, abgeflacht, ein wenig verbeult. Während das fixe Element des Krans den Eindruck erweckt, als wäre es festgebunden, gleichsam gefesselt, gleichsam gezwungen, ewig unbeweglich zu bleiben, angeseilt, verschnürt, schwer von Kabeln, Gegengewichten, Verankerungen, Wurzeln gleich, die sich tief in den Boden senken. Jenen Eindruck von Reglosigkeit erweckend, von Festigkeit, ja von absoluter und schreckenerregender Starre. Was ihn - letztlich - grotesk wirken läßt, schwerfällig, in seine eigene Form und seine eigene

Einsamkeit gezwängt, gegenüber dem anderen Teil, der von einer ununterdrückbaren Bewegung erfaßt ist, gleichsam närrisch, gleichsam instabilisiert und gleichsam entnervend; während der fixe Teil den Eindruck von etwas erweckt, das seit jeher wartet. Als hätte man seinen natürlichen Schwung abgebremst; zumal der Arm, den er stützt, sich unaufhörlich bewegt, Kreissegmente von ungewöhnlichem Umfang zeichnend. So sehr, daß er am Ende seine gelbe Farbe einbüßt und jedesmal, wenn er vor dem Fenster vorbeizieht, einen grotesken, etwas lächerlichen Schatten auf die leicht gewölbten Scheiben wirft, die hier die Rolle eines zerbrechlichen, durchsichtigen und lichtdurchlässigen Schirms zwischen dem Auge und der Sonne spielen. Jedesmal, wenn der Schlagschatten des Krans vorbeizieht, häufen sich Brocken von Schwärze, das heißt gleichsam zusammengeklumpte kleine schwarze Punkte auf dem Gesicht, kaum wahrnehmbar und nahezu unsichtbar; was - paradoxerweise - denjenigen blendet, der sich hinter dem Fenster befindet, als striche man ihm in sehr regelmäßigen Abständen mit einem feuchten Samtlappen über die Lider. Indes der Kran (oder vielmehr sein beweglicher oberer Teil) in einer ständigen synchronen und unablässigen Bewegung weiter hin und her schwenkt; auf diese Weise in die Atmosphäre einfallend, die zerteilt, zerschnitten, zerlegt, zerstükkelt wird nach bestimmten Gesetzen der physikalischen Geometrie und der Akustik, wie sie die Undurchlässigkeit und Schalldichte suggerieren, die jene Qualität gewölbten und sehr leicht getönten dicken Glases ermöglicht, das jedes Eindringen des Lärms völlig zunichte und unwirksam macht. Gelb. Dann gelblich. Dann wieder gelb. Sogar schwarz, jedesmal, wenn man ein Auge schließt. Draußen dann die Bewegungen, immer im selben repetetiven mechanischen und entnervenden Rhythmus, den einzig eine Art vages, undeutliches und flüchtiges, von draußen kommendes Rumoren ein wenig zu durchbrechen vermag. Aber - in Wirklichkeit - handelt es sich hier lediglich um einen Mischmasch innerer Eindrücke, an das Rascheln von Seiden- oder Satinstoffen erinnernd, wenn man sie mit den Fingern befühlt. Denn ins Innere des Zimmers, hinter den dicken Fensterscheiben, gelangt kein Geräusch, vermag kein Ton zu dringen. So bewegt sich der Kran also weiterhin wie eine hybride, unziemliche und unbestimmte Form; gleichsam ein Ding zwischen Pfeil und Vogel, in einer beunruhigenden Stille, trotz jenem illusorischen Rascheln (die Idee des Vogels?) oder, besser gesagt, das lediglich eine Illusion ist; weiterhin verstohlen dahingleitend. Von einem blauen Horizont zu einem, gemäß der Entfernung zur Sonne, bläulichen Horizont schwenkend. Den Raum mit einer Bewegung abtastend, deren Umfang und Langsamkeit die Vorstellung von Heiterkeit wecken, ja von Ungezwungenheit oder - vielmehr - von gelassener Virtuosität. Üppiger. Göttlicher. Gelb... Als wäre er - der Kran - auf der Suche nach irgend etwas, hielte Ausschau nach einer Beute, lauerte den Vögeln auf. Im wesentlichen aber steckt er gleichsam tief in einer Art bizarrer Verflüssigung. Unreiner Flüssigkeit. In eine zwielichtige, trübe, getrübte Flüssigkeit gerammt. Dann.

Gelb also wie die vor der Meerenge von Gibraltar versammelten Pferde mit ihren als Späher vorausgeschickten Reitern, Vorhut der in der Etappe gebliebenen Truppen, und unter ihnen (den Spähern) die Trommelträger, die Trompeter und die Standartenträger. Gelb also jene vor der Meerenge stehenden Pferde. Oder vielmehr mehrheitlich gelb. Die anderen sind rostbraun oder falb oder granatrot oder kaffeebraun oder grau. Die Reiter der Vorhut sind zehn an der Zahl. Sie sind schnurgerade aufgereiht. Mit Ausnahme eines Trommlers, der einige Schritte vor den anderen steht. Die Musikinstrumente (das heißt die Trompeten und die Trommeln - oder große Pauken?) haben unterschiedliche Formen und Farben. Auch die Standarten. Manche sind rechteckig. Andere sind breit. Oder sehr schmal. Oder sehr groß. Oder sehr klein. Jede Standarte hat eine andere Farbe. In chromatischem Verhältnis zur Farbe der Kleidung desjenigen, der sie trägt: rot, schwarz, weiß, grau usw. Die Kleider der Krieger sind

- ebenfalls - verschiedenfarbig (aber wo sind denn ihre Waffen?); ebenso die Turbane auf den Köpfen jener Soldaten, die vor der Meerenge von Gibraltar versammelt sind, bereit, die Ebene zu erstürmen, dabei - jedoch - den Eindruck erweckend, als schielten sie entsetzlich vor lauter Konzentration; als posierten sie dem Miniaturmaler, der sich in nordwestlicher Richtung niedergelassen hätte, etwas schräg zu den Reitern, die auf alles gefaßt sind, auf der Hut, bereit, jede Aggression abzuwehren oder Attacke oder Gefahr oder. Aber es wirkte nicht sehr plausibel, insofern sie ohne Waffen waren, gleichsam entwaffnet übrigens, in Wartestellung. Erstarrt. Reglos. Gleichsam verdutzt. Fragend. Aber unerschütterlich. Heldenhaft. Sogar ergeben. Dennoch blieb das Gelb die beherrschende Farbe. Übrigens nicht wirklich das Gelb, sondern eine Art davon abgeleitete Farbe. Eine Art verblichenes Gelb. Dämmerig. Abgeblaßt. Vielleicht zerfasert. Mit Ausnahme einiger hochroter Flecken (Spritzer?) hier und dort, leuchtend, glänzend, über die Fläche der Miniatur verstreut, die diesen kleinen Spähtrupp darstellte, bestehend aus zehn Soldaten, die auf herrlichen arabischen Vollblutpferden saßen, Musikinstrumente und militärische Standarten tragend, die nichts mit den Waffen zu tun haben, wie man sie in den Händen derartiger Personen unter solchen Umständen erwarten würde. Doch obwohl das Gelb vorherrschte, fesselte die rote Farbe die Aufmerksamkeit, wegen ihrer Leuchtkraft und - vor allem - weil sie auf Gewalt, vergossenes Blut und Spritzer hindeutet. Aber auch, weil der Reiter, der ein paar Schritte vor den anderen steht und auf einem Pferd mit leuchtend rotem Fell sitzt, eine riesige Trommel derselben Farbe trägt. Die meisten Pferde sind gelb. Aber alle Farben der Miniatur (Gelb, Rot, Braun usw.) wirken matt, welk, verblichen, achromatisch, wie verschossen, fast schon farblos. Als hätte man sie in Wasser gelegt, kurz nachdem der Maler diese militärische Szene vollendet hatte. Falls eine solche Möglichkeit nicht übertrieben ist und allein die Zeit beim Verblassen der Farbe eine

Rolle gespielt hat, weil die Miniatur sehr alt ist. Außerstande, genau zu sagen, woher sie stammte, diese alte persische Miniatur. Oder arabische? Sollte es sich lediglich um ein geistiges Bild handeln, das aus mehreren angehäuften aufgeschichteten bildlichen Erinnerungen besteht? Lediglich um ein.

Seit dem Tag ihres Ablebens hatte mich der Geruch ihres Todes nie mehr verlassen. Ich hatte mich daran gewöhnt, ihn jedesmal zu atmen, wenn ich das alte Familienhaus oder sogar mein eigenes Zimmer betrat, dessen westliche Wand sich, außen, mit jenem grünlichen und gleichsam eisglatten Moos überzogen hatte, das von dem direkt unter meinem Fenster stehenden Maulbeerbaum herrührte. Vielleicht hing jener Geruch des Todes ja nicht allein in ihrem Zimmer, in dem sich nur ein riesiges Bett mit Baldachin und ein Tüllvorhang befand, sondern auch in all den anderen, zahlreichen Zimmern des Hauses; und sogar im Garten. Dieser Geruch war also überall. Gleichsam abstrakt zwar. Ungreifbar. Giftig. Flüchtig. Aber er durchtränkte alles: die Wäsche, die Möbel, die Körper und sogar die Gerätschaften. Es war ein weicher, unbeständiger, gleichsam lauer, übler, gleichsam modriger Geruch. In Wirklichkeit hatte er jedoch keinerlei Erkennungsmerkmal, kein olfaktorisches Kennzeichen, keine offenkundige Besonderheit. Vielmehr eine Art Mischung aus mehreren modrigen Gerüchen: verfaulte Pilze und säuerliche Flinkheit, aus den rachitischen Leibern der Koranleser sikkernd, aus ihren dreckigen, zerlumpten Kleidern - und sogar aus ihren hohen und tiefen, jedenfalls psalmodierenden oder - vielmehr - schmeichelnden Stimmen, als buhlten sie um irgendeinen Blick voller Erbarmen oder Mitleid oder mildherziger Verheißung. Mischungen (Mixturen?) von Gerüchen also, unter denen sich der von Kampfer unerbittlich durchsetzte, weil er - vielleicht - dem Leichnam entströmte, der in ein gelbes Leichentuch gewickelt war (von derselben Farbe wie das Fell der meisten vor der Meerenge von Gibraltar versammelten Pferde?); oder dem Räucherwerk aus Benzoe, das in heißen, rotglühenden Kohlenbecken knisterte, die Tante Mamia mit entspannter Virtuosität auf der Fläche ihrer rechten Hand kreisen ließ; sie - Tante Mamia -, eine ihrer Lieblingsmägde, der sie ihr Leben lang in unverbrüchlicher Freundschaft verbunden gewesen ist, wie auch allen anderen Mägden; vielleicht mit einer Vorliebe für eben diese Magd, die es in der Kunst, glühende Kohlenbecken auf der Fläche einer Hand kreisen zu lassen, zur Meisterschaft gebracht hatte; vielleicht hegte sie - meine Mutter - jenes Gefühl der Solidarität und Freundschaft, ja der Liebe für ihre Mägde, weil sie niemals ihre bescheidene Herkunft und ihre proletarischen Wurzeln vergessen hatte, denn ihr Vater arbeitete als einfacher Lampenmeister bei der SNCFA, ebenso ihr einziger Bruder; oder den Lösungen auf der Basis von Formol oder Phenol, die aus dem unter den Fundamenten des Hauses eingerichteten maurischen Familienbad drangen, wo sich die Wäscherinnen am Tag ihres Todes über ihren schmächtigen Körper hergemacht hatten, den Körper mit der durchsichtigen Haut, den für immer geschlossenen Augen, dem schmalen Mund, mit Hilfe eines Tuches geschlossen gehalten, das um ihr Kinn gebunden und auf dem Kopf verknotet war; weil sie mit offenem Mund gestorben war und niemand ihn zu schließen vermocht hatte; was die alten Wäscherinnen zwang, zu dieser etwas grotesken List zu greifen, grotesk vor allem wegen dieses rosafarbenen Tuchs mit gelben Pailletten. Als hätte die Verstorbene sich geweigert, im Augenblick ihres Todes zu schweigen, sie, die - ihr Leben lang - immer still, fügsam, geduldig, passiv gewesen war. Als wollte sie nun. Der Geruch des Todes hatte mich also nie verlassen seit dem Tag, an dem sie - meine Mutter - plötzlich verschied. Wie auf Zehenspitzen. Als wollte sie nicht zu viel Wind, zu viel Aufhebens machen. Als hätte sie - auch - fliehen, für immer jenen grünlichen Sumpf (das Haus) verlassen wollen, das überwuchert war von den Blättern der Bäume, dem Moos auf den Mauern und der Vegetation der Maulbeerbäume, die den Eindruck erweckten, als schöben sie unentwirrbar ihre Fühler, ihre Wurzeln und ihre grünen Zweige rings um das alte Haus der Vorfahren, dessen Mauern verschimmelten unter mehreren Schichten von gleichsam eisglattem Moos, Folge einer Art spontaner Zeugung; so sehr, daß ihr Gatte gezwungen war, alle Fenster und Türen mit feinstem Maschendraht zu schützen, um zu verhindern, daß die pflanzliche Fülle noch größeren Schaden anrichtete. Was in Wirklichkeit die Dunkelheit des Hauses nur verstärkte, dessen Atmosphäre derjenigen zu ähneln begann, die gewöhnlich in seinem Laden herrschte, wo er zu arbeiten pflegte, in einem riesigen, tiefen, bequemen und weichen Sessel sitzend, der ihn gewissermaßen gänzlich schluckte, denn er war von kleinem Wuchs. Er saß also stundenlang hinter seinem prächtigen Schreibtisch aus feingeschnitztem Olivenholz; bis zum Kinn in seinem Sessel aus falbem Leder versunken, der nicht gepolstert, sondern gewissermaßen wattiert war, eine Art Thron, übrigens nicht einmal imstande, seinen unermeßlichen Hochmut und seine schreckliche Leidenschaft für den geschäftlichen Erfolg zu befriedigen; als wäre er ein für allemal von seinem schwindelerregenden sozialen Aufstieg geblendet worden, den er noch immer nicht fassen konnte. Sich nach und nach in eine Art zerschlissenes und todbringendes Phantom verwandelnd, das alles verloren hat außer seinem Dünkel und seiner Überheblichkeit, die er darauf verwandte, die Hunderte von Arbeitern und Angestellten zu leiten, die in ständiger Angst und ewigem Schrecken vor seinen unbeschreiblichen Wutanfällen lebten; vergraben, wie sie waren, in jenem riesigen Darm, wo der Geruch des Todes (ihres Todes) unablässig zu mir drang, mich verfolgte bis in jene stinkende Höhle mit ihrem Geruch nach sauer gewordenen Früchten, mit ihrer Dunkelheit, ihrem Moos und ihrer sowohl konfusen wie abstrakten und widersprüchlichen Bedeutung.

Etwas Braunes, Gelbes und zugleich Blutiges. Ein bleierner Himmel. Lodernde Flammen, die den Horizont rot färben. In der Atmosphäre Lichtblitze, die in tausend Splitter zerspringen. Widerschein ungeheurer orangefarbener Feuersbrünste, an den

Flanken der verstörten Pferde leckend, die auf ihren Hinterbeinen stehen, mit vorspringender Kruppe, phantastisch sichtbaren und schweißglänzenden Muskeln. Verdrehte Augen, aus den Höhlen getreten, außerhalb ihrer Höhlen, flüchtender Frauen, die ihre Kinder an der Hand ziehen, Kinder mit aufgeworfenen Lippen, auf denen eine Art dicker Speichel schäumt, usw. Lehrbuch mit Übersetzungsübungen. Arabisch-Französisch. Französisch-Arabisch. Mit Bildern dieser Art illustriert. Historische Texte. Die arabische Eroberung. Der Krieg. Das Feuer. Das Blut. Und immer jene Horden armer Flüchtlinge mit aus den Höhlen getretenen Augen, ausgerenkten Gliedmaßen; oft von den Hufen der herrlichen, ebenfalls arabischen Vollblutpferde zertrampelt. Und ich übersetzte. Versuchte vielmehr, wörtlich zu übertragen. Ohne Zuhilfenahme des Wörterbuchs. Von ihm (dem Vater) ausdrücklich verboten. Übersetzte also, in dem Büro im hintersten Teil des Ladens, der getränkt war von jenem ewigen üblen Geruch, einem käsigen, widerlichen, modrigen, ekelerregenden, giftigen, phenolgeschwängerten Geruch nach Orangen, Datteln, Feigen, Eiern, Verwesung, Tod, Liliengewächsen, Hülsenfrüchten usw., wo er über mich und seine Arbeiter, über die Situation und die Börsengeschäfte gebot. Sagte von einem Wörterbuch will ich nichts hören übersetze bloß Dummköpfe und Unfähige benutzen eins. Ich übersetzte also. Übertrug vielmehr wörtlich. So wie man auf der Stelle tritt. Mit jenem Geruch ihres (meiner Mutter) Todes, der mich bis hierher verfolgte, und dem Geruch der Massaker, der Massengräber und der Völkermorde. Dem der Leichen der Numidier, der Römer, der Araber, der Westgoten, der Franken und der Gallier, in Verwesung, hier ausgebreitet auf den Seiten dieses Scheißlehrbuchs. Der Geruch - auch - der Leichen von Algerien, die - in Constantine - auf den schlammigen und reißenden Wassern des Rhumel schwammen. Alle diese Gerüche des Todes flossen ineinander und vermischten sich; und ich fragte mich was hat sie - gerade sie - denn mit den Franken, den Galliern, den Goten und den

Westgoten zu tun? Doch außerstande, darauf zu antworten, tat ich, als suchte ich nach einem adäquaten Wort, und ließ ihn zetern, sich aufregen, ganz allein aus der Haut fahren. Bis er mir, am Ende seiner Geduld, das Buch aggressiv aus der Hand nahm, es erstaunlich fieberhaft an sich riß, seine Brille aufsetzte und mit Stentorstimme - triumphierend - eine Stelle von Ibn Khaldun über die arabische Eroberung Andalusiens zu übersetzen begann: *Tarik ibn Ziad stach im Jahre 92 der Hedschra in See, mit Zustimmung seines Vorgesetzten Musa ibn Nusair, in Begleitung von etwa 300 arabischen Kriegern und ungefähr 10 000 Numidiern, die er mit Gewalt anwarb und zu dem Grünen Felsen führte, dem er bei dieser Gelegenheit seinen Namen gab, Felsen von Tarik = (Dschebel Tarik = Gibraltar). Dort schlugen sie ihr Lager auf und bauten Befestigungen. Roderich, der König der Westgoten, der von der Sache Kunde erhalten hatte, hob nun unter den Franken und den Christen ein Heer von ungefähr 40 000 Mann aus. Die beiden Heere trafen in der Ebene von Jerez aufeinander. Tarik schlug sie, machte große Beute und Tausende von Gefangenen unter den Ungläubigen. Alsbald sandte er ein Schreiben an seinen Vorgesetzten Musa ibn Nusair, um ihm mitzuteilen, daß er Gibraltar erobert und ungeheure Kriegsbeute gemacht habe. Letzterer empfand darüber Neid und schrieb ihm einen Brief, in dem er ihm vorwarf, seine Befugnisse überschritten zu haben, und ihm den Befehl erteilte, seinen Vormarsch nicht weiter fortzusetzen und sich nicht eher zu rühren, bis er zu ihm stieße. Er setzte seinen Sohn Abdallah an die Spitze des Emirats Kairwan, ließ sich von Hussain ibn Abdallah al-Mahdi al-Fahri begleiten und verließ diese Stadt an der Spitze eines riesigen Heeres, das aus arabischen Würdenträgern, angesehenen Numidiern und reichen Freigelassenen bestand, im Jahre 93 der Hedschra. Musa ibn Nusair gelangte zum Felsen der Meerenge, der zwischen Tanger und der grünen Halbinsel liegt, und begab sich direkt nach Andalusien. Er wurde von Tarik ibn Ziad empfangen, der ihm Gefolgschaft und Gehorsam versprach. Dann vollendete Musa, in seiner Begleitung, die Eroberung Andalusiens bis Barcelo-*

na im Osten, Narbonne und Carcassonne im Norden und Cadix im Westen. Er führte seine Feinde in die Irre, verwüstete ihre Landstriche und machte enorme Beute. Tarik kehrte sechs Jahre später in den Orient zurück, mit einer märchenhaften Beute, die Männer und Tiere auf dem Rücken trugen, sowie dem Vernehmen nach 30 000 Gefangenen (Ibn Khaldun, *L'Histoire des Arabes et des Berbères,* Bd. VI, S. 432); und er also wiederholte übersetze du Schwachkopf وأجاز طارق البحر سنة اثنتين وتسعين tat es schließlich selbst; sagte du Esel ich weiß daß diese Dinge dir nichts bedeuten weil du eine Null bist! eine Null in Französisch eine Null in Mathe eine Null in Latein eine Null in Arabisch aber was die Faulheit angeht da bist du unschlagbar die Geschichte dagegen und wie die Numidier die Berber wie ihr sagt was inadäquat ist weil nämlich die Römer dieses Wort erfunden haben Berber = Barbaren und eine Handvoll Araber Spanien erobert haben das scheint dich nicht sehr zu interessieren du suchst bloß nach Ausreden um nichts zu tun du folgst nur der schiefen Bahn die dich mit Sicherheit o ja das weiß ich bestimmt in die Katastrophe führt unweigerlich ein rollender Stein setzt kein Moos an; las dann die Fortsetzung des Textes... Wobei ich mich - genau in diesem Augenblick - an ihren Geruch erinnerte, wenn sie sich, an bestimmten sehnsüchtigen Nachmittagen, hinter die Jalousien des Fensters setzte, das auf die Straße im Osten und auf den Garten im Westen ging. Genau darunter ein wilder Rosenstrauch (ihr Rosenstrauch), der zu jeder Jahreszeit blühte. Ich habe noch immer den Geruch der Rosen in der Nase und ihre verblichene und sehr seltene Farbe vor Augen. 10 000 من العرب وانتهب معهم من البربر في نحو 300 زهاء begleitet von etwa 300 Arabern und ungefähr 10 000 Numidiern. Auch an die Gerüche, die sich am Tag ihrer Beerdigung des Hauses bemächtigt hatten, nachdem die Wäscherinnen sie zum letztenmal hergerichtet hatten. Ich lasse ihn also zetern. Und er fährt fort zu übersetzen wie ein Idiot بإذن أميره موسى بن نصير mit Zustimmung seines Vorgesetzten Musa... Merkt dann plötzlich, daß ich ihn zum Narren halte du willst

mich wohl verarschen ja begreifst du denn nichts du Nichtsnutz du bist eine Null ignorant verdreckt eine Niete du bringst mich nicht mal zum Lachen auch nicht zum Weinen noch dazu eine Null voller Löcher! Und ich sag mir es lohnt nicht ihm zu antworten laß ihn braten in seinem Öl ich ein Nichtsnutz von wegen Nichtsnutz armes Arschloch von einem kleinen Wichser mein sogenannter Papa er hält sich für einen großen Meister der Übersetzungswissenschaft wie ulkig die wörtliche Übersetzung sogar sehr komisch aber der Lehrer mag das nicht Mamas Geruch wenn sie gerade gebadet und sich die Haare gewaschen hat mit jenem algerischen Schampon auf der Basis von Tonerde und jahrelang mazerierten Pflanzen hat man ihr am Tag ihres Todes tatsächlich die Haare mit diesem Schampon gewaschen? nie werde ich diesen Geruch vergessen der sie nie verließ und er mit seiner Manie des Wörtlichen was mische ich mich überhaupt ein ihn braten lassen in seinem Öl wie einen gebratenen Merlan wie würde er einen solchen Satz übersetzen das Arschloch der *con*? das ist französischer Argot er mag das nicht der Herr ist vornehm aber die Dialekte haben ihren eigenen Geist das sagt der Übersetzungslehrer wer weiß ob das nicht auch so ein Blödsinn ist er wechselt seine Meinung der Papa wie das Hemd oder die Frau ein richtiger Fisch mit Olivenöl eingeschmiert und mit Seife umhüllt unmöglich ihn zu packen es glitscht! wie wäre ein solcher Arabismus zu übersetzen lassen wir's lassen wir's in was mische ich mich ein warum mischt er sich in meine Schulangelegenheiten ein? er mag das im Grunde ist er lasterhaft jedes Wissen interessiert ihn die Übersetzung die Geschichte Ibn Khaldun Mathe ($x^3 + 3x^2 - 3x - 1 = 0$) na wo bleibt die Lösung dieser Gleichung ihn zetern lassen am Ende kriegt er es satt der Idiot.
Wie dieser Idiot Onkel Hocin, der ihn mit seinem Schweigen und seiner Dummheit hereingelegt hat. Immer auf allen vieren vor seinem Bruder. In Wirklichkeit aber setzt er doch seinen Kopf durch. Wenn er zu uns kommt, um zu spionieren, versucht er uns zu ködern: "Was für ein naiver Mensch euer Vater er hat

mit den Frauen nie Glück gehabt ich dagegen Gott sei Dank! ich konnte mich nie beklagen ich habe nur Warda das ist eine Frau ein Weib und eine Gattin..." Was übrigens stimmte. Er war verrückt nach seiner Frau und er wiederholte "ein Weib und eine Gattin in der Tat wahrhaftig!" Was uns neidisch machte. Aber wir wußten, daß er sich wenige Tage nach der Hochzeit hatte scheiden lassen. Nana, das war der Kosename, den er ihr gegeben hatte - kehrte zu ihren Eltern zurück, schwanger mit meiner Kusine Dalila. Onkel Hocin heiratete sofort wieder. Aber sehr bald verließ er seine zweite Frau und nahm wieder die erste, Warda genannt Nana, und sollte sie nicht mehr verlassen. Seitdem hatte ihn ein blödsinniger Liebeswahn gepackt. Er schwamm im Eheglück. Wurde affektiert. Unecht. Herablassend. Falsch. Maßlos. Idiotisch. Jeden Tag schickte er seiner Frau einen Strauß Jasmin, durch einen seiner zahlreichen Söhne. War Nana schön? Das war sie. Prachtvoll. Sinnlich. Wollüstig. Kokett. Verspielt. Verführerisch. Elegant. Aber zutiefst bösartig. Ich habe immer gedacht, daß meine Mutter sie insgeheim beneidete. Indes wenig wahrscheinlich.
(Dann dies: einige Jahre später stand Onkel Hocin wie angewurzelt mitten auf der Straße, als wäre er plötzlich versteinert und zu keinem anderen Aussehen mehr fähig als zu dieser Art und Weise, endgültig in der Reglosigkeit kleben zu bleiben. Oder vielmehr als hätte er immer nur diese Existenzweise gekannt, einer erstarrten Vogelscheuche gleich, zahnlos, etwas zu rasch gealtert, völlig erledigt, ein wenig vertrottelt, aber im Innersten tückisch. Da stand er also mit seiner großen Gestalt und seinem Gesicht, das seine einstige legendäre Schönheit eingebüßt hatte; vielleicht wegen jener Herzkrankheit, die man bei ihm vermutete, deren Existenz er indes abergläubig, aber heftig abstritt; so sehr war er von sich eingenommen und vollgepumpt mit einem Übermaß jenes stupiden Aberglaubens, der seine ebenfalls in der ganzen Familie legendäre Unwissenheit noch verstärkte. Da stand er also mit seinen Augen, die sich unglaublich schnell in

ihren Höhlen drehten, einen idiotischen Blick auf die Welt heftend, den Blick eines von Selbstgefälligkeit und Fanatismus durchdrungenen Schwachsinnigen. Sein Gesicht war geschrumpft. Auch seine Züge waren geschrumpft. Seine Haut war eingefallen. Sein Körper ausgetrocknet. Seine Kleider schienen um ihn zu schlottern, so mager war er geworden. Sein welker Hals schien sich um sich selbst zu drehen, innerhalb des Hemdkragens, der zu groß war, um ein so schmächtiges Organ zügeln zu können. Seine bartlosen Wangen erweckten den Eindruck, als wären sie aus Pappmaché oder, vielmehr, aus im Laufe der Zeit vergilbtem Glimmer. Das war kein Mann, kein menschliches Wesen mehr, sondern ein Bündel aus Nerven, Gliedern, Organen und Elementen, ganz weich, ganz verdorrt, ganz brüchig, ganz rissig, ganz schlaff, ganz matt, ganz zerknittert, ganz flockig, ganz aufgelöst usw. Er sah aus, als hielten einzig seine Kleider ihn aufrecht. Nur seine Augen wirkten wie etwas nicht ganz Totes. Es lungerten noch einige Spuren von Bosheit darin. Sogar von Grausamkeit. Sie blinzelten unentwegt und starrten mich an. Als versuchte er - Onkel Hocin - die geringste meiner Reaktionen und die kleinsten Regungen, die von mir ausgingen, zu erhaschen. Auf diese Weise versuchte er, in mir zu lesen, mit derselben Niedertracht und derselben Unverfrorenheit, die ich schon immer an ihm gekannt hatte. Aber in Wirklichkeit hatte er Angst. Vollgestopft mit seinem eigenen Entsetzen. Angefüllt mit seiner eigenen Haltlosigkeit. Seiner eigenen Nichtigkeit entleert. Jedenfalls machte er auf mich den Eindruck, als spräche er, zugleich und auf einmal, mit seinen Augen und mit seinem Mund. Oder vielmehr als rülpste er ein paar Töne, die keinen Sinn ergaben, in keiner Beziehung zum Rest seines Körpers standen. Oder vielmehr als kämen die Wörter, gedämpft, aus jenem dichten Schnurrbart, der seine nikotingelbe Oberlippe zierte; eine Art graues Gestrüpp, übersät mit zweifelhaften Spuren, fragwürdigen Resten, und darunter die beiden Lippen wie aus Zigarettenpapier, die nicht aufhörten, sich zu bewegen, wie von irgendeinem übernatürlichen, unerhörten, verborgenen Automatenmechanismus in Bewegung gesetzt; brabbelnd, stotternd, brummig. Sagte (Onkel Hocin) er hatte wirklich kein Glück euer armer Vater... Hörte dann plötzlich wieder auf zu sprechen, zu quatschen, irgendwas zu sagen und irgendwie; als wartete er auf eine Antwort, einen Kommentar, eine Reaktion oder einfach auf Worte, die zwar keinen Sinn hätten, ihm aber - gewissermaßen - beispringen, helfen würden, aus dieser üblen Lage, diesem Engpaß herauszukommen. Das heißt ein paar Wörter, die Mitleid mit ihm hätten, das Unbehagen (oder das Selbstgespräch) durchbrechen würden, in das er sich törichterweise eingeschlossen hatte, während seine Augen nicht aufhörten, sich zu bewegen, in alle Richtungen zu wandern, überall herumzustöbern, mich anzustarren. Als wollte er mich röntgen, meine schwachen Punkte, meine Unschlüssigkeiten diagnostizieren, stets mit jenem idiotischen Blick, dem es jedoch nicht völlig, nicht wirklich an Bosheit, Perversität und Heuchelei fehlte. Dann fing er sich wieder, als ich es am wenigsten erwartete. Begann erneut, ausgiebig abzuschweifen. Irrsinnig. Wobei seine Stimme nun wie vom Ende der Welt zu mir drang. Fing sich also wieder. Kam wieder zum Vorschein. Stammelnd. Unecht. Stotternd. Falsch. Aber ich reagierte nicht. Sagte keinen Piep. Ließ ihn delirieren. Keifen. In jenem Meer von Wörtern, Buchstaben, Bedeutungen und Gegenbedeutungen schwimmen, die er der Reihe nach ausspuckte, ruckartig, hysterisch. Ich hörte ihm nicht einmal mehr zu. Seine Stimme erreichte mich wie ein Echo von jenseits der Welt, der Wirklichkeit und dem Leben. Und ich versuchte, indes er mehr und mehr im gelblichen Schlamm seines Wahns versank, die Uhrzeit (euer armer Vater er hatte kein...) auf dem Zifferblatt der riesigen Uhr zu lesen, die in der Mitte der Fassade des Hauptbahnhofs hing. Mit einemmal bemerkte er das Manöver und drehte sich so, daß er mir die Sicht versperrte. Ich war sprachlos ob solcher Anmaßung und Dreistigkeit. Er hörte nicht auf, den Hals zu recken, den Brustkorb zu blähen und die Schultern zu heben, um sich dazwischenzuschieben und mich daran zu hindern, auf die Uhr zu schauen. Sogar sein kleiner Kopf, dem einer Riesenraupe ähnlich, wurde so etwas wie ein Wandschirm, den er raffiniert zwischen mir und den Uhrzeigern ausbreitete. Alles mit verwirrender Geschwindigkeit. Als wollte er sich an mir rächen. Revanche nehmen. Mich lächerlich machen. Seinen Spott mit mir treiben. Mit einem Wort: mich provozieren. Aber im Grunde wußte ich nichts von seinen Absichten. Verstand nichts. Fühlte mich in seinem polypenartigen, hemmungslosen, redseligen, krankhaft geschwätzigen Treiben gefangen. Überrumpelt. Fassungslos. Ich stellte nun einen gewissen Hang, sogar eine Art Talent zur Verstellung, Unterwürfigkeit und Theatralik an ihm fest! Seine Wangen aus abgeschabtem alten Knorpel. Seine verschlagene Visage. Seine triefenden Lippen. Seine endlose Nase, die den Rest des weichen Gesichts zerbrach, gleichsam zertrümmerte. Da entschloß ich mich zu reagieren. Ich sagte ohne allzu große Umschweife ich muß. Nahm jäh seine knochige klamme Hand, drückte sie zum Zeichen des Abschieds. Aber sie entglitt mir. Glitschte mir sozusagen aus den Fingern. Mich nun an seinen Bruder erinnernd, das heißt an meinen Vater und die Übersetzungsübungen in seinem Büro, im Innern jenes riesigen labyrinthischen Darms, feucht, stinkig, modrig, gleichsam schleimig, gleichsam klebrig und grünlich, das heißt des Ladens, in dem sich die Kisten mit Orangen, Zwiebeln, Datteln, Feigen, Eiern usw. stapelten, die Atmosphäre mit jenem ewigen gleichsam käsigen, zuckrigen, süßen, widerlichen, ekelerregenden, aber subtilen, penetranten, berauschenden Geruch erfüllend. Erinnerte mich also, ich weiß nicht aus welchem Grund, an jene berühmten Übersetzungs- und Algebraübungen. Mit jenem volkstümlichen arabischen Ausdruck, von dem ich wußte, daß er sich nicht ins Französische übersetzen ließ, und der mir seit meiner Jugend ständig im Kopf herumgegangen ist: ein mit Öl eingeschmierter und mit Seife umhüllter Fisch, wenn man von jemandem sagen will, daß er nicht greifbar ist. Er also - mein Vater -

sagte worauf wartest du noch übersetze weiter. Ein richtiger Fisch, eingeschmiert mit Seife, Öl, Vaseline oder sonst einem Schmiermittel. In alle Sprachen der Welt zu übersetzen. Tote oder lebende. Einerlei! Und immer noch er, der Vater - natürlich -, der vom Hölzchen aufs Stöckchen kam (auch das ist sehr komisch! wie soll man das zum Beispiel ins Lateinische übersetzen? oder ins Arabische?) und sagte ich gebe dir fünfzehn Minuten um mir diese Gleichung 3. Grades nicht wahr zu lösen ($x^3 + 3x^2 - 3x - 1 = 0$) im Kopf und ohne Papier. Die knochige grauhaarige Hand von Onkel Hocin glitt mir also aus den Fingern, eine Art Fisch, eingeschmiert mit. Ich ergriff sie abermals in dem Augenblick, wo er sie in seine Tasche stecken wollte, und dachte dabei an dieses Schwein von Vater ($x^3 + 3x^2 - 3x - 1 = 0$) so eine Scheiße er war wirklich verrückt! immer dieser verdammte Neid völlig beknackt der Vater und obendrein noch Sallust mit seinem Jugurtha *at Iugurtha dum sustentare suos et prope iam adeptam victoriam retinere cupit circumventus ad equitibus dextra sinistraque omnibus occisis solus inter tela hostium vitabundus erumpit* was ich auswendig kannte so oft hatte ich es übersetzt er war wirklich bescheuert der Vater der vor nichts zurückschreckte um mir das Hirn zu verkleistern wozu mir das jetzt nützt! Versuchte also, seine knochige, grauhaarige, weiche, wie eingefettete Hand erneut zu ergreifen. Die mir ein weiteres Mal entglitt. Als würde sie auf den Boden fallen. Mir sagend es ist weder ein Fisch noch ein Stück Seife sondern eher eine Handvoll Knochen carpi metacarpi tarsi metatarsi cubitus radius wie dieser Blödmann von Lehrer der Naturwissenschaften sagen würde der ganz versessen auf Geige und Gastronomie war und uns als Versuchskaninchen benutzte wir waren ein gutes Publikum notgedrungen sonst bekam er denkwürdige Wutanfälle und es hagelte schlechte Noten *si* bémol *do do mi re* Blödmann! Zuguterletzt überließ er mir seine Hand, aber nun wollte er meine nicht mehr loslassen, drückte sie sehr fest mit seiner knochigen Zange; die Gelegenheit nutzend, um den Faden seines Deliriums und seiner Faseleien wieder aufzunehmen; während ich alles tat, damit er losließe. Aber er, festgehakt, warf mir einen verstohlenen ironischen Blick zu, sich den Anschein gebend, als entschuldige er sich, mich so lange aufzuhalten, innerlich frohlockend angesichts meiner Verlegenheit, meines Unbehagens und meiner Feigheit. Und ich wußte, daß er mir auf jeden Fall nachlaufen würde, sobald ich mich von ihm getrennt hätte, Gott weiß was vorschützend. Ah euer Vater der Arme er hat nie Glück mit den Frauen gehabt ehrlich gesagt er war ein sonderbarer Schürzenjäger etwas kindisch und zu naiv ihnen gegenüber aber mich Gott sei Dank mich hat Nana in jeder Hinsicht glücklich gemacht ja wirklich in jeder Beziehung erinnerst du dich ah deine Tante... Er hat sich also wieder auf Touren gebracht. Er ist nicht mehr zu bremsen. Jetzt wird er geradezu obszön. Mit seiner Schlampe von Nana. Die hat uns allen ganz schön eingeheizt. Provokant. Wollüstig. Die Schenkel immer sichtbar. Die Hölle also. Ich merke - jetzt - daß Onkel Hocin im Vorteil ist. Er nützt meine Verblüffung aus. Er läßt nicht locker und wird widerwärtig, unhöflich und obszön. Aber in Wirklichkeit merkt er es nicht. Ist nicht mehr ganz bei Verstand. Versinkt in seiner Trotteligkeit. Vergißt sich. Ist nicht mehr bei sich. Anfangs faßte er mich mit Samthandschuhen an und fürchtete, ich würde ihm heimleuchten. Doch jetzt gewinnt er Selbstvertrauen. Treibt seinen Vorteil bis an die Grenze des Erträglichen. In diesem Augenblick sah ich, daß er ein irres Gelächter unterdrückte, das ihn quälte, seit ich vor dem Hauptbahnhof auf ihn gestoßen war; vor wenigen Minuten. Dann hielt er es nicht mehr aus. Er ließ seinem irren Gelächter freien Lauf: losprustend, erstickend, triumphierend, seine mit Grünspan verkrusteten alten Zähne bleckend. Übrigens eher wenige. Jetzt war ich ganz kleinlaut. Verdattert. Stumpfsinnig. Oder - besser - wie mit Stumpfsinn geschlagen. Wußte nicht mehr, wie ich von ihm loskommen, ihn mir vom Hals schaffen sollte. Dunkel spürte ich, daß er diese Schlacht gewinnen würde. Und er wiederholte möge Gott ihm vergeben meinem armen Bruder. Da verlor ich die Geduld sagte mit zorniger Stimme auf Wiedersehen Onkel Hocin entschuldige ich bin spät dran ich habe viel zu tun ich muß gehen. Nun sah ich, daß er den Boden unter den Füßen verlor, zusammenzuckte. Nicht einmal mehr so tat, als verberge er sich seine Angst, mich weggehen zu sehen, ihn seiner Einsamkeit überlassend, der ich ihn - nebenbei - ein paar Minuten lang entrissen hatte. Er versuchte nicht einmal mehr, seine Verwirrung und seinen Kummer zu verbergen. Mutig geworden, sagte ich nun ironisch auf ein andermal liebster Onkel! Er schien überhaupt nichts mehr zu verstehen. Nichts mehr zu hören. Bereits abwesend! Endlich einwilligend, meine Hand loszulassen. Ich lief weg. In die andere Richtung. Entfernte mich mit großen Schritten. Aus Angst, er könnte erneut auf mich zukommen. Mich einholen. Mich ein weiteres Mal erwischen. Mich nötigen, seinen geschmacklosen Albernheiten und seinem endlosen Geschwafel zuzuhören. Als ich weit genug von ihm entfernt war, drehte ich mich um und winkte ihm heftig zu, um ihn an der Nase herumzuführen, ihn auf den Arm zu nehmen und mich - feige - zu rächen. Wobei ich mir sagte was für ein Idiot nein was für ein Idiot er hat eine Meise er ist wirklich bekloppt meschugge der Depp. Er dagegen hat sich nicht gerührt. Blieb mitten auf dem Trottoir stehen. Eine Art alte Vogelscheuche, jämmerlich, zahnlos, sogar aufgelöst. Außerhalb der Zeit. Der Geschichte. Des Sinns. Des Unsinns. Ohne die geringste Eigenschaft, die eine Person zu einem Bestandteil der Menschheit macht! Wie eine Vogelscheuche also, denen ähnlich, die ich anfertigte, um die Maulbeerbäume im Garten zu schützen, als ich klein war und mich für die Seidenraupen begeisterte, die ich mit viel Geschick züchtete und ausschließlich mit Maulbeerblättern fütterte. Er blieb also stehen. In seinen zu weiten schlotternden Kleidern. Schauerlich. Erbärmlich. Entmenschlicht. Und im Hintergrund das lebhafte und bewegte Raster der Passanten, der Schaufenster, der Gebäude, der Straßen, der Kreuzungen usw.).

Gelb dann gelblich, wenn er (der Kran) vor der Sonne vorbeigleitet, die gleichsam abgeflachter ist als sonst, sicherlich wegen der gewölbten Form der Fensterscheibe, durch die die riesige Baustelle erscheint, auch wenn man nur ihre Kräne sieht, weil das Büro, in dem er seine Tage verbringt, im zehnten und letzten Stock des Gebäudes liegt, während das im Bau befindliche erst beim zweiten Stock angelangt ist. Deshalb war es ihm unmöglich, von seinem Platz aus die Arbeiter oder den Fortgang der Arbeiten zu sehen. Andernfalls hätte er ans Fenster treten, sich etwas recken und einen schrägen Blick nach unten werfen müssen, um die gesamte Baustelle überblicken zu können, die sich über Tausende von Quadratmetern erstreckte. Er glaubte zu wissen, daß es sich um einen Wasserspeicher handelte. Andererseits konnte er mühelos, ohne seinen Schreibtisch zu verlassen, die vielen gelben Kräne sehen, deren bewegliche Teile fortwährend einige Meter von der Fensterscheibe entfernt vorbeiglitten, so daß ihr Schatten Striche zeichnete und sein Gesicht, seine Hände, einen Teil seines tadellos gestärkten weißen Kittels gewissermaßen schraffierte; je nach dem Stand der Sonne und der Uhrzeit, zu der er seine Patienten empfing. Er fühlte sich jedesmal ein wenig frustriert, wenn der Arm eines der Kräne vor der Sonne vorbeizog und seine Farbe einen kurzen Augenblick verblaßte; weil er den Eindruck hatte, daß ihm etwas entging, so fasziniert war er von der Nähe dieser Baustelle mit ihren komplizierten Gerüsten, ihren Hunderten von Arbeitern, jenen zahllosen Kränen, die in der Luft zu schweben schienen wie riesige fremdartige Raubvögel, die sich mit millimetergenau berechneter Langsamkeit, extravaganter Schwingweite und ungeahnter Behutsamkeit im Raum entfalteten. Vor allem aber hatte er den Eindruck, daß die Kräne ihren Scherz mit den Vögeln trieben, sie hinters Licht führten, sie erschreckten, besonders in der Abenddämmerung, wenn sie auf besonders bizarre Art den Himmel überzogen, mit einer Art strengen Systematik, die im Wesentlichen auf dem Wiederholungstrieb basierte, wie Automaten, auch auf dem bedingten Automatismus. Die mit den Bewegungen der Kräne konfrontierten Vögel wirkten unecht, wie somnambul, verrenkt, haltlos; mit ihren gleichsam in mehrere Phasen unterteilten Bewegungen, die sie koordinieren mußten, um nicht das Gleichgewicht zu verlieren und auf die Erde zu fallen. Man hätte - auch - meinen können, sie wären aus Pappmaché oder Packpapier, weswegen ihr Flug irgendwie holprig wirkte, befremdlich, komisch, burlesk, ja clownesk. Vielleicht rührt dieser Eindruck - übrigens - nur von der Beziehung her, die die Person spontan herstellt zwischen der Schlankheit, der Schwingweite und der Bewegung der Kräne und der Ungeschicklichkeit der Vögel, die etwas verstört sind durch die Anwesenheit jener seltsamen Geräte, die man in Reichweite wähnt und die zugänglicher wirken als die unbeständigen, spröden und manchmal - sogar - frivolen Vögel. Vor allem wenn diese Kräne an den Fenstern des Sprechzimmers vorbeigleiten, sie fast streifend, in dem er sich den ganzen Tag aufhält, durch ihr wiederholtes Vorbeiziehen einige Sekunden lang die Sonne verdeckend und auf sein Gesicht einen leichten Schatten legend, den er in Wirklichkeit nicht sieht, sondern eher ahnt. Dann hat er den Eindruck, daß man ihm mit einem plüschigen und feuchten Stück Samt über die Lider streicht. Jäh setzt sich einer der stillstehenden Kräne wie ein Pfeil in Bewegung und schießt ein paar Zentimeter von dem Fenster entfernt in den Himmel, aber das ist nur ein Eindruck, weil die Bewegung des Krans in Wirklichkeit sehr langsam ist, wie in Zeitlupe, so daß er auch den widersprüchlichen Eindruck hat, daß er (der Kran) sich überhaupt nicht bewegt und reglos ist (wie Onkel Hocin mitten auf dem Trottoir vor wenigen Augenblicken, immer mehr einer alten Vogelscheuche ähnlich, die schon lange niemanden mehr verscheucht, vor allem nicht seit dem Ableben von Nana, seiner drallen und wollüstigen Gattin); aber es handelt sich hier lediglich um eine optische Täuschung, weil der Kran - oder genauer sein beweglicher Arm - unablässig den Raum durchquert in ei-

nem ständigen, automatischen und repetetiven Hin und Her, ohne sich um den Aufruhr der Vögel zu kümmern, die etwas benommen sind von dieser steifen Anwesenheit, die in den Himmel einfällt, ihn in gleiche Stücke zerteilend nach den physikalischen Gesetzen, wie sie der Fensterrahmen und die besondere Eigenschaft des leicht gewölbten, leicht getönten und besonders schalldämpfenden Glases vorgeben; auch je nach dem Lärmpegel, der trotz der Hektik, die auf der Baustelle herrscht, unter Null bleibt. Ein gelber Strich, schraffiert (angestrichen?) mit einer etwas schwärzlichen (dunkelbeigen?), ein wenig düsteren Farbe; als hätte er (der gelbe Strich) sich mit einem Tropfen Öl gesäumt, der sich über seine gesamte Fläche verteilt hätte. Die Baustelle dagegen blieb dennoch unzugänglich von der Stelle aus, an der er hinter seinem mitten im Zimmer stehenden Schreibtisch saß. Dasselbe galt, übrigens, für alle Außengeräusche, die von der Baustelle kamen. Was ihn nicht davon abhielt, sich ihre (der Arbeiter) Tätigkeit in allen Einzelheiten vorzustellen, ihre Werkzeuge, ihre Arbeitskleidung - und vor allem - ihre glänzenden Helme mit den lebhaften Farben und den bizarr gewölbten Formen. Gelber Strich. Der Kran, der dem Fenster am nächsten ist, steht jetzt still. Er hat aufgehört, von Osten nach Westen zu gleiten. Völlig reglos. Wie ein regloser Pfeil. In seinem Schwung abgebremst. Und da sah er zum erstenmal die Aufschrift (POTAIN), in großen weißen Buchstaben auf die Außenseite des beweglichen Arms gemalt, auf gelbem Grund. Das war ihm vorher nicht aufgefallen, obwohl er alle diese Kräne schon seit einigen Monaten täglich sieht.
Dann begann er (Chems-Eddin) mit ungewöhnlicher Redseligkeit und äußerst schnellem Rhythmus zu sprechen, jedoch ohne allzuviel Überschwang oder Prahlerei, gleichsam schamhaft, bescheiden, sogar verlegen. Sagte, wir sind also in eine Kneipe gegangen die von französischen Soldaten frequentiert wurde und haben getan als würden wir uns vollaufen lassen ganz entspannt auf unseren Stühlen am Ende des Saals wobei wir ab und zu

einen verstohlenen Blick auf eine Gruppe von Soldaten der Fremdenlegion warfen die völlig besoffen waren ich sage dir total blau unfähig aufzustehen und gerade zu gehen und vergessen hatten mißtrauisch und vorsichtig zu sein als würden sie auf die Anweisungen pfeifen die man ihnen gegeben hatte in jener Zeit als der Krieg auf dem Höhepunkt war und zwar seit sie in dieser Scheißstadt (Constantine) gelandet waren die du so gut kennst und wo wir unser ganzes Leben verbracht haben ich kriege es nicht fertig sie zu verlassen wie hast du das bloß geschafft ehrlich das wundert mich naja also jedesmal wenn einer von ihnen aufstand um pinkeln zu gehen mußte er an unserm Tisch vorbei ich weiß nicht mal wie viele wir genau waren sie gingen also einer nach dem andern an uns vorbei und wir taten als wären wir völlig betrunken fröhlich und ausgelassen und versuchten sie an unsern Tisch zu bitten aber sie lehnten hartnäckig ab als röchen sie was trotz ihrem Zustand fortgeschrittener Trunkenheit aber wir verloren nicht die Geduld behielten sie im Auge sahen zu wie sie zum zwanzigstenmal anstießen hörten sie eine Art Kauderwelsch aus mehreren Sprachen reden dann stand einer auf um pinkeln zu gehen in der einzigen Latrine eng ekelerregend nach türkischer Art so schmutzig daß die Säufer direkt gegen die schimmligen Wände pißten da sie keinen Unterschied sahen zwischen ihnen und dem abstoßenden dreckigen Abtritt mit den Wänden voller Inschriften und Graffiti es gab alles mögliche politische Slogans obszöne Zeichnungen sportliche Ermunterungen Liebesbotschaften usw. WMOC! FLN wird siegen! Liebe Jacqueline wo bist du?und andere derartige Inschriften und obszöne Zeichnungen als hätten alle diese anonymen Hände die solche Sätze eingeritzt hatten - es war kein Platz mehr für andere Inschriften zumal die kaputten Wände ihre Schmierigkeit und ihre Feuchtigkeit derartige Erklärungen schon seit langem nicht mehr zuließen - sich deshalb befleißigt diese Buchstaben und diese Wörter einzuritzen um den künftigen Generationen nicht nur diese Art von Botschaft zu hinter-

lassen die ihre Leidenschaften ihre Haßgefühle ihre Gemütszustände ihre Euphorien ihre Verwirrung ausdrückten sondern auch eine Art gleichsam archäologisches aufrichtiges und alkoholisiertes Erbe das bestimmt etwas Tiefes ausdrückte eine Art Pathos bestehend aus Besorgnis Spott und absoluter Entschuldigung alle diese pseudophilosophischen Ausgeburten und dann nutzten wir die Gelegenheit ihm freundschaftlich auf die Schulter zu klopfen und ihm zu schmeicheln ihn zu verführen aber er wies uns aggressiv zurück blieb auf der Hut voller Mißtrauen bereit die Waffe zu ziehen und uns niederzumachen ohne jedes Bedauern uns dreckige verlauste Araber die wir in seinen Augen waren und zwar trotz den Alkoholschwaden die sich angesammelt hatten in seinem kleinen Hirn eines infamen Rohlings und elenden Söldners und Kamil du erinnerst dich an Kamil der.
Sein (Tariks) Herr Vater ließ ein paar Worte fallen aus seinem Feinschmeckermund wie aus Versehen mit dem schiefen Gesicht von Leuten seines Schlages die Entscheidungen treffen in allem als Autorität gelten und überall ein schiefes Gesicht ziehen Sagte also ein paar Worte als das Kind den Alten auf sich zukommen sah verschlagen katzenfreundlich in eine merkwürdig geformte Flasche blasend die pflanzliche Tinte für die Korantafel enthielt beflissen eine nagelneue Alfagrasmatte vor ihm ausrollend sich die Hände reibend als wolle er Wörter von göttlichem Wesen aus ihnen hervorquellen lassen Es war damals Krieg Wo nur hatte sich seine Kindheit verkrochen und wie wäre er imstande jenes rußige schieferfarbene goldbraune Morgengrauen zu beschreiben als wollte ihn die noch trübe Sonne während des ganzen Wegs nicht verlassen der zur Koranschule und bis zum Tor dieser Schule Gottes führte Betrat den großen Hof der Moschee wo das Licht bis unter den weiten algerischen Kittel zu dringen begann den er um seine unterkühlten Füße und seine eisigen Knie schlang Vier Uhr morgens Sah also wie er ihm einen aus Schilfrohr geschnittenen Stift aussuchte dann zu ihm sagte schreib die Buchstaben Und er schrieb die Buchstaben die

Wunden die Toten die Guillotinierten die Massakrierten die Napalmisierten und die Wörter die auf sämtliche Mauern der Stadt eingraviert oder gemalt waren sogar auf den Boden der Terrasse des Hauses des Herrn WFLN! Der andere sagte schreib das Wort Gottes und er übertrug die Slogans ging dann weg floh vielmehr Hatte nie die Sehnsucht nach seinen Fingern mit den Spuren der gelben Kreide vergessen von derselben Farbe also wie alle diese Kräne deren Sockel tief im Boden stecken und deren Arme munter die Horizonte abtasten alle Farben annehmend und - auch - von derselben Farbe wie jene Pferde auf der Miniatur von Wasiti (1210-1278) Sagte also schreib und er schrieb automatisch das Firmenzeichen des Krans (POTAIN) Sich noch heute an seine schreckliche Angst vor dem Koranlehrer erinnernd und an jenes nervöse Zittern der Finger die von der morgendlichen Kälte taub waren und überpudert mit dem Staub der gelben Kreide Versuchte vergeblich sie zu entfernen indem er seine Finger an seiner Hose oder mit irgendeinem Tuch abwischte Indes die Geschichte sich in die verborgensten Ritzen und Falten seines fettleibigen Körpers einfraß Hatte auch nie die Sarkasmen seiner kleinen Kameraden vergessen die ihm nachliefen brüllend Botty Totty (Bud Abbot) den Namen des Schauspielers der amerikanischen Burleske entstellend des dicken Bud Abbot Während er sich die Finger voll gelber Kreidespuren abwischte sich sagend daß er niemals diese Hänseleien vergessen werde die jetzt zu einer schrecklichen Sehnsucht nach jener heroischen Zeit geworden waren in der jede Freude mit Angst verbunden war *Pueri cavete canem!* hatte geheimnisvoll der Lateinlehrer gesagt Erinnerte sich auch an jene Demonstration von Frauen die faules Gemüse auf die fremden Soldaten warfen und Tierkadaver darunter eine alte Schildkröte die in der Visage eines hohen Offiziers zerplatzt war Der Koranlehrer sagte wiederholte gedenke ihrer gedenke ihrer denn das Gedenken ist wohltuend für das Gedächtnis der wahren Gläubigen dort wo sie unter Gottes Erde liegen Sich also an seinen Herrn Vater erinnernd der geringschätzig ein paar Worte fallen ließ vor dem Koranlehrer am Tag an dem er ihn zum erstenmal zum Eingang der Moschee begleitete Und der Lehrer sagte schreib und er schrieb die Wörter anfangs unbeholfen mit einem zugespitzten Schilfrohr und pflanzlicher Tinte Während der Lehrer sich die Hände rieb als wollte er Wörter von göttlichem Wesen aus ihnen hervorquellen lassen Es war Krieg Die Mauern waren mit Slogans bedeckt WFLN Immer entrollte der Meister eine nagelneue Alfagrasmatte vor seinen Füßen aus Gefälligkeit für seinen Herrn Vater oder vielmehr aus Unterwürfigkeit Sich im Schneidersitz niederlassend schnupperte er an seinen mit staubigen Spuren gelber Kreide bedeckten Fingern Indes die aufgehende Sonne wie blockiert über dem Tor der Schule stand Vier Uhr morgens Gleichsam zögernd in der Schwebe Auch seine Tränen in der Schwebe Zurückgehalten Verdrängt Baba Patata Botty Totty (Bud Abbot) Moffy Boffy Makaronifresser Eisschlecker Der Meister befahl ihm sich zu setzen So daß er nur noch seine Tränen hinunterzuschlucken brauchte Seine Mutter sagte ärgere dich nicht es ist nur ein Spiel das alles Kindereien Das Licht erweckte den Eindruck als strömte es herab Schlag vier Uhr Schon hoch stehende Sonne Sein Herr Vater lehrte ihn krankhafte kriegerische blutrünstige Wörter Womit er ihn zwang in einer schwülen undurchdringlichen schreckenerregenden und düsteren Atmosphäre zu leben Mit all diesen nicht zu löschenden Feuersbrünsten All diesen gesteinigten Frauen All diesen honigsüßen Paradiesen... *(Ihr wißt wohl, daß diese Halbinsel herrliche und sehr fleischige Geschöpfe birgt, Töchter der hellenischen Könige, funkelnd von Perlen und Korallen, gekleidet in prächtige Gewänder aus mit Gold und Silber besticktem Musselin, eingeschlossen in den Palästen würdig gekrönter Könige...)* Und seine Mutter sagte lerne die Worte die Tarik ibn Ziad an seine Truppen richtete und mach dir nichts draus Ärgere dich nicht Sogar der Koranlehrer vergaß darüber seine zwischen Stumpfsinn und Scheinheiligkeit Ekstase und Häresie stöbernden Finger während seine eigenen Fingerkuppen vor Kälte brannten Der andere wiederholte ständig schreib Furchterregende Suren diktierend von denen er Ohrensausen bekam vor Angst und Aufregung Aber wo ist denn seine Mutter Und sein Herr Vater sagte zu dem Meister du bist der Treuhänder des Rechts und der Entscheidung Aber wo ist denn seine Mutter Seine Kindheit hat sich mit seinem eigenen Unglück und Mißgeschick verbrüdert Wegen jener Fettleibigkeit die diesen kindlichen Körper überfrachtet und ihn allenthalben überquellen läßt Die Kinder sind erbarmungslos Baba Patata Botty Totty Baba Patata Voller Mehl bis zur Nase Sich zwingend nicht zu weinen Als er erwachsen wurde hatte er begonnen jene schmerzhafte Zeit mit großer Wehmut zu erleben Auch mit einer Art Freude die der Ekstase nahekam Vor allem als er sie - jene Zeit - mit all der Heftigkeit schrieb deren er fähig war und dabei im ockerfarbenen Schlamm der Wehmut versank mit seinem Geruch nach Lehm mit dem man die Korantafeln überzog nach pflanzlicher Tinte brackigem Blut und Sumpffieber Wo ist denn seine Mutter Nie den Meister des heiligen Worts vergessend der ihm diktierte *Und sie werden dich über die Menstruation befragen. Sprich: "Das ist eine Verunreinigung. Darum haltet euch fern von euren Frauen während ihrer Menstruation und nähert euch ihnen nicht, bis sie rein sind. Sobald sie rein sind, geht zu ihnen, wie Gott euch befohlen hat. Wahrlich, Gott liebt die Bußfertigen und liebt die sich Reinigenden*" (Sure von der Kuh, Vers 222) Wo ist denn seine Mutter Seine Kindheit ist in seinem eigenen Unglück versackt Er der von seinem Vater immer ferngehalten worden ist Er der mit Abulie und Bulimie geschlagen war *Und sie werden dich über die Menstruation befragen* Seine Mutter erzählte ihm von jener Demonstration der Frauen die die Soldateska mit verfaultem Gemüse und verwesenden Tieren bombardierten unter anderem einer fast hundertjährigen Schildkröte hundertjährig wie Tante Fatma die sie mit zärtlicher Liebe und vielen großen Salatherzen aufgezogen hatte Den Frauen kam die schlüpfrige Topographie der Stadt zugute

Mit ihren ekligen Geschossen hatten sie Verwirrung in die Reihen der Soldaten geschleudert die unter der stinkenden Fäulnis zusammenbrachen während der tunesische Krapfenhändler dem Öl nachjammerte dessen die Demonstrantinnen sich bemächtigt hatten um es denselben Soldaten über den Kopf zu gießen Die überrumpelt wurden Besiegt Zerschmettert Überwältigt von soviel Raserei und soviel Mut Der Herr der Örtlichkeiten hatte seit langem vorausgesagt daß der Krieg hart sein werde aber er hatte nie gedacht daß die Frauen sich eines Tages einmischen würden Sah also im anbrechenden eiskalten Morgen den Koranlehrer unterwürfig herannahen in die Tintenfässer pustend um jene pflanzliche Tinte besser mazerieren und auftauen zu lassen und sich die Hände reiben als enthielten sie sämtliche Verse des Korans Indes der Krieg sich damals auf dem Höhepunkt befand und die Ufer des Rhumel überquollen von aufgedunsenen Leichen Verwesten Bläulichen Es war eine alte Geschichte schon 1846 quoll der Rhumel über von Leichen als Constantine der französischen Armee Widerstand leistete. Damals herrschte Salah .(oder Ahmad) Bey Die Sieger schlugen Köpfe ab und schmückten mit ihnen die Mauern die die Stadt schützten und der Vater fragte wie viele Tage dauerte der Widerstand von Salah Bey Er erinnert sich noch an diese dämliche Frage Was nützt es die Zahl der Tage Wochen oder Monate zu wissen. Aber der Vater liebte es die Einzelheiten der Geschichte zu kennen samt ihren zahlreichen Nebenflüssen Nichts entging ihm Die Tage waren seinem Gefühl nach sehr schnell vergangen mit ihren Ereignissen ihren Elementen und ihren Umschwüngen Und der Vater fragte das fettleibige Kind das er war wie viele Soldaten hatten Tarik ibn Ziad bei der Einnahme von Gibraltar begleitet. Gab sich selbst die Antwort weil er keine Geduld hatte oder nicht zuhören konnte sagte ungefähr 300 arabische Reiter und 10 000 Numidier-Berber Sich an jene Miniatur erinnernd die seine Kindheit und Jugend umgetrieben hatte eben jenen Tarik ibn Ziad darstellend Und das Kind fragte sich seinerseits wie viele Soldaten unter dem Befehl von Roderich dem Westgoten gekämpft hatten Der andere sagte oder vielmehr knurrte du brauchst bloß den Text von Ibn Khaldun über die Einnahme von Gibraltar zu lesen Und schon hatte er verlangt daß er ihn übersetze Aber das Kind war zu gewitzt Es kannte seinen Vater und seine Leidenschaft für die Geschichte die Sprachen die Mathematik und die Theologie Ließ ihn den Text selber übersetzen Die Schlauheit des Kindes unterschätzend das nur noch zu warten brauchte daß diese langen öden Sitzungen ein Ende nähmen 40 000 Westgoten standen Tarik ibn Ziad gegenüber Aber am 20. August 1955 waren in Constantine die Frauen *Und sie werden dich über die Menstruation befragen* ebenfalls auf die Straße gegangen Was übrigens durchaus nicht ihre Gewohnheit war Aber ein Krieg ist in erster Linie ein Bruch hatte der Patriarch erläutert Auf einen Widerspruch mehr oder weniger kam es ihm nicht an Doch in Wirklichkeit stand er vor vollendeter Tatsache Kein einziger Mann hatte etwas daran auszusetzen als sie - die Frauen - aufbrachen und in die Stadt marschierten und mit ihren schwarzen Schleiern die Abenddämmerung verhüllten An jenem Tag zogen die Vögel es vor sich zu verstecken 10 000 französische Soldaten unter dem Kommando des Herzogs von Aumale hatten am Ende die Stadt erobert und schlugen Ahmad Bey und seinen Bruder Salah Bey nieder Nach der Demonstration fand das Gebet für die Toten statt Hunderte von Opfern wurden von den Müllwagen der Stadtwerke eingesammelt und in die brodelnden Schluchten des Rhumel geworfen während der tunesische Krapfenhändler immer noch darüber jammerte daß er mehrere Dutzend Liter kochendes Öl verloren habe Es gab sogar ein leichtsinniges Kind das die Manie hatte auf der Terrasse seiner Eltern Kanarienvögel aufzuziehen und sie - an jenem Tag - auf die Truppe urinieren ließ Ihm wurde der Kopf abgeschlagen mit einem Säbel den ein riesiger über zwei Meter großer Senegalese führte Indes er selbst sich abmühte mit gelber Kreide politische Slogans auf den Mosaikboden der Terrasse zu schreiben Genau zu diesem Zeitpunkt wurde er fettleibig Drüsenstörung in Verbindung mit einer hartnäckigen Bulimie hatte der Arzt diagnostiziert aber die Kinder scherten sich einen Dreck um diese Diagnose Sie liefen ihm nach Baba Patata Totty Botty (Bud Abbot) Voller Mehl bis zur Nase Voller Fett bis zum Hintern Es gab zu jener Zeit auch ein Gebet für den Abwesenden Sein Bruder war der Abwesende Einige sagten er sei tot Andere er lebe Bis er seinen Sarg im Hafen von Bône an einem Kran schaukeln sah der eine Panne hatte Der Vater sagte nur schroff das ist dein Bruder Sagte dann auch an einem anderen Tag Musa ibn Nusair war ebenfalls fettleibig er konnte kein Pferd besteigen so fett war er das hat ihn nicht daran gehindert Spanien zu erobern mach keine Geschichte aus deiner Fettleibigkeit das vergeht außer deiner Faulheit das bezweifle ich stark... Und er schrieb immer mehr Slogans auf die Terrasse des Hauses in der Sprache des Feindes Algerien wird siegen Wie um sich abzureagieren Der Vater machte viel Politik und sprach unentwegt davon Derselbe Vater der ihn eines Tages zu sehr früher Stunde zur Koranschule brachte und so tat als sähe er den - überdies - blinden Schulmeister nicht der heranschlich (kroch) wie eine Schlange nach Art der schmierigen und unterwürfigen Blinden im Begriff in den Hals einer viereckigen Flasche aus verbeultem ungeschickt gearbeitetem Glas zu pusten gefüllt mit jener pflanzlichen Tinte die man benutzt um auf die kleinen Tafeln zu schreiben oder vielmehr als wollte er jene berühmten koranischen Buchstaben himmlischen oder göttlichen Ranges daraus emporsteigen lassen Oder als wollte er sein altes Geschlecht zur Schau stellen das er sie hin und wieder sehen ließ wenn er urinieren ging in einer Art verrosteten alten Zinkbüchse kauernd sie also lasterhaft sein armseliges altes Geschlecht sehen lassend Das heißt jenes schlaffe alte Ding rußbraun wie eine Art Innerei schlapp schrumplig runzlig verkrumpelt krusselig fröstelnd frivol sabbrig ausgelaugt gichtig widerwärtig grindig Das heißt jenes stellenweise dunkelrosa etwas weiter unten kastanienbraune

Ding Aber das Ganze wirkte rußbraun Vielleicht wegen jenes schwarzen krausen graumelierten und enttäuschenden Vlieses Auch mit jenen beiden hängenden wabbeligen metronomischen ausgelaugten und schrecklich beängstigenden Dingern Weil sie (die Kinder) glaubten die Alten hätten keine Vor allem die Alten die blind waren wie er oder vielmehr sie würden sie - Geschlecht und Hoden - unterwegs verlieren In einem bestimmten Alter Damals war der Krieg auf dem Höhepunkt Massaker Säuberungen Erschießungen und Guillotinierungen im Morgengrauen eben jener obszöne Krieg der seiner Kindheit jene schauerliche Farbe des Unglücks gegeben und ihm schwere Komplexe beschert hatte die dafür sorgten daß er geächtet wurde von seinen Kameraden weil er zu fettleibig war und von seinen männlichen Verwandten weil sie zu widersprüchlich labil falsch und scheinheilig waren *Sprich: "Das ist eine Verunreinigung*" Auch jenen Krieg wird er nicht vergessen in dem er gesehen hatte wie der verrückte Kanarienvogelzähmer seinen Vögeln befahl auf die Truppe zu pissen die sich angesichts des Zorns der Frauen in Auflösung befand Er hatte genau gesehen wie die Soldaten das Kind in eben dem Augenblick umringten als die Vögel begonnen hatten die Nationalhymne zu singen die er ihnen mit außergewöhnlicher Geduld beigebracht hatte Dann jenen riesigen Senegalesen der dem schelmischen Kind mit einem Säbelhieb den Kopf abschlug Es war einer seiner kleinen Kameraden Also Gebet für die Toten und - auch - Gebet für den Abwesenden Zur gleichen Zeit Geduldig wartete er auf den Kais von Bône auf die Ankunft des verplombten Sargs in den man seinen älteren Bruder gelegt hatte Das Schiff hatte Verspätung aber er weigerte sich den Hafen zu verlassen trotz den Ermahnungen seines Vaters und den Anordnungen der Wächter als wollte er den Schmerz in seinem enormen vor Fett überquellenden Körper mit den zahlreichen gleichsam gallertigen Falten und Wülsten versenken ohne ein Wort zu sagen als hätte er sich in eine totale und endgültige Stummheit verkrochen Nach der Beerdigung seines kleinen Kameraden und des Bruders beschloß er eine Diät zu machen um nicht das Gespött der vom Strudel des Krieges ergriffenen französischen Soldaten zu sein Vergaß auch jene abgeschlagenen Köpfe nicht die seit 1846 in die schlammigen Fluten des Rhumel rollten einem Stich von Eugène Delacroix zufolge den sein Vater ihn hin und wieder betrachten ließ das heißt wenn er ausnahmsweise einmal 20 Punkte in Latein oder Arabisch oder Mathematik heimbrachte Erinnerte sich auch an die Kadaver der gelben Kanarienvögel die infolge der Agonie sofort grün geworden waren in einem Desaster von Federn Blut und Trümmern des Käfigs den derselbe Senegalese von rasender Wut gepackt in tausend Stücke gehauen hatte Genauso wie die Sonne die er hinter den Fensterscheiben seines Büros scheinen sah und die die Dinge die Gegenstände die Kräne usw. in unglaubliche Unordnung brachte Wegen jener Wölbung des gleichsam halb durchsichtigen und leicht gelb getönten Glases das jedoch eine völlige Isolierung seines Sprechzimmers ermöglichte indes er minutenlang jene Sonne betrachtete die den Eindruck erweckte als ob sie alles auflöste Alles zerriebe Alles zermalmte Mit den Kränen die sich am Himmel brüsteten so etwas wie bewegliche Demiurgen zwischen Vogel und Pfeil die Textur des Himmels zerbrechend eine Art unförmiges Gespinst vielleicht wegen einiger Wolken die das etwas postkartenmäßige Azurblau streiften oder - vielmehr - aufblähten Gelb dann gelblich wenn sie vor der Sonne vorbeiglitten Dann wieder gelb Bemerkte erst mehrere Monate nach Beginn der Bauarbeiten das Firmenzeichen der Kräne auf der gigantischen Baustelle (POTAIN) Gebet für die Toten also und Gebet für den Abwesenden gleichsam verquickt ineinandergeschoben oder - genauer - zusammengeflossen sicherlich wegen der Sperrstunde Er hatte mehrere Tage auf die Ankunft des verplombten und mit dem roten Wachs der Zollsiegel versehenen Sargs gewartet Weigerung den Hafen zu verlassen trotz der vorhersehbaren Verspätung des Schiffes das in der Höhe von Spanien in einen Äquinoktialsturm geraten war Begriff während dieses langen und schmerzvollen Wartens daß der Strom der Geschichte sich in zwei Nebenflüsse teilt die Vorkriegszeit und die Nachkriegszeit denn immer schleppt sich irgendwo ein Krieg so wie man sagt jemand schleppt sich mit einer langen Krankheit Deshalb wartete er aggressiv darauf daß er zu Ende ginge Aber in Wirklichkeit begriff er nichts und kam den Ereignissen nicht absichtlich zuvor Er protestierte nicht einmal angesichts jener Geographie des Unheils die alle chylösen chymischen chyliferen amniotischen urinalen und sanguinösen Elemente markierte Vor allem nicht wie jener fettleibige Körper schließlich eines Tages geschmolzen war ohne daß er es merkte Ein Freund seines Vaters wies ihn darauf hin Er wagte nicht sich in einem Spiegel zu betrachten Es war zu spät weil er bereits begriffen hatte daß der Tod ebenso zum normalen und gewöhnlichen Leben gehörte wie das Sprühen des Lichts das Wimmeln der Seidenraupen und der Einbruch des Blitzes in die Atmosphäre Der Koranlehrer befahl weiterhin schreib Er schrieb Buchstaben des arabischen Alphabets Koranverse politische Slogans grammatikalische Gesetze fast unlösbare algebraische Gleichungen ($x^3 + 3x^2 - 3x - 1 = 0$) Dann wieder Koranverse und erneut *Darum haltet euch fern von euren Frauen während ihrer Menstruation* Ja Hochwürden Aber er tat nur so Er wollte nicht gehorchen denn er hatte intuitiv Angst um seine Mutter Wiederholte ja Hochwürden dein Wort werde erlassen und dein Beschluß ausgeführt Schließlich war seine Kindheit infiltriert worden von seinem eigenen Unglück und zerquetscht unter den Störungen der verschiedenen Drüsen Tränendrüse Schweißdrüse Hirnanhangdrüse Schilddrüse usw. Gefangen auch - diese Kindheit - infolge einer verzehrenden Faszination für das Wissen und die Kenntnis in den verschiedensten Registern besonders für die Sprachen lebendige oder tote wie man sagt und die Mathematik *Laudate pueri nulla in mundo pax sincera in furore* Der Vater sagte oder vielmehr befahl übersetze wörtlich

Laudate:	Freut euch
Pueri:	Kinder
Nulla:	niemals
In:	in
Mundo:	der Welt
Pax:	Friede
Sincera:	wahrhaft
In:	im
Furore:	Zorn

Wußte im voraus daß es manchmal schwierig ist in einem solchen Nominativsatz das Verb zu finden aber er kannte die Verbindung die einen solchen Satz mit der Tränendrüse verband ziemlich gut Wohin hat sich seine Kindheit denn verkrochen Welche Wörter verwenden um jene Wildheit der blendenden Morgenröten zu beschreiben die ihn bis zum Tor der Koranschule verfolgten Vier Uhr morgens Sommersonnenwende Lodernd Und er schrieb auf ein leeres Rezept das vor dem Eintreten des ersten Patienten des Tages vor ihm lag: gelb dann gelblich dann wieder gelb Totty Botty Moffy Der Kran schwang sich empor wie ein Pfeil oder ein Vogel jedoch den Eindruck erweckend als wäre er völlig reglos

Er fuhr mit dem Aufzug hinunter um ein Päckchen Zigaretten zu kaufen. Er hatte es sich zur Gewohnheit gemacht, sie sich bei einem kleinen Zwischenhändler zu besorgen, der sich auf diese Weise durchschlug, seit er von der Schule verwiesen worden war. In Wirklichkeit hatte er überhaupt keine Lust, die Poliklinik zu verlassen, und wäre es nur für einen Augenblick, aber er litt an Nikotinmangel und konnte nicht lange durchhalten. Er hatte in den letzten Tagen zuviel Arbeit und wußte nicht mehr, wo ihm der Kopf stand. Trotzdem mußte er für ein paar Augenblicke verschwinden. Er dachte, daß er sich entschließen müßte, das Rauchen aufzugeben. Erinnerte sich sofort an die Diät, die ihm in seiner Jugend aufgezwungen worden war, als er an neurotischer Bulimie und Fettleibigkeit litt. Er verzog das Gesicht bei dieser schmerzlichen Erinnerung. Hatte das Verlangen, Tränen in den Augen zu spüren, unterdrückte es jedoch sofort, dieses lächerliche Verlangen, seine Kindheit feige zu bemitleiden, die verheerende Kindheit eines Knaben, der an einer Schilddrüsenstörung litt. Er tat, als vergäße er diese Tabakgeschichte. Nahm sich vor, ein andermal ernsthaft darüber nachzudenken. Als er sein Päckchen Zigaretten gekauft hatte, zog er eine davon heraus, steckte sie sich in den Mund und versuchte fieberhaft, sie anzuzünden. Instinktiv hob er die Augen und starrte lange auf das Fenster seines Sprechzimmers. Unbewußt begann er, die Stockwerke zu zählen 1.2.3.4.5.6.7.8.9.10. Hier hielt er inne. Im zehnten Stock lag die Poliklinik, deren Chefarzt er war, genau gegenüber jener Baustelle, wo die Arbeiten vor ein paar Monaten begonnen hatten. Seinen Kopf um 45 Grad drehend, versuchte er, die Kräne zu sehen, die er von seinem Büro aus alle Tage erblickte. Er fragte den Zwischenhändler hast du eine Schachtel Streichhölzer? Der Junge wühlte in seinen verdreckten Taschen und zog schließlich eine völlig zerdrückte heraus, reichte sie ihm. Er nahm sie und zündete hastig seine Zigarette an. Dann gab er sie seinem Eigentümer zurück. Dieser bestand darauf, daß er sie behielt, sagte behalt sie irgendwo muß ich noch eine andere haben. Er versuchte abzulehnen und fand sich schließlich damit ab, sie in seine Tasche zu stecken, sagte vielen Dank Kleiner ich werde mich revanchieren wie gehts dem Asthma deiner Mutter? ciao! Er machte ein paar Schritte. Genoß gierig den ersten Zug. Füllte seine Lungen mit herbem Rauch. Erneut hob er die Augen zum Fenster seines Büros. Er bemerkte, daß das Glas mehrere Kräne in ständiger, gleichsam anarchischer und doch synchronisierter Bewegung widerspiegelte. Er versuchte, sie zu zählen, aber es gelang ihm nicht. Erneut überkam ihn das Verlangen, eine touristische Reise nach Gibraltar zu machen. Zog es vor, den Gedanken fallen zu lassen, als handelte es sich um eine völlig unrealisierbare alte Grille. Sich sagend das ist wie mit dieser Geschichte das Rauchen aufzugeben fromme Wünsche schiere Phantasmen und fixe Ideen lassen wir es! Dachte von neuem an die Zeit, als er Kind war. Spottete über seine altmodische Sentimentalität und seine Sehnsucht einer alter Jungfer, die ihren Verlobten im Krieg verloren hat. Kehrte in die Poliklinik zurück. Sich sagend ah diese verflixten Diäten was für ein Mist! nicht zu viel essen das Rauchen aufgeben nicht mehr trinken was für ein Blödsinn ständig sage ich es den Patienten aber ich! Er betrat die Vorhalle des Gebäudes. Ging zum Fahrstuhl. Drückte auf den Knopf. Wartete. Der äußere Knopf sprang von Rot auf Grün. Der Fahrstuhl öffnete sich. Er stieg ein. Betrachtete den leuchtenden Stockwerksanzeiger. Begann instinktiv zu zählen, wie er es seit zehn Jahren immer getan hatte. Das heißt, seit er als praktischer Arzt in dieser Poliklinik arbeitete; eine Art, sagte er sich jedesmal, die anderen Fahrstuhlbenutzer nicht ansehen zu müssen und sich ihren Blicken zu entziehen. 1.2.3... Er hörte auf zu zählen. Warf sich einen gewissen manischen Wiederholungszwang vor. Vor allem die Manie und das Gedächtnis für Zahlen. Eine wahre Zwangsvorstellung. Er hatte entsetzliche Angst davor. Er wußte nicht, wo er gelesen hatte, bei bestimmten sadistischen Personen sei das auch ein Zeichen für Schwachsinn. Sich sagend wo habe ich das nur gelesen? Falls man es mir nicht erzählt hat. Vielleicht ein Witzbold von Kollege? Der Fahrstuhl hielt im zehnten Stock. Er zwängte sich mühsam hinaus wegen der vielen Personen, die ihn füllten. Er fand sich in einer riesigen Vorhalle wieder, die eine einzige Tür hatte, nämlich die zur Poliklinik, in der er arbeitete. Er zündete seine Zigarette an, die er beim Betreten des Fahrstuhls ausgemacht und sich sofort wieder zwischen die Lippen gesteckt hatte. Er tat einen Zug. Wurde von jener berühmten Gleichung überfallen, die ihn fast sein ganzes Leben lang umgetrieben hatte: ($x^3 + 3x^2 - 3x - 1 = 0$). Steckte die Hand in seine Jackentasche. Kramte ein paar Sekunden darin. Holte einen Schlüssel heraus. Steckte ihn mechanisch ins Schloß. Drehte ihn um.

Drückte die Tür auf. Stand wieder im Vorplatz der so vertrauten Poliklinik. Drückte seine Zigarette in einem riesigen mobilen Aschenbecher aus, der an der rechten Wand des bonbonrosa angestrichenen Flurs stand. Ging zu seinem Sprechzimmer. Eine Krankenschwester kam aus einem der zahlreichen Räume, die auf den Flur gingen. Sie sagte es ist Zeit Herr Doktor wir müssen anfangen unser erster Patient wartet schon wir haben heute viel zu tun Herr Doktor soll ich ihn hereinlassen? Er antwortete ihr nicht gleich. Sie besaß die Gabe, ihn zu reizen. Dann nickte er. Betrat sein Sprechzimmer, ohne die Tür hinter sich zu schließen. Gelb. Dann gelblich. Dann wieder gelb. Er trat ans Fenster, wobei er zerstreut seinen weißen Kittel anzog. Sich sagend ich muß wirklich das Rauchen aufgeben und mich entschließen, im Sommer nach Gibraltar zu fahren. Plötzlich strömten ihm Erinnerungen aus seiner Kindheit ins Gedächtnis. Vor allem jene Zeit, in der er an Fettleibigkeit gelitten und eigensinnig beschlossen hatte, sich einer Diät zu unterziehen, um nicht mehr das Gespött seiner Kameraden und - vor allem - der französischen Soldaten zu sein, die keine Gelegenheit versäumten, ihn zu hänseln und ihm ihre nach Kaserne und Latrine stinkenden Witze an den Kopf zu werfen, voller Gift und Grausamkeit; während sich der Krieg auf dem Höhepunkt befand. Rief sich mit einigem Sadismus und einiger Befriedigung die Beschreibung der Historiker bezüglich der Fettleibigkeit von Musa ibn Nusair ins Gedächtnis, der ohne den Beistand seiner Ordonanzen nicht einmal gehen konnte, so dick war er. Der erste Kranke betrat das Büro in Begleitung der immer mürrischen, immer nörgelnden, aber tüchtigen Krankenschwester, die so militärisch war, daß er ihr den Spitznamen Frau Oberst gegeben hatte. Er wandte sich sofort an den Kranken, sagte wo tut es uns denn weh wo fehlt‘s mein Freund. Sofort merkte er, welch paternalistischen Ton er angeschlagen hatte, und machte sich über sich selbst lustig. Dabei wußte er, daß es ihm oft an Humor fehlte und daß seine Ironie manchmal fehl am Platze war. Vor allem dieser Plural, den er seinen Patienten gegenüber häufig verwendet. Sagte sich nun, es stimmt diese Redeweise der Ärzte ist einfach lächerlich als ob die Kranken Babys wären und diese verflixte Zigarette könnte ich sie doch eines Tages loswerden was für ein Sieg! dieser Plural ist zum Kotzen und niederträchtig bestimmt würde das meinem armen Großvater nicht gefallen dessen Gleichheitsstreben in der Familie legendär war nicht wie dieser Schuft Onkel Hocin mit seiner Hochnäsigkeit und seinen Gemeinheiten das genaue Gegenteil von Großvater und dann diese Zigarettengeschichte die langsam zur fixen Idee wird ich werde etwas unternehmen müssen es ist wie mit der Reise nach Gibraltar und dem Erlernen des... schon immer geht es mir im Kopf herum aber ich kann mich einfach nicht entschließen was für ein Mist und dieses Schwein von Kamil der mich zum Narren hält und sich über all diese Anwandlungen mokiert dieser Wunsch das Rauchen aufzugeben muß mit dem Komplex zusammenhängen den ich als Kind mit mir herumgeschleppt habe mit dieser Bulimie und dieser Fettleibigkeit dabei hatte das bloß ein paar Jahre gedauert zwei oder drei mehr nicht es war die Schilddrüse der Schiß und dieser Krieg der kein Ende nahm mit all dem Blut mein Gott der Schiß das war bestimmt der Anfang ich erinnere mich nicht mal mehr genau daran so viele Einzelheiten die wohl das Weite suchen im übrigen sind sie daran interessiert das Weite zu suchen es war bestimmt kurz nach jenem Tag an dem die Armee gekommen war um das Haus zu durchsuchen wir waren nicht darauf gefaßt wurden auf frischer Tat ertappt Chems-Eddin und ich Mama hatte ein Wort erfunden um ihre Angst zu benennen so etwas wie *Schisseritis* immer dabei den Clown zu spielen Mama im Augenblick wo man es am wenigsten erwartet oft streng vielmehr ernst aber diesmal wollte sie uns zum Lachen bringen um die Atmosphäre zu entspannen wie könnte man *Schisseritis* ins Arabische übersetzen oder ins Lateinische oder ins Berberische ja es wäre gar nicht schlecht diese Falle diesem Arschloch von Kamil zu stellen auch jene Leidenschaft für die Übersetzungsübungen wie man damals sagte eine Art Bewunderung im übrigen Faszination mit diesem Zahlengedächtnis zum Verrücktwerden wie es scheint ist das typisch für bestimmte Formen von Schwachsinn da gibt es den Fall jener völlig durchgeknallten und schwachsinnigen amerikanischen Zwillingsbrüder die im Spiel die Leute in kleine Stücke zersägten nur zum Spaß! einfach so! aber sie konnten in wenigen Sekunden jede Quadratwurzel oder jeden Logarithmus im Kopf ausrechnen wirklich nicht zum Lachen diese Leidenschaft für Mathe wie geht's uns heute? die linke Augenbraue der mürrischen alten Krankenschwester ist gegenüber der anderen leicht versetzt als verschöbe sie sich nach oben ein Zeichen stummer Empörung bei ihr ich kenne sie gut meine Frau Oberst seit mehr als zehn Jahren bilden wir gleichsam ein altes Ehepaar sie und ich so versetzt erinnern ihre dichten Augenbrauen an die Zeiger der riesigen Uhr die auf dem Bahnhof prangt übrigens ein Ort den es zu meiden gilt weil dort ständig Onkel Hocin herumlungert es ist sein Hauptquartier bestimmt wegen der Moschee die er aufsucht und die sich ganz in der Nähe befindet die alte Krankenschwester murrt sie mag nicht daß ich familiär oder freundschaftlich mit den Kranken umgehe sie hat sehr strenge und unverrückbare Prinzipien jedes an seinem Platz man wirft die Lappen aus Vichy-Stoff nicht mit den Tüchern aus Tlemcen-Seide zusammen predigt sie mir oft es stimmt daß zuviel Familiarität den Kranken selbst stören kann aber. Sie warf mir einen bösen Blick zu. Ihr Gesicht machte auf mich den ungereimten Eindruck, als krempelte es sich auf. Auch ihre rechte Augenbraue hob sich. Auf diese Weise wirkte ihr Gesicht wie eine Uhr mit blockierten, eine gerade Linie bildenden Zeigern. Sie antwortete verkniffen: Zu Befehl Herr Doktor! Absichtlich verwendete sie einen militärischen Ausdruck. Das sollte ihr wohl Autorität verleihen. Der Kranke lächelte über das Verhalten und die Redeweise der alten, ansonsten sehr tüchtigen und sehr zuverlässigen Krankenschwester. Die eine alte Jungfer geblieben war.

Warum? Aus Berufung oder Provokation. Wem will sie eigentlich Trotz bieten? Ich blinzelte dem Kranken zu. Das entspannte die Atmosphäre. Ich spürte, daß er sich gehen ließ. Daß er sich lockerte. Von neuem packte mich jene peinigende Erinnerung. Am Tag an dem wir von den Soldaten überrascht wurden die kamen um das Haus zu durchsuchen bis an die Zähne bewaffnet und von hechelnden nervösen Polizeihunden begleitet wühlten sie überall herum stiegen auf die Terrasse genau da hatte ich die *Schisseritis* bekommen und ihre unmittelbare und voraussehbare Folge: die Schilddrüsenstörung zusammen mit einer erschreckenden Bulimie ich fraß den ganzen Tag aber da mir das verboten war klaute ich Nahrung versteckte mich um mir den Bauch vollzuschlagen höllische und schändliche Jahre als die Soldaten auf die Terrasse stiegen entdeckten sie die Inschriften mit gelber Kreide auf dem Boden lauter politische Slogans! ich hatte einen Komplizen meinen Vetter Chems-Eddin er war ein paar Jahre jünger als ich und sehr viel mutiger aber null in Orthographie in beiden Sprachen außerdem sehr dickköpfig ich brachte meine Zeit damit zu im Wörterbuch nachzuschauen um ihm zu beweisen daß er unrecht und ich recht hatte Onkel Hocin sein Vater hatte sich - natürlich - beeilt uns bei dem Hauptmann zu denunzieren der den Einsatz leitete nur Chems-Eddin und ich waren zu so etwas fähig die meisten anderen Familienmitglieder hatten sich versteckt man mußte sie aus den Wandschränken den Waschküchen und Kellern herausholen mit Kolbenschlägen und wilden Bissen zum Töten abgerichteter Hunde meine Mutter zeigte sich mutig und konnte ihre Angst überwinden sie sagte auf Arabisch vor den Soldaten die sie nicht verstehen konnten und nach dem Tod ist trotzdem nicht alles für die Katz! Chems-Eddin den diese unerwartete Reaktion ermutigte spuckte dem Hauptmann ins Gesicht ich wußte daß er ein Hitzkopf war aber jetzt übertrieb er ich selbst war ganz kleinlaut der Hauptmann ohrfeigte meinen Vetter brutal auf beide Wangen er reagierte nicht er war es gewohnt Schläge einzustecken sein

Vater tat alles ihn zu peinigen er blieb unerschütterlich und haßerfüllt stehen minutenlang starrte er den Offizier an der ihn gerade geohrfeigt hatte dieser sagte wenn du kein Gör wärst hätte ich dir deinen dreckigen kleinen Rattenschädel durchlöchert er hielt Chems-Eddin seinen Revolver unter die Nase aber der muckste nicht wankte nicht verzog keine Miene ich war sprachlos starr vor Staunen versteinert viele Jahre später stellte mir Chems-Eddin folgende merkwürdige Frage: wie kriegt man diese Krankheit die man Angst nennt? Er sah verlegen aus etwas beschämt fügte dann angesichts meines Schweigens hinzu: auch ich würde sie gern kriegen und diesen Scheißmut loswerden der mir bloß Schwierigkeiten einbringt das wäre doch eine Erholung oder? was meinst du? sein Vater sagte über ihn der ist ein Dickschädel es ist nichts aus ihm rauszuholen genausogut könnte man Eisen kauen sein Sohn brachte seine Zeit damit zu ihm den Gehorsam zu verweigern ihm die Stirn zu bieten ihn zum Narren zu halten manchmal flüchtete sich mein schrecklicher Vetter zu uns und versteckte sich unter dem Bett von Tante Fatma ohne daß sie es wußte denn sie steckte mit Onkel Hocin unter einer Decke. Die Krankenschwester verließ das Sprechzimmer, ohne ihre schlechte Laune zu verbergen. Sagte, kurz bevor sie die Tür hinter sich schloß, schon gut ich gehe Herr Doktor zu Befehl Herr Doktor! Einige Tage nach dieser Durchsuchnung des Familienhauses durch die französische Armee begann ich anzuschwellen die Soldaten zwangen uns mit Wasser und Besen alle Slogans zu entfernen die wir mit gelber Kreide auf den Boden geschrieben hatten. W DAS ALGERISCHE VOLK! meine Mutter goß eimerweise Wasser aus und wir schrubbten den Boden mit unseren Besen mein Vater war wie gewöhnlich abwesend trieb sich irgendwo in der Welt herum Onkel Hocin zitterte wie ein alter Hampelmann und stotterte unterwürfig redete unentwegt fürchterlich lispelnd sagte Herr Hauptmann Herr Hauptmann... am nächsten Tag schrieben wir dieselben Slogans nochmal die wir tags zuvor unter Waffenandrohung entfernt hatten aber diesmal in größeren Buchstaben Chems-Eddin trieb den Eifer soweit neue und grimmigere hinzuzufügen diesmal nahmen wir rote Kreide diese Operation vollzog sich heimlich in der Nacht hinter dem Rücken der restlichen Familie die erschöpft war von den Ereignissen des Vortags wir hatten Kerzen um kein elektrisches Licht benutzen zu müssen und nicht den Argwohn meiner Mutter oder Tante Fatmas zu wecken die bestimmt über hundert war wenig schlief und seit ihrer Geburt ständig aufpaßte wie in der Familie erzählt wurde immer auf der Lauer immer auf der Hut wir fügten also neue Slogans hinzu Chems-Eddin hatte sogar die Kühnheit die Orthographie einiger komplizierter Wörter im Wörterbuch nachzuschauen wobei er mir sagte um das Gesicht nicht zu verlieren die Soldaten sollen uns nicht auslachen wenn wir Fehler machen trotzdem schrieb er ABAT LA FRANSSE einige Tage später sagte Mama zu uns ihr wollt uns wohl auf die Guillotine bringen verdammte Bengel! Wir begriffen daß jemand ihr den neuen Slogan übersetzt hatte wir waren erneut verraten worden wir waren sicher daß eines der Mädchen ihn für Mama übersetzt hatte denn die Buben setzten seit der Hausdurchsuchung nie mehr einen Fuß auf die Terrasse die Krankenschwester ging also schlurfend hinaus. Der Kranke machte eine unfreundliche Bemerkung über sie und lachte tückisch. Ich warf ihm einen vernichtenden Blick zu. Er setzte wieder die Miene eines gewöhnlichen Kranken auf. Fügte sich wieder in die hierarchische Ordnung der Welt und der Dinge ein. Ich bat ihn, sich auszuziehen, und nutzte die Gelegenheit, ans Fenster zu treten. Ich sah die sich bewegenden gelben Kräne, gleichsam gefangen zwischen völliger Reglosigkeit und jäher Beschleunigung. Ich empfand ein großes Vergnügen beim Anblick dieser Geräte. Mir sagend, es ist wirklich ein Mittelding zwischen Giraffen und Raubvögeln.

Und er sprach weiter ohne jede Prahlerei und ohne Triumphalismus. Sagte also - ruhig - wir hatten beschlossen ihnen die Kehle durchzuschneiden ohne jemand um seine Meinung oder irgendwen um Erlaubnis zu fragen wir wußten nicht mal wie wir mit den Leuten des Widerstands in Verbindung treten sollten irgendwas mußten wir tun wir sind in diese Soldatenkneipe gegangen sie war voll von Fremdenlegionären wir haben uns an den Tisch in der Nähe der Toiletten gesetzt und taten als würden wir trinken und uns besaufen ich bin mehrmals reingegangen um zu kotzen damit mir das Bier nicht in den Kopf stieg ich war es damals nicht gewöhnt zu trinken anders als heute! wie du weißt die Toiletten waren abstoßend dreckig die Wände wie zerfressen von der Feuchtigkeit Toiletten nach türkischer Art du verstehst aber sie waren völlig überflüssig denn die Soldaten hatten sich angewöhnt an die Wände zu pinkeln damit sie nicht zu warten brauchten bis sie an der Reihe waren du weißt schon diese Typen die es eilig haben vor der Sperrstunde soviel wie möglich zu schlucken komisch alle diese Erinnerungen es bleiben mir nur unwichtige Einzelheiten mit denen ich dir auf den Wecker gehe und die ich ständig wiederkäue ich habe dir das alles mindestens schon tausendmal erzählt oder? nur die Anhäufung von Nichtigkeiten ist wahr wie Kamil sagte weißt du das Komischste war daß die Leute die an jenem Tag mit mir waren zumindest jene die nicht im Krieg gefallen sind inzwischen Stammkunden dieser Kneipe sind in der wir unseren Coup gelandet haben der älteste von uns war höchstens zwanzig es stimmt daß nur völlige Nebensächlichkeiten bleiben wie haben wir sie abgeschlachtet? wie haben wir sie aus der Kneipe gekriegt? ich habe keinen blassen Schimmer totaler Nebel was vorher war daran erinnere ich mich sehr gut aber was nachher kam daran erinnere ich mich überhaupt nicht wir waren vier oder fünf und dann gab es eine große Säuberung die Stadt wurde auf den Kopf gestellt eine wahre Schlächterei wie waren wir auf die Idee gekommen das Attentat zu organisieren? auch das weiß ich nicht es lag in der Luft in der Atmosphäre wir mußten etwas tun irgendwas... Ich sagte erinnerst du dich wenigstens an den genauen Tag? er ist in die Geschichte eingegangen. Er sagte ja aber nicht wirklich August 55?

Ich sagte welcher Tag? Er sagte ich muß dir gestehen daß ich es nicht mehr weiß deine Mutter hat uns versteckt mich und ein Mitglied der Gruppe seine Seele sei bei Gott Tante Baya eine richtige Frau! Ich hatte Angst, daß meine Tränen mich verrieten. Er fuhr fort, immer noch ruhig, sagte wir haben sie wohl gegen elf Uhr nachts umgebracht eine halbe Stunde später kam der große Rummel die Stadt geplündert Leichen zu Dutzenden überall Panzer... Er war sehr früh von der Schule abgegangen und sprach, wie Autodidakten es tun, das heißt indem er hin und wieder ein selten gebrauchtes oder ausgefallenes Wort anbrachte. Er war mein treuer Gefährte in der Koranschule gewesen. Sie lag neben der Wohnung meines Großvaters mütterlicherseits. Langsam brach die Nacht herein. Die Dunkelheit ließ sich gleichsam verstohlen im Sprechzimmer nieder. Ich wagte nicht, Licht zu machen, um ihn nicht zu unterbrechen oder zu stören oder zu entmutigen oder aufzuscheuchen. Chems-Eddin war gebrechlich geworden. Er lebte unter den Phantomen. Trank viel, wie um sie in Alkohol zu ertränken, aufzulösen. Auch sie durfte man nicht stören. Er brauchte sie. Vielleicht wollte ich auch deshalb kein Licht machen, um selber in dieser vorteilhaften schützenden Dunkelheit zu bleiben, für den Fall, daß ich einer Regung jener lächerlichen Sentimentalität nachgab, jener krankhaften Gefühlsduselei, die mich jedesmal bedrohte, wenn man diese schreckliche Zeit wachrief, eine Zeit der Kindheit wie des Krieges. Die Legionäre waren rasend geworden sie waren auf Panzer geklettert und schossen auf alles was sich bewegte sie töteten Hunderte von Unschuldigen und wir die Schuldigen wir waren ungeschoren davongekommen welche Ironie des Schicksals! Er konnte nicht aufhören zu reden. Ich spürte, daß er es wollte, aber es gelang ihm nicht. Er ärgerte sich über sich selbst. Und er fuhr fort: ich habe mich also bei deiner Mutter versteckt und du hast nichts davon erfahren sie konnte ein Geheimnis für sich behalten Tante Baya eine richtige Frau eine wunderbare Frau sie hat mich ihren anderen Neffen immer vorgezogen wie damals als ich im Laden deines Vaters arbeitete und den lieben langen Tag Kisten zunagelte und den Deppen machte sie hatte Mitleid mit mir erinnerst du dich diese langen Lattenkisten die man mit Orangen oder Mandarinen oder was weiß ich füllte und mit Brettern abdeckte auf denen in roter Tinte der Name meines Onkels stand? es gab auch die Jahreszeit in der man die Eier exportierte noch heute habe ich den Eiergeruch in der Nase und jene Holzspäne erinnerst du dich? wir benutzten sie um die Eier zu schützen und außerdem sah es hübsch aus und es roch gut oder? immer dieser Geruch nach faulem Obst und verdorbenen Eiern in der Nase oder an meinen Fingerkuppen ich brauche nur zu schnuppern um... dein Vater mochte es nicht daß ich mir die Finger mit der roten Tinte des riesigen Stempels schmutzig machte wir haben ihn zu zweit aufgedrückt erinnerst du dich? ständig war er dabei mich zusammenzustauchen und manchmal setzte es Prügel! Er begann zu lachen, als er diese etwas läppischen Erinnerungen heraufbeschwor. Ich sah ihn jetzt nicht mehr, denn es war stockdunkel. Dann kam er auf das Attentat zurück: wir alle sind in jener Nacht ohne allzugroße Schäden davongekommen aber die Bevölkerung was hat sie am nächsten Tag alles schlucken müssen deine Mutter brachte mir die Zeitung mit diesem Scheißsatz der sich über acht Spalten hinzog **EINE GRUPPE GESETZLOSER IN CONSTANTINE VÖLLIG VERNICHTET** ich war verrückt krank erledigt es war falsch keinem Mitglied der Gruppe war auch nur ein Haar gekrümmt worden sie hatten bloß Dutzende von Unschuldigen niedergemetzelt zur Vergeltung ich hatte mich bei deiner Mutter versteckt mit einem Kameraden aber das habe ich dir schon tausendmal erzählt ich weiß nicht warum du mich quasseln läßt... deine Mutter die Arme hatte eine Heidenangst vor deinem Vater du kennst deinen Vater besser als sonst jemand nicht wahr? Ich sagte: lassen wir das... Er sagte: und wie geht es ihm? Ich sagte: ihm geht es blendend vor knapp einem Monat habe ich ihn in Aïn Beïda besucht er wird hundert werden und darüber. Er sagte: das wundert mich nicht dazu ist er glatt imstande ein komischer Typ wie alt ist er jetzt genau? Ich sagte: im Juli wird er einundachtzig du weißt er wurde 1905 geboren... Er lachte herzhaft, oder vielmehr ich hörte ihn herzhaft lachen. Denn ich sah ihn nicht mehr. Es war stockdunkel, und ich wagte noch immer nicht, Licht zu machen. Er sagte: ein komischer Typ ein bißchen genial exzentrisch erstaunlich ein Jammer was er deiner Mutter angetan hat das verzeihe ich ihm nicht kein Pardon aber im Grunde wußte er nicht daß er etwas Böses tat... Ich sagte: nein da kann ich dir nicht folgen suche nicht nach Entschuldigungen für ihn. Er sagte: aber er hat den Franzosen ganz schön eingeheizt ohne ihn hätten weder du noch ich uns auf den Krieg eingelassen oder? erinnerst du dich wie oft man ihn aus politischen Gründen in den Knast gesteckt hat? Ich sagte: natürlich aber das ändert nichts daran er war ein Schwein er hat uns alle terrorisiert und besonders Mama... sag mal erinnerst du dich an die arabische Miniatur die im Laden über seinem Schreibtisch hing? Er sagte: vage sehr vage oder vielleicht gar nicht du weißt ja die Bücher die Bilder das ist nicht meine Stärke auch nicht mein Fach er dagegen war sehr gelehrt und gebildet nicht wie mein dämlicher Vater seine Seele sei trotzdem bei Gott der arme Typ er war bösartig... Plötzlich sagte ich zu ihm, gleichsam schamhaft: erinnerst du dich an den Geruch meiner Mutter? an jene Ohrfeige meiner Mutter? jene Ohrfeige die ich nicht vergessen kann so sehr ich mich auch anstrenge.

Nächtliche Einsamkeit. Schmerzhafte Funken durchlöchern meinen Kopf trotz der gummiartigen Stille. Unzählige Perversionen verwüsten mein kränkelndes, bulimisches, abulisches Bewußtsein. Diese schrecklichen, aufreibenden Erinnerungen, die in Höhe der Schläfen explodieren in einer fortwährenden unregelmäßigen Zuckung. Wie eine Herzrhythmusstörung an einer sehr falschen, da sehr sichtbaren Stelle! Eine fortwährende Zuckung also, in tausend Segmente zersplitternd. Sich brechend. Sich auflösend. Sich von neuem bildend. Sich zusammenballend. Sich verflüchtigend. Dann von neuem anschwellend. Sich verdoppelnd. Sich überlagernd. In wahnsinnigem Tempo. Von violettbläulich-orangen Blitzen durchzuckte Fluoreszenzen. Auch farbige Linien, sich dehnend, sich krümmend, sich aufsaugend, sich verschlingend. Ohne Unterlaß. Sich wiederholende ohrenbetäubende Stimmen: Totty-Botty! Foffy-Boffy! Moffy-Zoffy! Voller Mehl bis zur Nase! Voller Fett bis zum Hintern! Gleichsam flimmerndes Entsetzen. Gleichsam weiche Melancholie. Von all diesem vergossenen Blut gleichsam feuchtes Grauen! All dieses wie von Jammer getränkte Fett. Regnerische Nacht. Schneeig. Dicht. Finster. Das Licht der Lampe häuft jäh die elektromagnetischen Schatten an. Es zerspringt. Bespritzt mein Gesicht. Klirrt in meinem pummeligen Körper. Abulische Empfindlichkeit, unergründliche bulimische Leere, nicht in Höhe des Magens, wie man meinen könnte, sondern eher in Höhe der Brust. Jene Art wehleidige Angst! Töne. Flecken. Lichthöfe. Haßgefühle. Mondstrahlen, die sich über den alten Maulbeerbaum hinwegsetzen, um schließlich die Fensterscheiben des Zimmers zu peitschen, in das ich mich verkrochen habe trotz der inständigen Bitten von Kamil und Chems-Eddin. Mondlicht also. Eine Art Aquarell, malvenfarben, beige. Aquarium. *Aqua velva* der ersten Rasuren hinter dem Rücken des Vaters. Mit jenem süßlichen Geruch. Eine Lotion, von Kamil geschenkt, der sie wohl jener ewig verliebten dämlichen Jacqueline geklaut hat, deretwegen wir uns oft stritten ich und Kamil (wobei Kamil zu diesem Thema jedesmal, wenn er sich von meinen Argumenten überrumpelt und von denen Chems-Eddins überwältigt fühlte, sagte: nerv mich nicht mit deiner lateinischen Etymologie die ist Jacquelines Arsch nicht wert...), aber das dauerte nie sehr lange. In meinem Innern gibt es einige unerforschliche Abgründe, und zwischen den verschiedenen Schichten gelben und hart gewordenen Fetts gären die bösen Wörter; das heißt alle koranischen, väterlichen, mütterlichen, lateinischen, arabischen, französischen und mathematischen Wörter. Wenn meine beiden Komplizen mich verlassen, habe ich den Eindruck, daß die Stadt auf mich herabstürzt. Die wie auf einem Horst hockende Stadt. Constantine also mit seinen Schwindelgefühlen, seinen Hängebrücken, seinen verstreuten Kasbahs auf dem Ocker der endlosen Steilhänge und den verwitterten Felsen. Das schwebende Constantine, wo die Versuchung des Selbstmords größer ist als in irgendeiner anderen Stadt! Constantine also; das heißt das, was mein Auge zuerst zu sich aufsteigen sah, eine Art Gewimmel zusammengeklumpter Einzelheiten im Vordergrund, so offenkundig, daß man Angst hat, sich das Gesicht daran zu zertrümmern. Dann allmählich entartend - diese städtischen Konglomerate und Aggregate; das heißt im Maße der aufeinanderfolgenden Ebenen; die Einzelheiten immer elliptischer machend. Verwischt. Zerstoßen. Zerbrochen. Punktiert. Wie Kürzel. Zu schematisch und schematisiert. Wie von Da Silva. Constantine also, das heißt jene Reihe von Fenstern, Balkonen, Kuppeln, Säulen, Minaretts usw. Das ganze jedoch verwaschen, verblaßt, grün, ocker, blau, rosa, gelb, beige usw. Mit verblichenen, bläßlichen, faden, gleichsam durchscheinenden Farben. Sich langsam in Schraffuren verwandelnd, in Striemen, Vertikale, Punkte usw. Wie kolorierte Nadelköpfe, zu Millionen und mehr! In unendlich kleine Teile zersplitternd. Stadt, in der jenes Haus stand, in das ich mich verkrochen hatte, um dem Gespött der Kinder und der französischen Soldaten zu entgehen. Ein Haus, das einen scharfen und durchdringenden Duft verströmte oder vielmehr einen Geruch nach modrigen Stoffen, getrockneten Aprikosen, sauer gewordenen Früchten und nach Ölen zum Schmieren der Nähmaschinen meiner Mutter, die davon ein ganzes Arsenal verschiedener Marken besaß: SINGER, NECCHI, SCHNEIDER, BORLETTI usw. Die er (der Vater) unentwegt kaufte, trotz den wiederholten, aber höchst naiven Protesten meiner Mutter. Als wollte der Gebieter der Örtlichkeiten sie mit seinem subtilen Trick hier festnageln an ihre stupiden Maschinen, um seine endlosen Wanderungen, seine extravaganten Mätressen, seine unumgänglichen enzyklopädischen Leidenschaften und seine zahlreichen Gefängnisaufenthalte aufzuwiegen. Meine Mutter also - ihm zufolge - reglos an diese verflixten Maschinen gefesselt angesichts seiner Nervosität, seiner Unrast, seiner Überreiztheit, seiner Ruhelosigkeit und seines Aktivismus. Sicherlich eine hinterhältige Art, sie in Beschlag zu nehmen, sie ständig zu beschäftigen und nicht nur ihre Zustimmung zu erkaufen, sondern auch ihren Segen, ja sogar ihr Gewissen. Er hörte also nicht auf, sie in Beschlag zu nehmen, mit diesen vielfältigen Maschinen zu überhäufen, wie um sie damit vom Ehebruch fernzuhalten. Oder vielmehr vom Gedanken an Ehebruch. Mama war sich nicht klar darüber in ihrer Naivität, ihrer Güte und ihrem hoffungslosen Mangel an Phantasie. Ahnte also nichts. Das Haus, das also jenen scharfen, durchdringenden und alles tränkenden Duft nach Moder Rosenessenz Fett neuen Stoffen getrockneten Aprikosen und verfaulten Maulbeeren verströmte. Einen Duft (oder Geruch oder Gestank), den ich zum Schluß nicht mehr von ihr (meiner Mutter) trennte, obwohl in Wirklichkeit der Geruch nach Kreppseide sie am meisten kennzeichnete. Oder vielmehr jener wunderbare Duft mazerierter Rosenblätter! Ein gleichsam rauher Geruch. Gleichsam chemisch. Gekräuselt. Als wäre meine Mutter selber eine jener gebrechlichen klapprigen und staubigen alten Personen, die im Haus herumspukten. Vertrocknend im ständigen Frühlingsgeruch der von Tante Fatma in Konfitüre verwandelten Maulbeeren und von einer neurasthenischen jungen Tante in ölige Paste verwandelten Aprikosen, die in Olivenöl in den alten auresischen Krügen schwammen, die zwar etwas rissig, etwas verbeult waren, aber standhielten und mühelos die Last der Jahre trugen, und nach Rosenblättern, die meine Mutter in der unbeschreiblich flachen Phiole aus violettem Glas mazerieren ließ, die ihr kommunistischer Vater ihr geschenkt hatte. Als ginge die Beständigkeit der Gerüche einher mit der Beständigkeit der.

ZWEITER TEIL

"Möge der Weise den Ursprung der Schismen erspähn!...
Der Himmel ist ein Sahel, in dem die heilige Karawane
auf der Suche nach Steinsalz einherzieht.
Mehr als ein Jahrhundert verhüllt sich, wo die Geschichte
versagt."

Saint-John Perse, *Exil*

Gelb wie die Pferde, die auf der Miniatur zu sehen sind und die mehrere Reiter tragen, darunter Tarik ibn Ziad, umringt von seinen Offizieren. Das Gesicht der Ebene von Jerez, schreibt Ibn Khaldun, zugewandt. Insgesamt nicht mehr als zehn, einschließlich ihres Anführers, der bekannt geworden ist, weil er Andalusien erobert und und als erster Gibraltar eingenommen hat. Der Rest der Truppe besteht aus Offizieren, Trommlern, Trompetern und Standartenträgern. Aber auch wenn die gelbe Farbe vorherrscht, so sind einige Pferde doch von anderer Farbe. Einige sind granatrot. Andere kastanienbraun. Wieder andere eher rußbraun. Alle Pferde stehen in einer Reihe. Mit Ausnahme eines einzigen, auf dem ein Tambourmajor sitzt und das ein paar Schritte nach vorn versetzt ist. Hinter der Gruppe sieht man fünf Standarten. Erstens: eine Standarte aus grauem Stoff, auf der in kufischer Schrift folgende Wörter geschrieben sind *(Sprich: Gott ist der einzige Gott).* Die Fortsetzung der Wörter ist verdeckt. Zweitens: eine rote Standarte, auf der man, von oben nach unten, folgendes entziffern kann *(Gott ist groß)*, und zwischen diesen Wörtern befindet sich eine Zeichnung, eine Art Stern mit vier Zacken. Drittens: eine gelbliche Standarte mit mehreren weißen Buchstaben, die wegen der Ähnlichkeit von Inhalt und Form nicht zu entziffern sind. Für jemanden, der gute Augen hat und sich Zeit nähme, die Miniaturen genau zu betrachten, ist es jedoch möglich, wenn auch mit einigen Schwierigkeiten, das Wort (الله) = (Gott) zu erkennen, im letzten, das heißt unteren Drittel der Standarte, auf der rechten Seite. Viertens: eine schwarze Standarte, auf die man die Wörter *(Es gibt keinen Gott außer Allah)* gestickt hat, um ihre logische Folge *(Mohammed ist sein Prophet)* verkürzt, oder die man deshalb nicht sieht, weil der

Kopf eines Tambourmajors, eben desjenigen, der ein paar Schritte vor den anderen Reitern steht, gerade wegen seiner Stellung das letzte Viertel der Standarte verbirgt. Fünftens: eine granatrote Standarte mit der Inschrift *(Es gibt keinen Gott außer Allah Mohammed).* Die Fortsetzung des Satzes wird vom Kopf eines der Tarik ibn Ziad begleitenden Offiziere verdeckt. Auf jeder Standarte befindet sich am Ende des Schafts eine Art Quaste: das heißt ein Knäuel aus Baumwollfasern, dicht, kegelförmig und rosafarben, und - vielleicht - sind es eben diese Quasten, die jedes rechteckige Stofftuch an seinem Schaft festhalten. Es gibt deren zehn. Also zwei für jede Standarte, deren Rahmen verborgen bleibt: was jede Hypothese bezüglich des Materials, aus dem er besteht, unmöglich macht. Abgesehen von diesen fünf Standarten, die hinter der Gruppe erscheinen, kann man drei Fahnen sehen, jeweils von einem der Offiziere des berberischen Eroberers getragen, der sich erst vor kurzem zum Islam bekehrt hatte, einige Monate vor seinem Aufbruch zum Felsen der Meerenge, der aus gegebenem Anlaß Gibraltar getauft wurde. Einer der Träger könnte Tarif (der der spanischen Stadt Tarifa für immer seinen Namen geben sollte) ibn Malik al-Nakhi sein, der Vertrauensmann von Tarik ibn Ziad. Die drei Fahnen tragen die gleichen geometrischen Zeichnungen wie die fünf Standarten, das heißt ein Ensemble aus Vierecken, Rechtecken, Kreisen, Dreiecken und Rauten. Auch die Farben sind identisch. Das heißt, daß hier das Schwarz die anderen von ihm abgeleiteten Farben beherrscht. Das heißt das Violett, das Rosa und das Blaßgelb. Ebenso trägt jede Fahne eine Art wollige, ausgefranste oder - vielmehr - gleichsam faserige Troddel von rötlicher oder - vielmehr - violetter Farbe. Auf der äußersten Linken der Miniatur erscheint ein rechteckiges und sehr schmales Banner. Einer der Offiziere trägt es mit beiden Händen, damit den Eindruck erweckend, als wäre es sehr schwer. Das Banner ist in der Mitte schwarz und an den anmutig verzierten Seiten golden: überdies mit Dutzenden etwas flitterartiger, fröhlich kolorierter

Fransen und Litzen aus Wollstoff mit seidig schimmernden Stikkereien; aber es ist unmöglich, die Inschrift zu lesen, wegen der Schäden, die die Miniatur von Wasiti auf dieser Seite des Bildes erlitten hat. Vielleicht aber ist dies auch ein vom Maler gewollter künstlerischer Effekt, gleichsam eine Unschärfe, die, auf einem winzigen Teil des figurativen Bildes, die Idee von Virtuosität oder Abstraktion vermittelt. Nichtsdestoweniger ist dieser Teil dunkel, gleichsam trüb oder verwischt oder - sogar - mißlungen. Vielleicht auch verdankt sich dieser Eindruck von Verschwommenheit, der von diesem kleinen Teil der Miniatur ausgeht, lediglich philosophischen oder metaphysischen oder rundweg esoterischen und religiösen Gründen; was diesen unleserlichen, kaum wahrnehmbaren und unverständlichen Zeichen, die auf dem schwarzen Banner erscheinen, einen zauberischen Charakter verliehe, das heißt als wären es einfach schwer verständliche, kodierte, rätselhafte Linien, die einzig für die eingeweihten Anhänger jener erobernden Muslime einen Sinn haben, wobei diese etwas kabbalistischen Zeichen geeignet wären, ihre Feinde irrezuführen, sie schwindlig zu machen, sie festzunageln, sie zu blenden, zu faszinieren und zu verblüffen; vor allem Roderich, den Anführer der Westgoten, der ein riesiges Heer von über 40 000 Mann ausgehoben hatte, zum größten Teil Goten, Franken und Gallier, die wohl der Zauberei jener magischen, übernatürlichen und hypnotisierenden Inschriften erlegen waren, verhext, fasziniert, betäubt, bestürzt oder - vielmehr - von Bestürzung getroffen, so wie man sagt vom Blitz getroffen; also alle ihre Mittel einbüßten und sich vernichten ließen von jenen 10 300 muslimischen Kriegern, von denen - laut Ibn Khaldun - 10 000 Numidier und nur 300 Araber waren. Im übrigen nicht 10 300 Krieger, sondern vielmehr 10 300 Abgesandte Gottes, von ihm beauftragt, die heilige muslimische Religion unter den Völkern und den gottlosen oder ketzerischen oder heterodoxen Volksstämmen zu verbreiten. Auch dies: die zehn Offiziere tragen alle den gleichen schräggeschnittenen Bart. Nichts unterscheidet, was die Barttracht anbelangt, Tarik ibn Ziad, den gefürchteten Militärstrategen, von seinen Adjutanten und anderen Begleitern, Musikanten oder Standartenträgern oder Fahnenträgern oder dem Träger des Banners, dessen Inschrift absolut nicht zu entziffern ist. Die Musikinstrumente waren vier an der Zahl (oder drei, in Anbetracht der Tatsache, daß die Trommel aus zwei Teilen bestand, was sie fast in zwei voneinander unabhängige Instrumente verwandelte), das heißt: zwei Trompeten und ein Tamburin mit zwei Elementen = zwei Trommeln. Falls nicht für jemanden, der das Bild rasch und oberflächlich betrachten würde, was es ihm nicht erlaubt, sich für solche Details zu interessieren oder ihnen Bedeutung beizumessen, Details, die zwar unwichtig sind, aber - den Malern selbst zufolge - das Wesen der künstlerischen Arbeit ausmachen (die Anhäufung von Nichtigkeiten), die Zahl der auf der Miniatur erscheinenden Musikinstrumente auf drei Elemente beschränkt wäre. Aber es wäre müßig, sich auf irgendwelche Spezialisten zu berufen, um eine derartige Angelegenheit zu entscheiden, denn das würde eine alles in allem legitime, aber völlig nebensächliche Merkwürdigkeit in ein Problem metaphysischer oder philosophischer oder ästhetischer Ordnung verwandeln; man würde dann endlos darüber reden. Dasselbe Problem würde sich stellen, wollte man die Zahl der verschiedenfarbigen Turbane genau bestimmen, die deutlich auf dem Bild erscheinen, zumal sie von identischer Form sind. Was jedoch in diesem Fall ein wenig stört, ist die Tatsache, daß sich einer der Offiziere barhaupt zeigt, den Eindruck erweckend, als hätte er vergessen, seinen Turban aufzusetzen, bevor er sich zu dem Gros der arabischen Truppen stellte, entweder aus Versehen oder aus Vergeßlichkeit oder aus Unachtsamkeit; es sei denn, es handelt sich hier um eine technische Redundanz oder um eine Art (wie nennt man das doch im Fachjargon?) vierte Dimension, die der geniale Maler vorausgeahnt hätte, in diesem Fall Wasiti (1210-1278). Zumal sich dieser einzige Offizier ohne Turban auf der äußersten Rechten des Bildes befindet und es sich, sehr genau, um den zweiten Trompeter handelt. Auch die Zahl der Pferde bereitet demjenigen, der dieses herrliche Kunstwerk betrachtet, einige Probleme. Es gibt nämlich zwölf Pferde, aber nur zehn Reiter. Warum diese etwas ungereimte Differenz, vor allem wenn man weiß, daß eine Schlacht bevorsteht, die das Gesicht Europas verändern wird? Es lassen sich mehrere Hypothesen vorbringen. 1. Vielleicht waren die beiden fehlenden Offiziere von ihren Reittieren abgeworfen worden und lagen am Boden, weil selber zu nervös angesichts der Größe der Verantwortung, die sie erwartete und die sich in dem Willen konkretisierte, ganz Europa zu erobern, beginnend in Andalusien. 2. Vielleicht waren die beiden Reiter während der Überfahrt über die Meerenge getötet worden und die beiden Pferde mit den anderen Offizieren weitergezogen, automatisch oder instinktiv oder aufgrund eines bedingten Reflexes. 3. Vielleicht auch waren die beiden Reiter Opfer der optischen Täuschungen, die jeden Blick verfälschen, aufgrund bestimmter unumgänglicher physikalischer Gesetze, und die es dem Maler unmöglich machten, die beiden Männer zu zeichnen, die - bizarrerweise - zu fehlen scheinen. 4. Oder vielleicht hatten die beiden Offiziere ihre Pferde nur für einige Augenblicke alleingelassen, um ein dringendes natürliches Bedürfnis zu befriedigen, sich einen Moment auszuruhen, ihre Gebete zu verrichten, den Sattel zu wechseln oder aus irgendeinem anderen schwer erkennbaren Grund, in Anbetracht der unberechenbaren Zahl der Hypothesen und Wahrscheinlichkeiten, die sich unmöglich alle aufzählen lassen. 5. Vielleicht.

Aber kann man eine fremde Stadt besichtigen die fast am andern Ende der Welt liegt und noch dazu scheußlich ist eine Art idiotisch am Ufer der Meerenge aufragender Stein? du bist wirklich blöde Tarik alles nur weil dein Vater dich mit demselben Vornamen ausstaffiert hat wie ihn jener Eroberer trug ob er nun ein Berber oder ein Numidier war das ist dasselbe wenn man bedenkt daß man noch heute an dem abfälligen Wort Berber festhält das uns gnädig von diesen Scheißrömern offeriert worden ist für die wir einfach Barbaren waren daher das Wort Berber! (Tarik ibn Ziad) der diese Stadt eingenommen ihr sogar seinen Vornamen gegeben hat (Dschebel Tarik) der zu (Dschib Altar) wurde und dann durch Kontraktion zu (Gibraltar) eine Manie bei den Europäern die Kontraktion der Wörter! das ist schierer Narzißmus mein Alter du bist wirklich verrückt unentwegt piesackst du mich damit ich dich in diese Drecksstadt begleite bloß weil sie von einem muslimischen Eroberer eingenommen worden ist im Jahre 711 ich träume oder was hörst du 711! es ist jetzt genau dreizehn Jahrhunderte her daß das passiert ist und du möchtest auf den Spuren deines illustren Namensvetters wandeln obwohl ihr doch bloß den Vornamen gemeinsam habt das alles ist die Schuld deines Papas... Andalusien ist uralt *(Alsbald schickte Tarik ibn Ziad einen Sendboten zu Musa ibn Nusair, um ihm mitzuteilen, daß er Gibraltar erobert und ungeheure Beute gemacht habe. Letzterer empfand darüber Neid und schrieb ihm einen Brief, in dem er ihm vorwarf, seine Befugnisse überschritten zu haben, und ihm den Befehl erteilte, seinen Vormarsch nicht weiter fortzusetzen und sich nicht eher zu rühren, bis er zu ihm stieße ...)* mein Alter diese Sache ist schon lange zu Ende und außerdem warum willst du daß ich dich in diese schauderhafte Stadt begleite? Gibraltar ist eine ganz gewöhnliche und ganz banale Stadt. Er sagte kein Wort. Lachte kurz auf. Nahm dann wieder seine ursprüngliche Haltung ein. Als wollte er mich nicht allzusehr in die Enge treiben. Das war immer seine Taktik, wenn er etwas von mir wollte. Er verstand sich darauf, denn er kannte mich sehr gut, seit jeher. Er vergaß darüber seinen Stolz. Lag mir seit ein paar Wochen in den Ohren. Quälte mich mit dieser Bitte. Flehte mich unentwegt an, ihn nach Gibraltar zu begleiten. Ich sagte aber diese fixe Idee ist eine Grille eine Laune. Er hob die Augen zu mir. Wollte mir etwas sagen. Gab es auf. Nahm wieder seine ursprüngliche Haltung ein. Spielte den Phlegmatiker. Stumm. Gleichsam unerschütterlich.

Mit einemmal ging er zu seinem Schreibtisch. Öffnete die obere linke Schublade. Holte eine jener übertrieben kolorierten Reisebroschüren heraus und warf sie auf den niedrigen Tisch, in meine Richtung. Ich warf einen kurzen Blick auf das glänzende luxuriöse Deckblatt. Ich las, in sehr großen Buchstaben geschrieben, folgendes:

زوروا جبل طارق !

VISIT THE TOWN OF GIBRALTAR !

VISITEZ GIBRALTAR!

¡VISITEN USTEDES A GIBRALTAR!

worauf ich sehr schnell sagte: aber es ist eine typisch englische Stadt ebenso langweilig und häßlich wie englisch du bist dir wirklich nicht im Klaren laß doch diesen minderwertigen Narzißmus vergiß es! es handelt sich bloß um einen Mythos den du ständig aufblähst nur weil du denselben Vornamen trägst wie der Kerl der Andalusien erobert hat wissen Sie Herr Doktor (ich nahm ihn jetzt offen auf den Arm, so satt hatte ich seine Flausen) daß dieser wackere Militärstratege so berberisch wie er war dieser Tarik ibn Ziad genannt der Numidier mit dem Sie mir in den Ohren liegen Herr Doktor daß er die Weiber liebte fleischige runde saftige dralle Weiber mit üppigen Brüsten hart wie Marmor *(Ihr wißt wohl, daß diese Halbinsel euch wundervolle und sehr fleischige Geschöpfe zu bieten hat, Töchter hellenischer Könige, funkelnd von Perlen und Korallen, gekleidet in herrliche Gewänder aus mit Gold und Silber besticktem Musselin ...)* und krachenden Hintern du kannst sie dir vorstellen! Genau in diesem Moment brach er in Lachen aus. Gab seine Zurückhaltung auf. Sagte: ah Kamil du hast die gute alte Zeit nicht vergessen! Ich sagte: du versuchst mich bei den Gefühlen zu packen das ist ein abgenutzter psychologischer Trick die Kindheit laß diese Kindereien. Er antwortete nicht auf meine Vorwürfe. Als ob er sich ärgerte, spontan gelacht zu haben. Als ob er widerriefe. Sich korrigierte. Er machte auf mich den Eindruck, als grämte er sich, mit seiner von neuem abwesenden, somnambulen oder vielmehr gleichsam somnambulischen Miene. Eine leichte Wolke glitt hinter der Fensterscheibe gegenüber dem Ledersessel vorbei, in dem ich lässig saß. Ich hatte den Reiseführer nicht angerührt, den er mir, beinahe, an den Kopf geworfen hatte. Er lag da, auf dem schönen Marmortisch. Tarik kam auf mich zu und schob mir, verstohlen, mit ausdrucksloser Miene die grellfarbene Broschüre zu. Ich tat, als bemerkte ich dieses kleine Manöver nicht. Er kam noch näher! Da sagte ich: du willst also wirklich dieses Territorium Ihrer Majestät der Königin von England besichtigen diesen staubigen Stein! Er sagte: das ist nicht das Problem mach dir nichts draus Kamil kommst du mit mir? komm dann wirst du alles verstehen. Ich sagte: warum fährst du nicht mit deiner Frau ich habe hier zuviel zu tun um in Gibraltar den Hanswurst zu spielen. Er sagte: du nervst uns mit deinen Geschäften immer zuviel zu tun wenn du so weitermachst wirst du dich überarbeiten und dann kommst du zu mir und beklagst dich aber glaub mir ich werde dich nicht mehr behandeln. Dann brach er in ein etwas hysterisches, gleichsam unverschämtes, provokantes, jedenfalls deplaziertes Lachen aus. Wir schwiegen minutenlang. Die Krankenschwester klopfte an die Tür, sich entschuldigend. Er antwortete nicht. Sie steckte ihren Kopf einer fiesen und brummigen alten Jungfer herein und brüllte: Telefon in der Zentrale Herr Doktor! Er sagte nichts. Rührte sich nicht vom Fleck. Sie machte aggressiv die Tür wieder zu und verschwand. Ich sagte: ich weiß nicht mehr was ich mit dir machen soll Tarik du wirst mich am Ende rumkriegen weißt du wenigstens daß wir Visa brauchen für dein verdammtes Gibraltar? Er sah ganz überrascht aus, sagte wieso Visa? bist du sicher? Ich sagte, ironisch, warum wundert dich das? du glaubst wohl es ist noch immer das Land deiner Vorfahren! seit wann hast du diesen chauvinistischen Vergangenheitsfimmel? scheint ganz neu zu sein sag mal du hast wohl nichts behalten von den Lektionen unseres genialen Geschichtslehrers damals im Gymnasium... Er hatte nicht den nötigen Humor, auf einen solchen Geistesblitz zu reagieren. Im Gegenteil, er starrte mich sekundenlang an, wobei er murmelte du wirst es später verstehen komm mit mir und du wirst sehen es ist sehr einfach du wirst den verborgenen Teil des Eisgebirges sehen. Ich sagte kannst du nicht *iceberg!* sagen wie alle Welt? du gehst mir auf den Wecker mit deinem Manierismus und deiner Affektiertheit bloß kein Fremdwort in unserer ehrwürdigen verehrten heiligen geheiligten Sprache ah verflixte Sprache Kumpel die du nicht mit den unreinen Wörtern der anderen gottlosen Sprachen besudeln willst! dabei ist es kein französisches nicht mal ein englisches Wort bestimmt ein norwegisches oder jedenfalls in dieser Richtung des Planeten... willst du mich krank machen mit dieser nordischen Kälte und dieser fürchterlichen Stille? Er reagierte nicht auf meine Spötteleien und Anspielungen. Er wirkte verstört, wie von sich selbst oder - genauer - von innen heraus hypnotisiert, fern, anderswo. Ich erkannte ihn nicht wieder. Solch ein merkwürdiges Verhalten war ich bei ihm nicht gewohnt. Ich sah, wie sich seine Augen leicht beschlugen. Und ich sagte mir bestimmt gibt es etwas was mir entgeht. Plötzlich sagte er, wie um sich Haltung zu geben, willst du einen Kaffee? unsere alte Freundin die Frau Oberst macht einen sehr guten. Ich sagte ja wenn du willst. Er nutzte die Gelegenheit, aus dem Sprechzimmer zu gehen, wo wir uns zu treffen pflegten, nachdem die Poliklinik geschlossen hatte. Er kam mit einer Tasse Kaffee zurück. Ich bemerkte, daß er sich gekämmt hatte. Er machte zwei Schritte. Stellte die Tasse vor mich hin. Trat drei Schritte zurück. Stellte sich hinter meinen Rücken. Oder vielmehr hinter den Rücken des Sessels, in dem ich saß. Ich sah seinen Schatten, der sich grotesk auf der mir gegenüberliegenden Fensterscheibe spiegelte. Es war ein sowohl komischer wie gleichsam trauriger Schatten. Ich weiß nicht, warum ich diesen Eindruck hatte. Ich hörte ihn hinter mir sagen: du beneidest mich ein wenig nicht wahr? Ich hatte den Eindruck, daß die Worte, die auf diese Weise zu mir drangen, nicht aus einem menschlichen Mund kamen, sondern aus den leblosen Gegenständen, die in dem großen Raum ihren Platz gefunden hatten. Als wären die Töne aus Gummi, vielleicht wegen der Dunkelheit, die die Helligkeit des Tages anzuknabbern begann, die noch da war, gleich dem ephemeren Rest von etwas, was man Licht nennt. Ich glaubte, diese Elastizität der Wörter sei daran schuld, daß ich nicht genau verstand, was mein Freund zu mir sagte. Im Zweifel, zog ich es vor, nicht zu antworten. Ich hatte auch den Eindruck, daß sich seine Wörter zusammenrollten, sich in etwas Dunkelheit hüllten, bevor sie mich erreichten. Aber das war nur ein Eindruck. Ich beobachtete weiterhin, wie sich Tariks Bewegungen in der Fensterscheibe spiegelten. Die Atmosphäre ging von einer Art gelblichen Flüssigkeit zu einer Art auberginefarbenen Dichte über. Ich sah, wie er den linken Arm zu seiner Bibliothek hob und mit seiner rechten Hand nach einem Buch tastete, ohne sich umzudrehen, ohne sich zu bewegen und ohne die Stellung seines Körpers zu verändern, noch immer dem Fenster zugewandt. Auf diese Weise gelang es ihm, ein Buch herauszuholen. Genau aus der sechsten Reihe des Bücherregals. Ich sagte mir warum macht er denn kein Licht wo es doch fast schon dunkel ist? Zumal eine herrliche Lampe aus echtem Kristall auf seinem Schreibtisch stand. Ich wußte, daß sein Vater sie ihm aus Prag mitgebracht hatte. Tarik sagte mir einmal, sein Vater habe sie am 12. April 1934 in dieser Stadt gekauft. Ich vergaß diese Zahl nicht: 12-4-1934. Weil ich ein wenig eingeschüchtert war ihm gegenüber, denn er hatte ein phänomenales Gedächtnis für Zahlen, Gleichungen, Quadratwurzeln und Logarithmen. Ich kannte seinen Vater gut, aber noch besser kannte ich seine Mutter, die ich oft besuchte, bis zu ihrem Tod, während der Kriegsjahre. Er nahm also das Buch aus der sechsten Reihe des Bücherregals. Ich sah, auf der Fensterscheibe, Tariks geschrumpften Schatten, während er im Begriff war, den dicken Lederband aufzuschlagen (woher wußte ich, daß er aus Leder war, wo es doch nicht sehr hell war?). Er begann zu lachen *(Er empfand darüber Neid und schrieb an Tarik ibn Ziad, um ihm vorzuwerfen, daß er sich in Andalusien zu weit vorgewagt habe, ohne ihn davon in Kenntnis gesetzt oder um Erlaubnis gefragt zu haben, und befahl ihm, an Ort und Stelle zu bleiben und zu warten, daß er zu ihm stieße. Musa ibn Nusair ernannte seinen Sohn Abdallah, damit er ihn vorübergehend an der Spitze des Emirats des Maghreb vertrete, und begab sich unverzüglich nach Spanien, in Begleitung von Husain ibn Ali ibn Abdallah al-Mahdi al-Fahri. Er verließ Kairwan im Jahre 93 der Hedschra, an der Spitze eines riesigen Heeres, das aus Arabern, Berbern und reichen Freigelassenen bestand. Er kam an der Meerenge des Felsens an...)*; dann sagte er unvermittelt hast du auch Neid empfunden? Warum weigerst du dich, mit mir nach Gibraltar zu fahren, Kamil? Die Sache ist ernster und komplexer, als du es dir vorstellen oder denken kannst. Bestimmt weißt du, was ein geistiges Bild ist. Ich sagte ich weiß nicht genau was du mir da erzählst aber... Er unterbrach mich sagte doch doch du weißt es ganz genau, das zentrale Phantasma. Es scheint, daß es oft unbewußt ist, aber es sind keine läppischen oder mittelmäßigen psychologischen Flausen... Hab keine Angst ich werde dir keine Lektion in klassischer Psychologie zumuten... Mit einem Wort, mein zentrales Phantasma ist Gibraltar! Das klingt verrückt... oder komisch... lächerlich aber so ist es... ich bin mir der Ungeheuerlichkeit der Sache bewußt und wie lächerlich sie ist aber... Ich sagte: na ja warum eigentlich nicht aber... Er reagierte sofort: kein Aber ich flehe dich an sei still du mußt mir helfen... ich brauche deinen Beistand... SOS Brüderchen SOS! Ich sagte: glaubst du ich kann was tun und warum ich? Er sagte: du spielst den Idioten oder willst mich auf den Arm nehmen es sei denn du bist feige... du hast Angst vor allem was zu untergründig ist, Kamil, der du seit jeher mein Freund gewesen bist seit der Koranschule und bis zur Universität der du neben mir saßt während des Unterrichts von Herrn Aschur die Geschichte Kinder nehmt euch vor der Ge-

schichte in acht sie ist eine Dirne! etwas Teuflisches Kinder. Ich sagte: einverstanden ich habe kapiert reg dich nicht auf...
Dein Leben hängt an einer Geste von mir, sagte der blinde Koranlehrer. Nie hatte er aufgehört, mir diesen Satz an den Kopf zu werfen, seit dem Tag, an dem ich ihn zum erstenmal erblickte, im anbrechenden Tag jenes Sommers, als ich meine erste Koranstunde nahm, im Alter von vier Jahren. Ich sah, wie er in ein großes Tintenfaß aus grobem Glas blies, um die Tinte auf pflanzlicher Basis, die er selbst herstellte, gut zu vermischen. Er stürzte sich auf mich und rollte eine nagelneue Matte vor meinen Füßen aus. Ein paar Jahre später sagte er: sprich mir nach: *Und sie werden dich über die Menstruation befragen. Sprich: "Das ist eine Verunreinigung. Darum haltet euch fern..."* Meine Hände zitterten ob eines solchen Jammers oder dessen, was ich dafür hielt, ohne wirklich genau zu verstehen, was dieser Koranvers tatsächlich bedeutete. Es war zur Zeit des Krieges. Ganz zu Anfang. Oder vielmehr ein paar Jahre vorher. Wie nur ist diese Kindheit so empörend vergeudet worden im Entsetzen, in der Erniedrigung und der Verunreinigung? Wie auch jene herrliche Morgenröte erzählen können, jene ungeheure Morgenröte der Sommersonnenwende, jedesmal, wenn ich über die Schwelle jener Koranschule trat, die in die riesige Moschee integriert war? In dem großen Hof hatte ich den Eindruck, daß das Licht über die Dinge glitt oder vielmehr auf die Dinge rieselte. Ich trug einen alten algerischen Kittel, der mir drollig bis zu den Füßen reichte. Ich sah ihn (den blinden Greis), wie er ein gut gespitztes Schilfrohr für mich aussuchte, und ich hörte ihn zu mir sagen: schreib diese Sure! Danach rannte ich zu meiner Mutter, um heimlich an ihren Achselhöhlen zu schnuppern, als sie im Begriff war, mit erhobenen Armen und entblößten Achselhöhlen ihre intime Wäsche auf die Leine zu hängen... *von euren Frauen während ihrer Menstruation und nähert euch ihnen nicht, bis sie rein sind. Sobald sie rein sind, geht zu ihnen, wie Gott euch befohlen..."* Ich wollte sagen: meine Mutter ist rein... sie trägt keine

Unreinheit. Angesichts meines Zögerns ohrfeigte er mich. Mein Vater sagte: du bist nur der Sohn der Ehebrech... Ich sagte: sie trägt keinerlei Spur noch Verunreinigung. Der parfümierte Geruch ihrer Achselhöhlen riecht nach den jahrelang und jahrhundertelang in Moschuswasser mazerierten Rosenblättern. Er wurde noch zorniger. Ohrfeigte mich aufs neue. Zerrte mich in den großen Hof der Moschee, wobei er dem empfindlichen, ehrwürdigen und unterwürfigen blinden Alten ins Gesicht brüllte: ich habe dir einen wahren Schatz anvertraut du mußt ihn maximal zum Gedeihen bringen. Du trägst hier eine große Verantwortung. Sieh zu, wie du zurechtkommst. Vor allem schone ihn nicht. Du hast alle Rechte über ihn. Ich will, daß er schnell lernt, der Bengel. Du kannst ihn schlagen bis aufs Blut, seine Knochen zermalmen (der auf Geige und Gastronomie versessene Lehrer der Naturwissenschaften sagte os carpi metacarpi tarsi metatarsi cubitus radius; nahm dann plötzlich seine Geige: *si* bémol *la la do ré ré...* oh das ist nicht schön Kinder aber machen wir weiter...), ihm die Haut abziehen. Und ich sagte Mama ist rein sie trägt nicht die Spur einer Verunreinigung... Sofort begann der Meister, sich ins Zeug zu legen, um sich um meinen Vater verdient zu machen. Meine Fußsohlen dröhnen noch heute davon. Wie in meinem Kopf der Klang der koranischen Wörter und die Geräusche des Krieges. Eines Tages sah ich ihn auf mich zukommen. Ganz verschlagen. Tückisch. Schleimig. Sadistisch. Und vor allem blind. Schrecklich blind. Warzige Augen. Trachomatisch. Kataraktisch. Verdreht. Geblendet. Gleichsam mit schmutzigen und gewachsten dicken Fäden zugenäht. Ein an einem Stock befestigtes Seil aussuchen. Es mir um die Knöchel schlingen. Es sehr fest zuziehen. Wild auf die so dargebotenen Fußsohlen schlagen, während zwei kleine Schulbuben mich am Boden festhielten, reglos. Wie tot. Dann hatte ich auf meinen offenen Wunden laufen und überall, wohin ich ging, mehrere Tage lang Blutspuren hinterlassen müssen. Und der widerliche Kerl sagte: schreib! Und ich, zitternd vor Angst, von Panik ergriffen, schrieb alles, was er wollte, um meine Mutter nicht zu beunruhigen, ihr keine Sorgen zu bereiten, sie nicht unglücklich zu machen. Auch sie geizte nicht mit dem heiligen Wort. Ich zeigte ihr meine Wunden nicht und lief tapfer auf ihnen, damit sie nichts merkte. Dagegen erzählte ich ihr ausführlich von jenen auberginefarbenen Sonnenuntergängen und Sonnenaufgängen. Und rings um den vollkommenen Kreis der aufgehenden Sonne gleichsam grünliche Spuren, so etwas wie Striemen oder Schraffuren, die ich bereits in den Augen der vor Entsetzen blökenden Schafe gesehen hatte, die man am Tag des Aid-Festes frühmorgens schlachtete. Ich wollte den Schrecken nicht in ihren Körper senken und sah ihr oft zu, wie sie die Wäsche aufhängte und, wenn sie die Arme hob, zwei rasierte und parfümierte Achselhöhlen zeigte, ohne die geringste Spur von Schwärze. Dann war ich wie fasziniert und hatte den Eindruck, daß dies der Beweis ihrer Reinheit war. Im Vorbeigehen sog ich, verstohlen, ihre Ausdünstungen ein, die Essenz von Rosenblättern, die lange mazeriert worden waren in Moschus und Olivenöl, das ihr jene samtene Weiche und Fettigkeit verlieh, die bewirkten, daß ich stundenlang jene Flakons und ihre unglaublichen Formen, ihr gleichsam verbeultes Glas, ihre gleichsam flüssigen, unwirklichen, verblichenen Farben betrachtete. Und der Greis sagte, nachdem er Wunden in meine Fußsohlen geschlagen hatte, schreib! Meine Gedanken gerieten durcheinander, und meine Beine verfingen sich in dem langen Kittel. Ich sah idiotisch aus, aber ich lief trotzdem auf meinen offenen Wunden, aus Trotz und um jenen Vater zu provozieren, der unumschränkte Gewalt besaß sowie einen riesigen Stempel mit seinem Namen, mit dem man die Eierkisten und die Lattenkisten voller Orangen, Datteln und Feigen kennzeichnete, die in alle Länder der Welt exportiert wurden, einschließlich nach Gibraltar. Gibraltar, das heißt jenes magische Wort, das mein Leben vergällt hatte, mich umgetrieben hatte, sich in eine zermürbende Fixierung verwandelt hatte. Der Patriarch sagte also ich will seine Haut seine Knochen carpi und metacarpi tarsi und metatarsi cubitus und radius! und sein Blut von diesem Bengel laß dich bloß nicht erweichen er muß der Beste sein ich setze meine Ehre darein. Ich erinnere mich nur noch an diesen bohrenden Schmerz in meinen Finger- und Zehenspitzen, seltsam vermischt mit einer Art Ekstase dank jenen Ausdünstungen des mütterlichen Parfums, das sie selbst herstellte, indem sie Rosenblätter in Moschus, Olivenöl und etwas Weihwasser mazerierte, das ihr Vater aus Mekka mitgebracht hatte, wohin er gepilgert war, obwohl er sehr arm war und als Lampenmeister bei der SNCFA arbeitete und obwohl ich ihn auf den Bahnhöfen und in den Zügen immer die verbotenen Zeitungen der damals klandestinen Partei habe verkaufen sehen. Aber in Wirklichkeit, so weit ich mich zurückerinnere, war die Partei immer verboten gewesen. Er - der Großvater mütterlicherseits - verteilte unermüdlich revolutionäre Flugblätter, säte Zwietracht, organisierte Streiks im ganzen Land, das er - ebenfalls unermüdlich - durchstreifte. Wie von Schwindel gepackt. Wie von seinem eigenen gigantischen, aber unerläßlichen utopischen Projekt überholt. Als hätte er ständig die Drehkrankheit, Hummeln im Hintern, einen Verfolgungswahn. Er brachte - verlegen - jene Phiole mit Weihwasser von seiner Pilgerfahrt mit und schenkte sie seiner ältesten Tochter, seiner Lieblingstochter, sich fast dafür entschuldigend, der Metaphysik nachgegeben, viel Geld vergeudet (all dieses Pfennig für Pfennig gesparte Geld), sein philosophisches und politisches Ideal gewissermaßen verraten zu haben. Er sagte, schüchtern, nur damit es dir ein wenig Glück bringt du weißt ich glaube nicht sehr an ihr Paradies für Reiche! Augenblicklich füllte sie die Phiole mit frisch im Garten gepflückten Rosenblättern, fügte ein paar Tropfen Moschus und Olivenöl hinzu und wartete einige Monate, daß alles in Ruhe mazerierte. Sie behielt diese Phiole ihr Leben lang, so daß ich während meiner ganzen Kindheit mit diesen Ausdünstungen von unerhörter olfaktiver Wollust und unglaublicher taktiler Weichheit gelebt habe. Zu dem Blinden sagend. Wiederholend. Meine

Mutter ist rein. Auch ihre Achselhöhlen. Die sie mit einer fettigen Salbe auf der Basis von Zitrone und Zucker enthaarte, die sie mehrere Tage kochen ließ. Ich haßte den Meister des koranischen Worts. Und sie warf es mir vor, schalt mich sanft, sagte: ärgere dich nicht, immerhin ist er dein Lehrer, er trägt Gottes heiliges Wort. Ich gab vor, mich zu beruhigen, zu verzeihen, nur um ihr Freude zu machen. Aber heute bricht all dieser unterdrückte Groll, der sich in Form großer Steine in mir angehäuft, zusammengeballt hat, in Strömen hervor; mich nun daran erinnernd, wie ich die ob der wilden Schläge des Lehrers schmerzenden Fingerkuppen zusammenpreßte, so sehr, daß ich von Zweifel gepackt wurde und schwankte zwischen mystischer Liebe zu Gott, Meineid, Ketzerei, Entweihung, Gottlosigkeit und Ekstase! Ich war überzeugt, daß meine Mutter rein war, trotz den fragwürdigen Koranversen, die man mich auf das Holztäfelchen schreiben ließ; allein wenn ich ihr zusah, wie sie, diskret, ihre intime Wäsche hinten im Garten aufhängte und, die Arme zu der zwischen zwei Olivenbäumen gespannten Leine hebend, einem gesunden und kräftigen und einem kranken und verkümmerten Baum, ihre beiden Achselhöhlen sehen ließ, unbestreitbar weiß und glatt, wie marmoriert, wie poliert, ohne die geringste Spur von Schwärze. Was in meinen Augen einer Art Wunder gleichkam, weil ich das bei keiner anderen Frau je gesehen hatte. Wenn ich aus der Tiefe meines eigenen Brunnens soviel Gewalt und Groll aufsteigen ließ, hatte ich den Eindruck, daß ich fiebrig und reizbar war angesichts dieser Anhäufung von Lügen, Heucheleien, Nichtgesagtem. Wie sollte meine Mutter es anstellen, dieses ganze Magma unterschwelliger, innervierter und unter einem Berg von Fehlhandlungen, Versehen und Schnitzern vergrabener Dinge zu verstehen? Sie konnte nichts sagen und nichts tun, damals, angesichts der Roheit des von sich selbst eingenommenen Patriarchen und der perversen Unterwürfigkeit des in seine Finsternis versunkenen Blinden; außer, meine Füße mit Maulbeerblättern zu heilen, die sie aufkochte und auf die Wunden legte wie Umschläge, die mir wohler taten als alle Salben und alle Pommaden der Welt. Eben jene Maulbeerblätter, die wir unseren Tausenden von gierigen Seidenraupen zu fressen gaben mit ihrer so zarten, so durchsichtigen, gleichsam faltigen, zerknitterten, rosafarbenen Haut, bei einigen Arten mit schwärzlichen oder braunen kleinen Ringen versehen. Wimmelnd. Sich unentwegt fortpflanzend. Aber ephemär. Und nach denen ich eine Sehnsucht bewahrte, die ich wie eine Art Pech, Mißgeschick, Kinderkrankheit erlebte; so etwas wie Röteln, anhaltender, gleichsam endgültiger Keuchhusten. Eine Sehnsucht also, deren Ritzen und Winkel ich noch immer nicht zu Ende abgeschritten, vermessen, durchstöbert habe, in bestimmten undurchdringlichen Zonen, die ich nie wirksam werde ausleuchten können. Die Schluchten des Rhumel hatten damals so viele Leichen angeschwemmt, daß ich glaubte, verrückt zu werden. Doch die Erde drehte sich weiter gemächlich um sich selbst, indes die scharenweise mit Schiffen gekommenen Soldaten sich auf jedem Zoll Boden breitmachten und auf jeder Anhöhe des Landes Wachtürme bauten, die sie in Kasematten verwandelten, vollgestopft mit mörderischen Waffen, reichlich Proviant und furchtbarer Angst. Es gelang mir nicht, jene Stadt zu vergessen - Constantine -, in der meine Mutter plötzlich starb und in der ich jedesmal, wenn ich sie besuchte, gleichsam ein anhaltendes Echo aller Arten von Geräuschen hörte, wie sie jeden Krieg begleiten; gleichsam - vor allem - so etwas wie ein wildes Wiehern, endlos und erschreckend, dessen Echo sich an dem Felsen brach, auf dem die Stadt lag. Ich erinnerte mich an den Friedhof und an das Loch, das man gegraben hatte, um ihren Körper hineinzuwerfen oder, vielmehr, um ihn loszuwerden. Mit all jenen Koranlesern, die nur Eseleien von sich geben konnten gemessen an dem Unheil, dessen Höhepunkt ihr - meiner Mutter - Tod sein sollte, Höhepunkt eines gleichsam angeborenen Schmerzes, als wäre er ein Teil meines Körpers, eine Art zweite Natur, eine Art sechster Sinn. Mit jenem Loch also, wie ein Brunnen voll wimmelndem Licht, das die Umrisse der Dinge und der wie unersättliche Voyeure am Grab stehenden Leute verwischte, indes ich sogar Rosenblätter, in ihrer parfümierten Flüssigkeit schwimmend, an der Oberfläche jenes Lochs brodeln sah, in das man sie - Mama - werfen würde, den Würmern, den Wurzeln und dem Lehm zum Fraß. Ich wußte, daß das nur eine Vision war, nichts im Vergleich zu all den Leichen, die die tosenden, windungsreichen, steilen und von den Selbstmördern, den Alkoholikern und den Kifrauchern hochgeschätzten Schluchten des Rhumel anschwemmten. Jeder Morgen, den dieser Krieg währte, den ich nicht zu vergessen oder zu bagatellisieren vermag, blieb eingegraben in dieses Gedächtnis, das schon übervoll war von dem Familienunglück, den toten oder lebenden Fremdsprachen, den Ziffern und den Zahlen. Auch voller Rückstände von Alpträumen, Brocken von Spuk, gleich zerstoßenen Quarzstücken. Alpträume, die - noch heute - in allen Häusern spuken, in allen Straßen, auf allen Plätzen und in allen Parks der Stadt Constantine, die die Eindringlinge im Jahre 1846 mehrere Monate lang erbarmungslos belagert hatten, zur Zeit von Salah (oder Ahmad) Bey. Eben jener Stadt, die auch am 20. August 1955 von den zornigen Frauen, darunter meiner eigenen Mutter, überflutet worden war. Eine solche Demonstration war nicht nur unvorhersehbar, sondern auch ungewohnt; und trotz der Dramaturgie, die jede Massenkundgebung steuert, haftete ihr etwas Widersinniges und Grauenvolles an. Die Frauen hatten mit der Masse ihrer dichtgedrängten und schamhaft in schwarze Schleier gehüllten Körper auf schaurige Weise die Linie des Horizonts fast verdeckt. Die zusammengerufene Fremdenlegion wußte nicht, wie sie sich in dieser schwarzen, entschlossenen und dichten weiblichen Masse zurechtfinden sollte. Das brachte bestimmte männliche Personen der Stadt zum Lachen, die ewigen Verräter, einige religiöse Führer, die darin ein unanständiges, obszönes und unreines Benehmen sahen *Sprich es ist eine Verunreinigung. Darum haltet euch fern von euren Frauen während ihrer Men-*

struation und nähert euch ihnen nicht, bis sie rein sind..., und besonders Onkel Hocin mit seinem Schandmaul, seiner Lästerzunge und seiner eingefleischten Angst, der an dieser Frauendemonstration einen Leckerbissen gefunden hatte. An jenem Tag hörte er nicht auf zu sticheln, zu glucksen, uns zu quälen und die Frauen zu erschrecken. Vergebens. Meine Mutter hielt stand. Vor allem weil sie von Chems-Eddin ermutigt wurde, der damals seine Zeit damit verbrachte, Kisten mit Obst oder Eiern oder Liliengewächsen (Knoblauch, Zwiebeln, Schalotten usw.) zuzunageln, die in die ganze Welt exportiert werden sollten und auf die er den Stempel mit dem Firmenzeichen, dem Namen und dem Prestige des Vaters drückte. Einschließlich nach Gibraltar, dessen ehemaliger Name verzerrt, entstellt, kontrahiert usw. worden war. Was das Oberhaupt der Familie in unglaubliche Wut versetzte. Meine Mutter also gab an jenem Tag nicht nach, obwohl den Sarkasmen des enthemmten Onkel Hocin und den Verleumdungen seiner Komplizin, Tante Fatma, ausgesetzt, einer Art unverbesserlicher und unverwüstlicher Magd, die es geschafft hatte, zur Familie zu gehören wie ein vom Vater auf den Sohn vererbtes Möbelstück, dessen man sich - abergläubisch - nicht zu entledigen wagt; unaufhörlich Obszönitäten von sich gebend und einzig imstande, Chems-Eddin Angst einzujagen; sagend sie werden euch die Eier abschneiden und den Kopf dazu! Mama also war unerschütterlich an jenem Tag, sie, die zwei Jahre später in einem von Licht, Würmern und Wurzeln wimmelnden Loch enden sollte; einer Art Todessumpf, in dem sie verfaulen, zerfasern, zerfallen, verwesen und, vor allem, stinken würde; sie, die ihr Leben lang ihre lustig geformte violette alte Phiole aus zerbeultem Glas mit sich herumgeschleppt hatte, die gefüllt war mit jener Rosenessenz, in die sie einige dicke und schwere graugrüne Tropfen Olivenöl träufelte, gewonnen aus den Früchten des alten Olivenbaums, der am Ende des Gartens stand und der erkrankt war seit dem Tod ihres Vaters, des kommunistischen Eisenbahners, der ihn ständig gepflegt, seine Äste gelich-

tet und ihn gegossen hatte während der furchtbaren Hundstage, der unvorhersehbaren und launischen bösen Winterschirokkos und der trotz allem recht häufigen verheerenden Sommerdürren.
Aufmerksam lauschten sie unseren Worten, auch wenn sie keine Silbe von unserem Arabisch verstehen konnten, und sobald ich einen von ihnen ansah, machte er seinen Gefährten ein Zeichen, anderswo hinzuschauen. Augenblicklich gaben sie sich den Anschein, in das Dominospiel vertieft zu sein. Tarik stand plötzlich auf, sagte, kommst du Kamil? hauen wir ab! Wir stiegen in das Auto, das sich in einen wahren Backofen verwandelt hatte, obwohl wir es im Schatten geparkt hatten. Mir war, als müßte ich in dieser geballten Hitzemasse ersticken. Sofort begann ich zu zerfließen. Mein Gesicht und mein Körper waren schweißgebadet. Der Wagen fuhr an. Er bewegte sich sehr langsam voran. Tarik öffnete das Fenster auf meiner Seite. Aber das änderte nichts an der Situation. Als wir zu einer Art Tankstelle kamen, die eher schäbig wirkte, sahen wir keine Landstraße, wie der Wirt des Cafés sie uns angegeben hatte. Der von Tarik gesteuerte Wagen fuhr weiterhin mit einer Geschwindigkeit von 30 Stundenkilometern. Ich sah keinen anderen Weg. Ich bemerkte, daß die kümmerlichen kleinen Bauernhäuser immer seltener wurden. Wenig später sah ich eine Hütte, die etwas größer war als die anderen, und ich glaubte, daß sie in der Technik der arabischen Architektur erbaut worden war. Aber als wir sie erreicht hatten, wurde mir klar, daß es nicht stimmte. Das erbitterte mich sehr. Tarik schien an meiner schlechten Laune Anteil zu nehmen. Aber er lächelte nur flüchtig und nickte mehrmals ironisch. Er gab sich große Mühe, auf die ausgefahrene Piste zu achten, auf der wir uns befanden, wegen ihres schlechten Zustands und dem dichten Staubschleier, der den Wagen auf allen Seiten umgab. Nach einer Viertelstunde kamen wir zu etwas, was eine aus mehreren Pisten bestehende Kreuzung war. Tarik bog rechts ein, wie es uns der Wirt vage geraten hatte. Wir fuh-

ren an einer kleinen Baumwollplantage vorbei. Der Wagen hörte nicht auf zu schaukeln und zu holpern. Die Piste hatte sich in einen steinigen Feldweg verwandelt. Tarik zündete sich eine Zigarette an. Ich sagte du kannst wohl nie aufhören zu rauchen. Er sagte doch! Kamil du weißt genau daß ich heute erst fünf Zigaretten geraucht habe. Ich sagte ja aber es ist erst elf Uhr morgens. Er sagte stimmt du hast recht ah dein verdammter gesunder Menschenverstand vergiß es und laß mich fahren diese Straße ist zum Kotzen. Von neuem befanden wir uns in einer Wüste aus Geröll und Stein. Die Erde war rissig und ausgedörrt. Ich hatte den Eindruck, daß die Hitze zunahm. Es war wie ein Sieden, feucht und heiß zugleich. Ich dachte, daß es sich hier lediglich um einen Eindruck handelte, hervorgerufen durch das Verschwinden der mehr oder weniger grünenden Baumwollfelder. Nach einigen Kilometern tauchte zu unserer Linken eine Gruppe von Häusern auf. Die Gebäude waren aus roter Erde oder gräulicher Stampfmasse errichtet. Tarik fuhr langsamer. Ein Kind näherte sich, hinter dem Wagen herrennend, als käme es aus einer erstickenden Leere, so verödet war der Ort, gleichsam unbewohnt. Der Wagen kam vollends zum Stillstand. Der kleine Junge sprach uns an, sagte wenn Sie den arabischen Brunnen suchen also dann haben Sie sich verfahren! er ist da drüben. Er deutete auf die Berge, die dieses ungastliche Tal flankierten. Er sprach Spanisch. Ich sagte sprichst du Englisch? Er sagte some words only but not fluently. Ich sagte ironisch zu Tarik sprich doch Spanisch mit ihm und frage ihn nach dem Weg ich verstehe kein Wort von dem was er da erzählt. Er sagte aber nein nein ich spreche sehr schlecht Spanisch willst du mich auf den Arm nehmen was das betrifft sitzen wir im selben Boot. Ich sagte in Latein warst du eine Kanone und Spanisch ist doch eine lateinische Sprache oder? Er sagte gut das reicht hör auf mich aufzuziehen Kamil ich platze gleich und mir ist zu heiß für deinen Humor. Er stieg aus dem Wagen, grantig, brummelnd. Sofort begann er zu gestikulieren, um sich dem Buben verständlich zu machen, traute sich nicht, auch nur ein Sterbenswörtchen auf Spanisch zu sagen, weil er Komplexe hatte und sich meinem Spott nicht aussetzen wollte. Ich wußte, wie furchtbar kindisch und anfällig er war. Ich fand ihn sympatischer denn je. Er reizte mich zum Lachen. Er sah aus wie ein schlacksiger Clown, der unaufhörlich wächst, mit seiner hohen Gestalt, seiner legendären Magerkeit und seinen gigantischen Shorts in schreienden Farben, die komisch um ihn herumflatterten und ihm auf seine knochigen Knie fielen. Mit einemmal begannen sie, Spanisch zu sprechen. Ich verstand kein Wort. Jetzt lachten sie. Wirkten wie alte Kumpel oder vielmehr wie alte Komplizen. Ich stieg ebenfalls aus. Ich sagte mir was für ein Schweinehund er hat sich bei dem Jungen einschmeicheln können, ein echter Satyr dieser Typ ein echter Bösewicht der Kerl. In diesem Augenblick sah ich einen schmutzigen, struppigen Bauern mit idiotischem Gesicht auf uns zuschlurfen und hinter ihm eine Henne mit gerupftem Hals, die ihm zänkisch und lärmend folgte. Er versetzte ihr einen bösen Fußtritt. Sie legte ihn herein. Wich ihm aus. Und rannte in die entgegengesetzte Richtung, unter unglaublichem Lärm. Ich kehrte zum Wagen zurück und ließ meinen Freund mit dem Jungen und dem Greis allein, da es so aussah, als käme er bestens zurecht. Nach einigen Minuten sagte ich, aus dem Wagen heraus, was ist los Tarik? Er antwortete es gleicht einem Wirrwarr und einer Kakophonie! jeder hat seine eigene kleine Geschichte aber alles ist unklar nichts Genaues sehr vage ich glaube in Wirklichkeit erzählen sie Geschichten sie wollen bloß ein Schwätzchen mit uns halten. Ich sagte das ist normal schließlich kriegen sie nicht alle Tage Besuch von zwei Bekloppten unseres Schlages in dieser Scheißwüste wir sind am Arsch der Welt ah wenn ich das gewußt hätte aber hör lieber auf den Balg er sieht weniger debil aus als der Alte das kann nicht so weitergehen was für ein Zirkus kein Schild kein Führer! wir sollten übrigens lieber in die Stadt zurückfahren nur dort wird man uns sagen können ob es diesen verdammten arabischen Brunnen gibt oder nicht. Tarik

sagte reg dich nicht auf Kamil immer mit der Ruhe mein Guter wir finden es schon noch du wirst sehen. Ich sagte man könnte meinen die Pforten der Hölle hätten sich aufgetan es ist als atmete man Glut meine Hände sind kochendheiß weißt du genau an welchem Tag und in welchem Monat Tarik ibn Ziad in diesem herrlichen Paradies eintraf? Er sagte was für eine Frage aber natürlich: am 20. August 711! es war sogar ein Montag! Der Knabe warf mir einen gehässigen Blick zu. Ich wandte den Kopf ab und fixierte lange den alten Kauz, bis er die Augen senkte. Plötzlich verlor ich die Geduld. Ich stieg aus dem Wagen und pflanzte mich aggressiv vor Tarik auf. Schluß jetzt es reicht fahren wir! das sind arme Teufel die absolut gar nichts wissen wir verlieren unsere Zeit unsere Spucke und unsern Schweiß mit ihnen los steig ein! ich setze mich ans Steuer wie bescheuert du dich aufführst ein wahrer arabischer Held der modernen Zeiten der hinter seinem historischen Ideal her ist einem Dämlack von numidischem Eroberer alles in allem! Er sagte kein einziges Wort. Ließ mich meinen Zorn ablassen und meine Dummheiten herunterleiern. Er folgte mir gehorsam in den Wagen. Ich brauste los, wie ein Verrückter. Im Stich gelassen, blieben das Gör und der alte Bauer wie angewurzelt stehen. Entgeistert. Reglos. Benommen. Tarik streckte den Kopf hinaus und sagte zu dem Greis don't care it he's only funning! Mein Zorn wuchs noch angesichts der Unterwürfigkeit meines Freundes.
Er (Tarik) bemerkte, daß die Zahl der Kräne merklich zugenommen hatte und daß die neuen Geräte rot waren. Während die alten Kräne immer noch gelb waren. Oder vielmehr ins Gelb spielten mit ihren je nach der Position des Apparats zur Sonne unterschiedlichen Schattierungen. Aber an Regentagen konnte er sie fast nicht sehen. Die gesamte Zone, die sich in einem Durchmesser von etwa 3 Kilometern ausdehnte, besaß ein Mikroklima, in dem sehr häufig Nebel herrschte, winters wie sommers. Nebel oder vielleicht jene gummiartigen, gleichsam angerauhten, gleichsam glasierten Schleier aus jener weißlichen Luft,

die sich ziemlich tief herabsenkte, sobald die Sonne verschwand oder die klimatischen Bedingungen ungünstig waren. Die roten Kräne waren das Fabrikat eines Unternehmens, das mit demjenigen konkurrierte, das die gelben Kräne herstellte. Der Name des Konstrukteurs breitete sich gleichsam protzig in großen blauen Buchstaben auf den Seiten des beweglichen Teils jedes der Geräte aus (BOUYGUES), die vor kurzem auf der Baustelle eingetroffen waren und deren Existenz er soeben bemerkt hatte. Eines schönes Morgens sah er Arbeiter, die im Begriff waren, diese neuen, zusätzlichen Kräne aufzustellen. Was für eine etwas ungewöhnliche Unruhe und Überaktivität sorgte. Es war ihm aufgefallen, daß die mit der Montage beauftragten Arbeiter die Operation mit einer gewissen Vorsicht leiteten, als befürchteten sie eine üble Manipulation seitens der Kranführer. Wurden fast unheilvoll. Anmaßend. Rachsüchtig. Fanatisch. Im übrigen waren es keine Arbeiter, eher Techniker, bewandert in der Aufstellung solcher mehr oder weniger spezialisierten Geräte. Vielleicht auch waren alle diese Schlußfolgerungen lediglich Hypothesen, zu denen er selbst gekommen war, die äußeren und objektiven Gegebenheiten ein wenig übertreibend; zumal er mit alledem eine politische Sichtweise verband, die ihn - gewissermaßen - parteiisch machte, der Böswilligkeit fähig und verdächtig. Zumal er - auch - die Anwesenheit dieser Kräne mit den verschiedenen ausländischen Firmennamen auf den Großbaustellen des Landes bemerkt hatte, so beim Bau von Autobahnen, bei der Errichtung großer Staudämme, der Elektrifizierung des Landes usw. Und das erstaunte ihn nicht nur, es verletzte ihn auch. Er hatte an jenem Tag nicht viele Patienten, aber er fühlte sich müde, weil die besonders angespannte und ungewöhnliche Aktivität auf der Baustelle seine Aufmerksamkeit um so mehr fesselte, als es einem formlosen und unmerklichen Rumoren gelang, durch die dicken Isolierscheiben zu schlüpfen, und zwar trotz der Tatsache, daß sich die Poliklinik im zehnten Stock jenes zwanzigstöckigen Turms befand, von Geräten und Grünflächen umgeben, die imstande waren, den Aufprall der Außengeräusche (Verkehr, Baustelle, Stimmen usw.) sowie alle möglichen Lärmbelästigungen *a priori* zu dämpfen. Einige Tage später, als die roten Kräne aufgestellt waren, begriff er, daß die akribische Organisation und die strenge Koordination wieder zurückgekehrt waren auf die gigantische Baustelle, die mitten im Stadtzentrum lag; weil sofort danach das undeutliche Rumoren, das er seit einigen Tagen vernahm, völlig verstummte. Aber erst jetzt wurde ihm klar, daß er nicht einmal wußte, was dort gebaut wurde, obwohl die Arbeiten schon vor einigen Monaten begonnen hatten. Gewiß, die Geräusche waren zahlreich und widersprüchlich. Einige sagten, es handele sich um den Bau eines Hubschrauberlandeplatzes. Andere, um eine Untergrundbahn. Andere, um ein großes Krankenhaus mit 5 000 Betten. Andere, um einen neuen Sitz des Außenministeriums usw. Zu Beginn der Arbeiten wunderte er sich, daß er die am Eingang derartiger Baustellen übliche Tafel nicht gesehen hatte, auf der alle sie betreffenden Auskünfte zusammengefaßt waren wie die Art der Konstruktion, ihre Fläche, der Name des leitenden Architekten, die Subunternehmen, die Dauer der Arbeiten, die Nummer der behördlichen Genehmigung usw. Aber sehr schnell vergaß er diese Sache mit der vorschriftsmäßigen Tafel oder, vielmehr, diese Merkwürdigkeit und interessierte sich ernsthaft für die Baustelle selbst, die ihn faszinierte, weil ihn die Architektur schon immer angezogen hatte und Kamil, sein bester Freund, ein renommierter und für seine kühnen Bauten bekannter Architekt war. Ein roter Strich. Dann rötlich, wenn der Kran vor der Sonne vorbeiglitt (BOUYGUES). Dann wieder rot. Gelber Strich. Dann gelblich, wenn der Kran (POTAIN) vor der Sonne vorbeiglitt. Dann wieder gelb. Die Kräne schnellten in den Himmel wie riesige Pfeile, hin und her gerissen zwischen der Verlockung totaler Reglosigkeit und brutaler Beschleunigung. In diesem Augenblick, das heißt wenn die Arme der Kräne in Bewegung waren, wurde es ihm unmöglich, die Firmennamen zu lesen, als ob die Inschriften, obwohl in gigantischen Buchstaben, verblaßten, sich abnutzten oder sogar zerfaserten. Vor allem die Kräne der Marke (BOUYGUES), deren blaue Buchstaben unweigerlich mit der Farbe des Himmels verschmolzen. Erinnerte ihn, diese blaue Farbe, an das dunkle Blau der Eingangshalle des Gymnasiums, durch die er jeden Morgen rannte, weil er immer zu spät kam, und deren arabisch-türkische Architektur ihm sehr gefiel. Vor allem die Arkaden, die den Innenhof und seine in der Mitte stehende herrliche Palme umgaben, metylenblau getüncht und schwarzgestreift. Der Innenhof also, den er in wenigen Sekunden rennend überquerte, weil er nie pünktlich war, und er brauchte nur wenige Schritte mit seinen langen Beinen zu machen, um direkt vor dem Lateinlehrer zu stehen, der bereits mit dem Unterricht begonnen hatte und vor dem er eine Heidenangst hatte; so fanatisch und unleidlich war der Typ in allem, was den Stundenplan, die Pünktlichkeit und die römische Kultur betraf, ob von nahem oder von weitem. Im übrigen hielt er diese Verspätung für Versuche, seine Autorität und seine Ideen zu untergraben, ja für einen Akt moralischer Sabotage, um ihm zu schaden. Indes er - der Lateinlehrer - ständig wiederholte: *Laudate pueri nulla in mundo pax sincera in furore!* Übersetzt mir das Kinder auch das ist eure Kultur und versucht nicht mich mit euren Schwindeleien übers Ohr zu hauen ich weiß ihr seid nicht einverstanden aber da ist nichts zu machen es ist trotzdem eure Kultur: Laudate: freut euch. Pueri: Kinder. Nulla: nie gibt es. Hier wurde der Lehrer ärgerlich. Er begann zu brüllen. Nein nein das ist nicht alles! das ist öffentliche Aufforderung zur Unzucht diese Art irgendwie zu übersetzen falls es nicht eine Provokation ist oder schlichtweg eine Herausforderung wer wagt es mich herauszufordern der Krieg der Krieg bloß dieses Wort habt ihr im Mund ihr Rotznasen ihr habt keine Ahnung vom Krieg wenn ihr eines Tages sterben müßt dann sterbt wenigstens intelligent und nicht unwissend außerdem pfeife ich auf euren FLN ihr könnt mich ruhig anzeigen Nulla hat die Bedeutung von es genügt nicht zu! ja das ist eine Übersetzung auf diese Weise gibt man dem Kaiser was des Kaisers ist und Gott was Gottes ist du Trottel übersetze weiter oder glaubst du ich werde es für dich tun und danach kannst du Politik machen aber bis dahin bin ich der Chef ob es dir paßt oder nicht In mundo: im ganzen Universum so heißt das und nicht etwa in der Welt natürlich! sehr gut fahre fort mein Sohn prachtvoll Pax: der Friede Sincera: wahrhaft? wirklich? Zögere nicht du Schwachkopf ein Wort will ich nicht drei hier ist kein Suk wo man *charabia* redet (ich weiß das ist arabischen Ursprungs! *chara:* kaufen und *bia:* verkaufen) das hier ist die Sprache der Götter! Sincera also wahrhaft das ist die richtige Übersetzung fahre fort mein Sohn in furore: im Zorn? in der Raserei? aber versuche bloß nicht mich zu hintergehen und wenn du willst dann zeig mich bei deinem FLN an! also: so freut euch denn Kinder kein Friede ist dauerhaft wenn er im Zorn geschlossen wird so heißt das! die Übersetzung ist eine Sache der Intuition man hat sie oder man hat sie nicht *charabia* Kauderwelsch wenn ihr schon sterben müßt dann sterbt wenigstens intelligent. Erinnerte sich also an jene dunkelblaue Farbe, die sich auf den Mauern des Innenhofs des Gymnasiums ausbreitete. Das gleiche Blau wie auf der Reisebroschüre, die den Zauber Gibraltars pries, sein mildes Klima, die Gastfreundschaft seiner Bewohner usw. Während es doch nur eine freie Stadt ist, wo sich die Spanier, die Marokkaner und andere Touristen auf dem freien Markt eine Menge notwendiger oder überflüssiger Konsumgüter besorgen. Gibraltar also. 62 000 Einwohner. 4,500 km lang. 2 km breit. Eine typisch englische Stadt. Und er (Kamil) wiederholte laß doch deinen Narzißmus sausen das ist ja ein wahrer Makel geworden das alles ist die Schuld deines Papas er hat dir diesen Vornamen Tarik gegeben und dich in den trüben Wassern des Zweifels und der Angst schwimmen lassen ein billiger Narzißmus und sonst nichts man soll nicht überall Metaphysik reinstecken außerdem müssen sie wissen lieber Herr Doktor daß dieser berühmte Eroberer Tarik ibn Ziad seine berühmte

Ansprache an das Heer die wir auswendig gelernt haben nie gehalten hat wie sollte er auch wo er doch kein Sterbenswörtchen Arabisch konnte eine groteske Geschichte ein Mythos so dick wie ein Wal nie hat er zu seinen Soldaten gesagt das Meer ist hinter euch und der Feind ist vor euch so wie er auch nie seine Schiffe verbrannt hat aus dem eifachen Grund weil er keine hatte. Er brach in schallendes, dröhnendes, affektiertes, nervöses Lachen aus. Die Reisebroschüre mit den schreienden Farben lag noch immer auf dem Tisch. Sein Lachen artete in ein nicht zu unterdrückendes irres Gelächter aus. Ich sagte laß diese Kindereien! verlier nicht den Kopf das ist das Wesentliche glaub mir *Und sie werden dich über die Menstruation befragen. Sprich: "Das ist eine Verunreinigung. Darum haltet euch fern von den Frauen während ihrer Menstruation und nähert euch ihnen nicht, bis sie rein sind. Sobald sie rein sind, geht zu ihnen, wie Gott euch befohlen..."* wie Gott euch befohlen! wahrlich ein interessanter Satz der boshaft zu analysieren wäre aber es ist wirklich nicht nötig laß mich sonst sage ich noch Ungeheuerlichkeiten und Obszönitäten... Als der Patriarch mich zum erstenmal zur Moschee brachte, sah ich den alten Blinden, wie er in die dicken Tintenfässer aus mächtig verschnörkeltem Glas blies, eine nagelneue Matte vor mir ausbreitete, seine beiden Handflächen durch die Schwingungen seiner prachtvollen Stimme ertönen ließ, die abscheulichen Koranworte psalmodierend. Es war mitten im Krieg. Einem höllischen Krieg. Wohin ist denn die Kindheit entwischt *Und sie werden dich über die Menstruation befragen...* Ich bin nach Hause gerannt, sagend, wiederholend: Mama ist rein und es gibt nicht die Spur einer Verunreinigung auf ihrem Gesicht oder auf ihrem Körper. Ich fand sie am Ende des Gartens, im Begriff, ihre intime Wäsche auf eine zwischen zwei alten Olivenbäumen gespannte Leine zu hängen, von denen der eine sehr krank war seit dem Tod meines Großvaters, der ihm stets die notwendige Pflege hatte angedeihen lassen, bis zu seinem Tod. Genau in dem Augenblick, als sie ihre Monatsbinden aufhängte, wobei sie die Arme hob und ihre beiden Achselhöhlen sehen ließ, die unglaublich weiß waren, ohne die geringste Spur von Schwärze, wie ich sie bei anderen Frauen schon gesehen hatte. Unbefleckt, also, ihre Achselhöhlen. Poliert. Kahl. Glatt. Marmoriert. Parfümiert mit der Essenz von Rosen, die sie in einer flachen Phiole mazerieren ließ, die ihr Vater, der kommunistische alte Eisenbahner, aus Mekka mitgebracht hatte, randvoll mit Weihwasser, dem sie ein paar Tropfen Olivenöl beigab, Öl jener Oliven, die eben jener Großvater pflückte und in Öl von unglaublicher Reinheit verwandelte, von dem er jeden Morgen einen Eßlöffel voll trank, bevor er im Morgengrauen aufbrach und auf den ersten Zug des Tages wartete, um ihn mit seiner Lampe zu leiten, auf dem Schotter stehend, ob es schneit, ob es stürmt oder ob jener zermürbende Winterschirokko oder jener erstickende Sommerschirokko bläst. Ich flüchtete mich also zu ihr - meiner Mutter - am Ende des Gartens. Wie nur jene ungeheuren Morgenröten erzählen, die ich jeden Morgen wiederfand, wenn ich sehr früh in die Koranschule ging? Meine Mutter ist rein. Ich besaß den unwiderlegbaren Beweis dafür in der Sauberkeit ihrer Achselhöhlen, die sie sorgfältig pflegte. Ich hatte sie also überrascht. Sie ohrfeigte mich, weil ich sie auf frischer Tat ertappt hatte. Sie sagte, wie um sich dafür zu entschuldigen, daß sie mich zu Unrecht geschlagen hatte, oder wie um ihre Verwirrung zu verbergen, oder beides zugleich: ich habe dir doch ausdrücklich gesagt daß du nicht am Ende des Gartens spielen sollst was machst du hier? du weißt doch daß der Olivenbaum krank ist und daß du wenn du hinaufkletterst runterfallen und dir wehtun würdest... Sie sagte noch viele andere Dinge, wirre, widersprüchliche, verlegene. Nur um ihre Scham darüber zu verbergen, daß sie dabei überrascht worden war, wie sie diese lächerlichen Lappen aufhängte. Ich sagte zu ihr das macht nichts Mama deine Ohrfeige hat mir nicht wehgetan ich weiß daß du rein bist ich weiß es Mama *Sprich: "Das ist eine Verunreinigung..."* Sie blieb stehen, völlig überrascht und wie versteinert. Reglos.

Pathetisch. Erstarrt. Den Tränen nahe. Die Arme zu der Wäscheleine erhoben. Die Achselhöhlen entblößt. Am Tag, an dem ich zum erstenmal die Koranschule betrat, sah ich, daß das Licht auf die Marmorfliesen des Hofs der Moschee rieselte, in meinem langen arabischen Kittel, der mir bis zu den Füßen reichte, und (später) auch meinem Fett, das meinen Körper umhüllte und allenthalben überquoll. Botty! Totty! (Bud Abbot) Baba! Patata! Voller Gelati und Makkaroni! Die Kinder hänselten mich. Außer Chems-Eddin und Kamil, die mir sagten auch Musa ibn Nusair war fettleibig er konnte nicht mal laufen so dick war er aber das hat ihn nicht davon abgehalten die Goten die Westgoten die Franken die Gallier und wen sonst noch umzulegen! Ich sah ihn - den blinden Greis - hämisch ein Seil und einen Stock holen, um mich auf die Fußsohlen zu schlagen. Er sagte schreib. Ich sagte nein Mama ist rein. Das Blut spritzte zuerst zwischen meinen Zehen hervor. Ich verkrampfte mich. Ich war geblendet, und ich vergaß mich zwischen der mystischen Passion und der heilsamen Häresie. Meine Kindheit wurde getrübt, verpfuscht, zuschanden am Tag, an dem die Soldaten im Haus aufkreuzten und auf der Terrasse die Inschriften und Slogans entdeckten, die wir, mein Vetter Chems-Eddin und ich, grimmig geschrieben hatten. Onkel Hocin hatte uns beim Hauptmann verpetzt. Meine Mutter sagte ihr seid verrückt. Sie nahm einen Eimer Wasser und begann die Slogans abzuschrubben. ABAT LA FRANSSE: Ich hatte gesagt ABAT schreibt sich mit S und nicht mit T. Mein Vetter blieb stur. Ich habe ihn machen lassen. Aber den Soldaten gegenüber hatte ich nicht nur Angst, ich schämte mich auch wegen dieser verteufelten Orthographie. Chems-Eddin sagte zu mir diese dämlichen Franzosen können sie nicht schreiben wie sie sprechen immer müssen sie alles verkehrt machen... ah! wirklich! das wundert mich überhaupt nicht bei denen! Dabei hatte ich sogar um ein Eis gewettet. Er weigerte sich, im Wörterbuch nachzusehen. Die Soldaten waren also gekommen, um nach ich weiß nicht was zu suchen. Der Offizier ohrfeigte Chems-Eddin.

Dieser spuckte ihm augenblicklich ins Gesicht. Ich war baff. Entgeistert. Wie vom Donner gerührt und gelähmt. Ich sagte mir und wenn man bedenkt daß er in französischer und arabischer Orthographie eine Null ist! Der Hauptmann zog augenblicklich seinen Revolver und sagte, rasend vor Wut, wenn du kein Kind wärst hätte ich dir eine Kugel in den Kopf gejagt. Onkel Hocin dagegen mauschelte sofort mit den Soldaten. Meine Mutter spülte alle mit gelber Kreide geschriebenen Slogans weg. Tante Fatma feixte, sagte das geschieht euch recht euch kleinen Halunken ihr wollt Politik machen also dann zeigt ihnen daß ihr Mumm in den Knochen habt aber sie werden euch die Eier abschneiden und den Kopf dazu! Chems-Eddin lachte wie ein Besessener über die Verrücktheiten der alten Magd. Ich dagegen hatte eher Angst. Meine Mutter ohrfeigte mich, nachdem die Soldaten abgezogen waren. Es tat mir überhaupt nicht weh. W DAS ALGERISCHE VOLK *Pueri cavete canem!* Es war kalt auf der Terrasse. Meine Mutter schrubbte noch immer den Boden, während Tante Mamia, ihre Lieblingsmagd, eimerweise Wasser ausgoß, bis jede Kreidespur völlig verschwunden war. WMOC! Die Soldaten waren gekommen, um meinen Vater zu verhaften, aber natürlich war er abwesend. Die Ohrfeige meiner Mutter tat mir nicht sehr weh. Jedenfalls weniger als jene, die sie mir an dem Tag gab, an dem ich aus der Koranschule weggelaufen war, um mich zu ihr in den Garten zu flüchten. Ich hatte mich geweigert zu schreiben *Und sie werden dich über die Menstruation befragen. Sprich: "Das ist eine Verunreinigung..."* Sie taten so, als spielten sie Karten, aber in Wirklichkeit lauschten sie unserem Gespräch, sicherlich beunruhigt wegen jener Sprache, die zu hören sie nicht gewohnt waren. Wenn ich einen von ihnen anstarrte, räusperte er sich und sah zur andern Seite des Tischs, auf dem eine schmierige blauweißkarierte Platikdecke lag. Dann standen sie plötzlich auf und verließen das Café. Draußen scharten sie sich um den alten Traktor der Marke FERGUSSON. Ich stand bereits. Ich drehte mich zu Kamil um und sagte willst du noch lange in dieser Spelunke hocken bleiben? Er erhob sich und folgte mir. Er nahm hinter dem Steuer Platz, und ich setzte mich neben ihn. Im Wagen war es noch heißer. Kamils Gesicht triefte vor Schweiß. Er zog ein völlig zerknautschtes Schnupftuch aus seiner Tasche und wischte sich lange Gesicht und Hände ab. Er sagte eine Hölle diese Hitze weißt du Tarik an alledem ist dein Vater schuld. Er feixte. Drehte den Zündschlüssel um. Brauste los, das Taschentuch in der linken Hand. Sehr schnell zeigte der Tacho 50 km/h an. Er sagte was für eine Idiotie von deinem Vater daß er dich Tarik genannt hat er wußte nicht was er tat der arme Mann dein Komplex ist so enorm daß du ständig offene Türen einrennst. Ich sagte wirklich du kultivierst die Pleonasmen. Nach einer halben Stunde trafen wir auf ein paar vereinzelte Bauernhöfe aus roter Erde. Vier oder fünf insgesamt. Kamil stoppte den Wagen, den wir am Morgen in Gibraltar gemietet hatten. Sofort kam ein junger Mann auf uns zu. Er hatte ein angenehmes Gesicht, zog jedoch mühsam das linke Bein nach. Ich fragte ihn auf Spanisch, ob die Möglichkeit bestehe, arabische Ruinen zu finden. Kamil stieg aus und begann mittels Gebärden mit dem jungen Mann zu sprechen... *Tarik ibn Ziad stach im Jahre 92 der Hedschra (20. August 711) in See, mit Zustimmung seines Vorgesetzten Musa ibn Nusair, in Begleitung von etwa 300 arabischen Kriegern und ungefähr 10 000 Numidiern, die er mit Gewalt anwarb und zu dem Grünen Felsen führte, den er bei dieser Gelegenheit den Felsen von Tarik nannte = Dschebel Tarik = Gibraltar. Dort schlugen sie ihre Lager auf und bauten Befestigungen. Roderich, der König der Westgoten, dem die Sache zu Ohren gekommen war, hob nun unter den Franken und den Christen ein Heer von ungefähr 40 000 Mann aus. Die beiden Heere trafen in der Ebene von Jerez aufeinander. Tarik schlug seine Gegner und machte Tausende von Gefangenen unter den Ungläubigen. Alsbald sandte er ein Schreiben an seinen Vorgesetzten Musa ibn Nusair, um ihm mitzuteilen, daß er Gibraltar erobert und ungeheure Kriegsbeute gemacht habe. Letzterer empfand darüber Neid...*

Dann, vor kurzem, vielleicht vor ein paar Tagen, sah ich Onkel Hocin mitten auf der Straße stehen, wie etwas Ungereimtes, Groteskes, Obszönes und zugleich Haltloses aufgepflanzt. Er wirkte verloren, verstört, beunruhigend mit seiner hohen Gestalt und seinem völlig zerknitterten Gesicht, das nichts von seiner einstigen legendären Schönheit bewahrt hatte. Sein Hals eines gerupften Huhns schien im Kragen seines Hemdes zu schwimmen, das dreimal zu groß für ihn war, so mager war er geworden. Sein merkwürdig vorstehender Adamsapfel schien sich um sich selbst zu drehen, wie eine Pastille aus gestärktem Pappmaché. Er wirkte wie eine alte Schildkröte oder wie ein altes Huhn mit einem Hals voller Sommersprossen, wie jenes, das ich in Gibraltar gesehen hatte, als ich diese Stadt in Begleitung meines Freundes Kamil besuchte. Mit seinem gräulichen Teint hätte man meinen können, er (Onkel Hocin) wäre ein lascher Haufen weicher Dinge, klebriger Därme und schlaffer Muskeln; auch eine Art nackte Vogelscheuche, mit jener schlappen, labbrigen, welken, zerknitterten, verschrumpelten, fröstelnden, vertrockneten Haut. Als hielte sich - dieser Haufen weicher Dinge - nur dank seinen Kleidern aufrecht, die die einzigen offenkundigen Zeichen dafür waren, daß darunter ein menschliches Wesen steckte, das uns, zu einer bestimmten Zeit, terrorisiert hatte. Besonders meine Mutter, über die er unerhörte Rechte besaß. Ich sah seine Augen, die mich lange fixierten, als stöberte er in meinem Gesicht; in dem er die kleinste Reaktion aufzuspüren suchte, die kleinste Spur einer Gefühlsregung, das winzigste Zeichen des Einverständnisses, der Sympathie und der Komplizenschaft... Während er also fortfuhr, mit eintöniger Stimme all jene Scheußlichkeiten zu erzählen: wir sind in diese Legionärskneipe gegangen und haben so getan als würden wir uns vollaufen lassen unser Tisch stand neben dem WC denn die Kneipe war proppevoll wir haben fünf Stunden gewartet daß irgend ein Saukerl kommt und uns anspricht wir haben niemand um seine Meinung gefragt und haben beschlossen ein paar Legionäre abzumurksen um ein Beispiel zu geben es war ganz zu Anfang des Krieges wir hatten keinen Kontakt zu Constantine ab und zu ging ich auf die Toilette um mich zu erleichtern damit mir das schlechte Bier nicht in den Kopf stieg das WC war unglaublich dreckig es roch nach Urin oder eher nach sowas wie Phenol eine Mischung aus faulem Hopfen und modernden Hosenzwickeln ich nahm meinen blauen Kuli und schrieb auf eine der halbverschimmelten Wände: WFLN! WMOC! ich war damals ein Fan des Muludia Clubs von Constantine (MOC) erinnerst du dich was für eine tolle Mannschaft das war? du hast übrigens lange in ihr gespielt als was eigentlich Außenstürmer glaube ich oder?

DRITTER TEIL

"Waschet, waschet die Geschichte der Völker
auf den hohen Tafeln des Gedenkens: die großen
amtlichen Annalen, die großen Chroniken der
Klerisei (...). Waschet, waschet, o Regen!
die hohen Tafeln des Gedenkens."

Saint-John Perse, *Regen*

Chems-Eddin, mehrere Jahre nach dem polternden und unerwarteten Besuch der Armee im Haus zwecks Verhaftung meines Vaters; nach der Entdeckung der gegen die Anwesenheit der Kolonialmacht gerichteten und mit gelber Kreide direkt auf den Boden der riesigen Terrasse geschriebenen Slogans durch die Soldaten; nach der Ohrfeige, die der Offizier ihm gab, weil er ihm heftig ins Gesicht gespuckt hatte; Chems-Eddin also konnte endlich und in vollem Maße seinen Stolz befriedigen, nach seiner Verhaftung durch die französische Polizei, indem er seine Folterer zwang, ihm Respekt, ja Bewunderung zu zollen. Er ließ ihnen keine Möglichkeit - wie er mehrere Jahre nach der Befreiung versicherte -, ihre Gesetze durchzudrücken, sich bekümmert zu zeigen oder so zu tun, als folterten sie ihn mit gutem Gewissen, das vor nichts zurückschreckt. Von Anfang an gelang es ihm, jede Zweideutigkeit zwischen ihm und ihnen auszuräumen. Angesichts ihrer Schläge und ihrer Obszönitäten verstand er es, kaltblütig zu bleiben, ihnen gegenüber ein bescheidenes Verhalten an den Tag zu legen, auch wenn es nicht frei war von einem gewissen Triumphalismus, den er jedoch zu beherrschen vermochte, gerade soviel wie nötig war, um nicht in die Falle der Bequemlichkeit oder seiner eigenen Überheblichkeit zu stolpern. Ein solches Betragen war weder erstaunlich noch heldenhaft, denn Chems-Eddin wußte nicht, was Angst war. Er konnte nichts dafür. Er war nicht einmal überwältigend mutig, nein, sondern vielmehr wie mit einer schweren chronischen Krankheit geschlagen, einer Art Makel, dessen er sich im übrigen ein wenig schämte, auch einer Art umgekehrten Behinderung oder einer inneren Blockierung oder einem angeborenen Mangel an Phantasie. Er bot ihnen also die Stirn. Versank in unglaublicher

Stummheit. Als hätte er vergessen, wie man es anstellt, zu sprechen. Oder als hätte er - schlichtweg - die Stimme, das Gedächtnis verloren, oder, genauer, weil er nur noch eine bestimmte Form von Sprache besaß, die alles ausschloß, was mit Feigheit und Unterwürfigkeit zusammenhing. Er sagte kein einziges Wort. Seine stumme Gewalt und sein schweigender Stolz machten großen Eindruck auf seine Vernehmer, die angesichts seiner Originalität atavistisch, mechanisch und repetetiv funktionierten. Er war, die Waffe in der Hand, in einem Dorf, das auf einer Bergspitze lag, festgenommen und in die Schule gebracht worden, die man gleich zu Beginn des Kriegs in ein Verhör- und Folterzentrum umgewandelt hatte. Um ihn zu demütigen, banden sie seine Füße und Arme mit einem Seil zusammen, das gleichzeitig um seinen Hals führte. Sie ließen ihm nur seine Hose, obwohl es ein besonders strenger Winter war. Das machte ihm nicht viel aus und erschütterte sofort den Dünkel seiner Folterer. Denn noch bevor sie ihn anrührten, hatten sie begriffen, daß sie absolut nichts aus ihm herauskriegen würden, daß der Typ, den sie in ihren Händen hatten, zu jener Rasse mutiger oder tollkühner oder unbesonnener oder hitzköpfiger oder schizophrener Menschen gehörte, die außerstande sind, sich irgend jemandem anzuvertrauen. Aus dem Klassenzimmer, in dem er gefangengehalten wurde, war alles weggeschafft worden, was an seine ursprüngliche Bestimmung erinnern konnte. Es gab kein Podium mehr, weder Kreide noch einen staubigen Lappen. Nur die abgeblätterte und wacklige schwarze Tafel zeugte davon, daß dieser Ort vor dem Krieg ein banales Klassenzimmer gewesen war. Noch hier wollte er sie bespucken und hielt sich in letzter Sekunde zurück, weil er meinte, er würde ihnen zu viel Bedeutung beimessen, wenn er es täte. Später hatte Chems-Eddin seinen Vetter Tarik gefragt, was man tun müsse, um diesen naturwüchsigen Mut loszuwerden, der ihm allmählich Angst mache, ihn beunruhige und störe. Der Raum, in dem er sich befand, war voll von Soldaten, Polizisten, Gendarmen und Hunden. Alle standen sie da, als würden sie einer Anatomiestunde oder einer Vivisektion oder - sogar - einer Zirkusnummer beiwohnen. Mit Ausnahme eines höheren Offiziers, eigens zu diesem Zweck aus Philippeville hergekommen und bequem in einem Sessel sitzend, der überhaupt nicht in dieses kahle, nüchterne, eiskalte, rustikale und etwas baufällige ehemalige Klassenzimmer paßte. Der Foltersaal war spärlich von einer schwachen Glühbirne beleuchtet; und vielleicht erweckte diese rudimentäre Beleuchtung den Eindruck, als ob die schuppigen Wände, das verfaulte Holz des Parkettbodens und die alte Schreibmaschine Marke REMINGTON (er hatte es erraten wegen ihres ganz besonderen Geräuschs, einer Art von ersticktem Husten oder von) mehr Umfang und mehr Relief gewönnen, nicht wegen dieses fahlen Lichts, sondern wegen des Geruchs, der nichts mit den abgeblätterten Wänden, den verfaulten Hölzern oder den alten Schreibmaschinen zu tun hatte. Etwas olfaktorisch Ungereimtes. Gleichsam herausgeputzt. Gleichsam erstaunlich neu, jugendlich, jubelnd und ekstatisch zugleich! Nach einigen Sekunden des Schmerzes wollte Chems-Eddin ein wenig Spaß haben, weil er sich zu langweilen begann, er, der seit jeher an einer Art neurotischer Rastlosigkeit gelitten hatte, die ihn nachts aus dem Haus seiner Eltern trieb und zu Fuß in eine andere Stadt gehen ließ, die durchaus am anderen Ende des Landes liegen konnte; auf der Flucht vor seinem furchtbaren und unerträglichen Vater. Er sagte nun: wollen gelbe Kreide ich. Alle waren sprachlos. Außer dem höheren Offizier, der den anderen in Klartext übersetzte, was der Gefangene gesagt hatte; als hielte er sie alle für Idioten oder Bekloppte: er will ein Stück gelbe Kreide. Einer der Folterer sagte aber er macht sich über uns lustig Herr Oberst. Zweifel nistete sich in allen Köpfen ein. Es gab einen Augenblick allgemeinen Zögerns. Der Gefangene wiederholte seine Bitte andersherum: gelbe Kreide ich wollen. Man brachte ihm gelbe Kreide. Eine ganze Schachtel voll. Wie um bei ihm gut angeschrieben zu sein. Eine Art, ihn anzuflehen zu reden, ohne das Gesicht zu sehr zu verlieren. Eine Art, ihn all die grauenhaften Foltern vergessen zu machen - oder sogar auszulöschen -, die er ertragen hatte, ohne eine Miene zu verziehen. Chems-Eddin öffnete sie in aller Ruhe. Nahm ein Stück heraus. Machte die Schachtel wieder zu, ohne sich zu beeilen. Stellte sie auf seine Knie. Begann eine lange Weile an dem Stück gelber Kreide zu schnuppern. Der höhere Offizier wich seinem fälschlich entrückten und ekstatischen Blick aus und ließ seine Augen vage in der verrauchten Atmosphäre umherirren. Als sich die Situation ein wenig zu lange hinzog, nahm der Oberst bei den Soldaten und Polizisten sofort eine gewisse Nervosität wahr. Er sagte laßt ihn machen! Er erweckte den Eindruck, als hätte er die Schnauze voll und als würde er den Gefangenen am liebsten exekutieren, einen Bericht über sein Ableben infolge eines angeblichen Fluchtversuchs abfassen und die Angelegenheit ad acta legen. Aber es war zu komplex und der Gefangene zu faszinierend. Sein Kopf brodelte auf widersprüchliche Weise. Die Ideen wimmelten. Der Gefangene aber nahm ein weiteres Stück gelber Kreide, schnupperte vage daran, warf es dann auf den Boden. Er nahm ein anderes. Usw. Die Augen in die Ferne gerichtet oder vielmehr in eine Art Nichts, als hätte er nichts mehr zu sehen, nichts mehr mit den Lebenden zu tun, plötzlich an seinen Vater denkend, der ihn ständig mißhandelt hatte, sich jedoch weigernd, die doch unumgängliche logische Verbindung herzustellen zwischen Onkel Hocins sadistischem Verhalten und den schrecklichen Foltern, die ihm seitens dieser stupiden Soldaten widerfuhren, ewigen Verlierern sukzessiver und ununterbrochener Kolonialkriege. Nicht weil er mit verschiedener Elle maß, sondern weil ihn im Grunde dieser Schein von innerer Logik schnuppe war, die angeblich alle Formen von Ungerechtigkeit miteinander verbindet. Nach einigen Stunden verlor der Oberst die Fassung und die Geduld. Er begann zu brüllen: ich werde sie dir in den Arsch stecken deine verfluchte Kreide. Was er auch tat, während die anderen Soldaten den Gefangenen festhielten. Sie wirkten fidel und zugleich wütend, prüde und ein wenig puritanisch. Chems-Eddin starrte nun hartnäckig auf einen Tropfen seines eigenen Bluts, der wenige Millimeter von seinem Gesicht entfernt auf den Boden gefallen war, während man die Stangen gelber Kreide eine nach der anderen in ihn hineintrieb; wie um jenes Mißgeschick zu überwinden, das sich im Innern seines schmerzenden Körpers ereignete. Erinnerte sich nun an die mit gelber Kreide auf den Boden der Terrasse des riesigen Hauses geschriebenen Slogans; begriff auch, daß die Gegenstände über ihren beschränkten Utilitarismus hinauswachsen, zu weit bedeutsameren Instrumenten für Erdbeben und Explosionen werden können... *(Am Montag, dem 5. Radschab des Jahres 92 der Hedschra, stellte Musa ibn Nusair eine Armee von 7 000 Arabern und Berbern auf, mit deren Führung er Tarik ibn Ziad betraute, der damals sein Militärgouverneur in Tanger war. Es mutet jedoch seltsam an, daß die muslimischen Chronisten in keiner Weise Tariks Leben vor seiner Ernennung an die Spitze der Stadt Tanger erwähnen. Ganz im Gegenteil, denn diese Bücher sind über seine Herkunft geteilter Meinung. Einigen zufolge soll er ein Perser gewesen sein, aus der Stadt Hamadan gebürtig, und sich Musa ibn Nusair unterstellt haben. Andere behaupten, er sei ein von den Arabern festgenommener Numidier gewesen. Wieder andere versichern, er sei ein Berber gewesen, gebürtig aus dem Stamm Nefza im äußersten Osten Nordafrikas, das heißt in Numidien gelegen. Dies ist sicherlich die wahrscheinlichste und seriöseste Hypothese, die man im Buch von al-Baladhiri,* Das Manifest des Maghreb, *ausführlich dargelegt findet. Dieser Quelle zufolge handelt es sich also um Tarik ibn Ziad ibn Abdallah ibn Ulghu ibn Urfadschun ibn Nighaz ibn Jatumiz ibn Nefza. Daraus ersieht man, daß Tarik ibn Ziad, der numidische Eroberer Andalusiens, von seinem eigenen Vater Ziad zum Islam bekehrt worden ist und daß es sich hier um den ersten arabischen Namen in seinem Stammbaum handelt. Denn alle anderen Namen dieses Stammbaums sind numidisch. Tarik war ein Krieger von seltener strategischer und militärischer Begabung, die er bei der*

Eroberung Nordafrikas unter Beweis stellte. Später wurde er von Musa ibn Nusair ausersehen, Andalusien zu erobern. Mit einer Armee überquerte er das Meer von Ceuta aus, wobei er die Schiffe Julians benutzte, eines der westgotischen Fürsten, der sich mit ihm verbündet hatte, weil er Roderich, dem König der Westgoten, entgegenstand, der seit kurzem über Andalusien herrschte; weil dieser seine, nach dem bei diesen Königen herrschenden Brauch, in seinem Palast lebende Tochter geschändet hatte. Julian war darüber in ungeheuren Zorn geraten. Er drang bei Roderich ein und holte seine Tochter zurück. Dann ging er Tarik entgegen, unterrichtete ihn über die Marschrichtung der Goten, verriet ihm einen unterirdischen Gang. Tarik verstand, welchen Vorteil er daraus ziehen konnte. Ohne länger zu zögern, bestieg er die Schiffe seines Verbündeten und segelte geradewegs zur Nordküste des Felsens. Er landete am Montag, dem 5. Radschab des muslimischen Jahres 92, besetzte augenblicklich den Westen dieses Gebietes und stieß ins Innere des Landes vor, nachdem er ein hauptsächlich aus Goten bestehendes Heer geschlagen hatte)... Der Krieg war seit über zwanzig Jahren vorbei, indes einer von ihnen fast die östliche Mauer des Hauses berührte, derart, daß sie sich im Sommer geradewegs ans Fenster seines Zimmers preßten, während er an seinem Schreibtisch saß und, zu eher später Stunde, arbeitete und, wenn sie sich im nächtlichen Wind zu regen begannen, den Eindruck hatte, daß er sie oder zumindest einige von ihnen berühren konnte, jene, die sich am weitesten vorwagten und deshalb beleuchtet wurden vom Licht seiner Schreibtischlampe, die ihre Blätter glänzen ließ wie geglättete und zu Beginn des Abends leicht erschauernde Federn, dann immer stärker erschauernd, je weiter die Nacht vorrückte, indes der Rest des Gartens noch dunkler wirkte gerade wegen dieser Beleuchtung, deren Radius nur ein paar Meter weit reichte, oder vielmehr gleichsam bedeckt wurden von mehreren gummiartigen und gleichsam eigensinnig, verschlossen, makellos, konkret und greifbar aufeinandergehäuften Schichten von Finsternis, indes die spiralförmigen Samenhüllen den Eindruck erweckten, als wären sie angepinselt oder vielmehr befleckt mit einer grünlichen Farbe, die aus der Schreibtischlampe selbst flösse; und, spät in der Nacht, allmählich ihre Bewegung vervielfachend, als wären sie von einer gewissen, fast unerwarteten Fieberhaftigkeit erfaßt, besonders weil er im Sommer die Angewohnheit hatte, das Fenster weit offen zu lassen, um das geringste Lüftchen auszunutzen, das, und sei es nur sehr leicht, fast unmerklich, wehen würde, als käme es von hinter den Mauern des Gartens oder vom Ende der Welt selbst, um sich allmählich fortzupflanzen, bis es ins Innere jenes unentwirrbaren Geflechts voller Dunkelheit gelangte, bestehend - jenes Geflecht - aus Hunderten von Ästen und Zweigen und, durch die Fensterscheibe hindurch, den Eindruck vermittelnd, als hinge es nur von seiner eigenen autonomen Bewegung ab, die sich mit noch größerer Geschwindigkeit entfaltete, wenn, nach Mitternacht, der Wind an Stärke zunahm. Dann hatte er den Eindruck, daß der riesige Maulbeerbaum in seiner Gesamtheit jäh erwachte, schnaubte, sich schüttelte und dann, übergangslos, sehr schnell in seine anfängliche, gleichsam ursprüngliche Lethargie zurücksank, so majestätisch war er, prachtvoll, gigantisch; also zu seiner nicht pflanzlichen, sondern gleichsam mineralischen Regungslosigkeit zurückfindend, mit Ausnahme jener ersten unglaublichen Zweige, die wegen des aus dem Zimmer dringenden Lichts so aussahen, als lebten sie abseits, als verwiesen sie - auch - den Rest des Baums ins Nichts, desgleichen das Ende des Gartens und sogar die ganze Welt als Kosmos, der zwar wirr, konfus, widersprüchlich, aber unzerstörbar und unvergänglich war; so daß er einen gewissen Schrecken empfand angesichts dieses Zustands der sowohl anwesenden wie abwesenden, realen und gleichzeitig ins Nichts verwiesenen Dinge; während er genau wußte, daß der Baum da war, gleichsam in seine eigene Unentwirrbarkeit gekauert, in seine eigene Konfusion, seine eigene Fülle, seine eigene Verflüssigung, sein eigenes Rauschen, sein eigenes Toben und - vor allem - seine Übereinstimmung mit sich selbst, zumal ihm eine Art leises Rascheln entstieg, gleichsam ein Knistern seidiger Flügel und - auch - so etwas wie erstickte Vogelschreie, wie Triller, in Abständen in den dicht belaubten Raum geschleudert (verteilt), gleichsam verwundert, grantig, fröstelnd, nörgelnd, stammelnd, klagend, weinerlich, wehleidig, seufzend und trauernd; indes sie (die Vögel) sich jetzt auf zwei oder drei Bäumen des Gartens versammelt haben, eben jenes Garten, wo ihn vor etwa dreißig Jahren seine Mutter geohrfeigt hatte, weil er sie überrascht hatte, als sie im Begriff war, ihre Monatsbinden *Und sie werden dich über die Menstruation befragen. Sprich: "Das ist eine Verunreinigung. Darum haltet euch fern von euren Frauen und nähert euch ihnen nicht, bis sie rein sind. Sobald sie rein sind, geht zu ihnen, wie Gott euch befohlen..."* auf die Wäscheleinen zu hängen, die am Ende des Gartens gleichsam verborgen waren und nur diesem Zweck dienten, zwischen zwei Olivenbäumen gespannt, wobei sie verlegen sagte spiel nicht auf diesem Baum seine Äste sind alle verfault er ist am Eingehen seit dem Tod deines armen Großvaters weil sich jetzt keiner mehr um ihn kümmern will sogar der Gärtner will nichts mehr von ihm wissen neulich hat er mir gesagt es ist ein böser und launischer Baum es ist nichts mehr von ihm zu holen gnädige Frau wenn du versuchst auf ihm zu spielen wirst du runterfallen und dir den Hals brechen verschwinde von hier! indes sich also die Vögel jetzt auf zwei oder drei Bäumen versammelt hatten, unter denen der märchenhafte, gigantische oder, vielmehr, mit Gigantismus geschlagene, völlig verrückte Maulbeerbaum aufragte, dessen dichtes Laub mehrere andere Bäume verdeckte und der - durch die geballte Finsternis - eine zusätzliche Anhäufung schuf; ein wenig erschreckend, beängstigend, schaurig hier aufgepflanzt wie ein Gespenst, das nicht nur die Beleuchtung der Schreibtischlampe provozierte und herausforderte, sondern auch alles, was sich ringsum in seiner Nähe befand; wobei er nun spürte, daß die Farben im Innern seiner Netzhaut zuckten, so müde und erschöpft war er von jenen der Arbeit gewidmeten langen Nachtwachen, als wären seine Neuronen von den winzigen Nadeln des Schlafs durchbohrt, während sie - die Farben - widersprüchlich wurden, sich verwischten, sich unablässig in der Tiefe der Augen ineinanderschiebend, jedoch den Raum gemäß zweier wesentlicher Achsen neuorganisierend: dem Rechteck des Fensters, kirschrot (sicherlich wegen einer dem Wuchern der Sonne oder ihrer Fahlheit geschuldeten Entzündung), und dem Rechteck des Maulbeerbaums, olivgrün (zweifellos wegen der Üppigkeit des Maulbeerbaums, dessen gedrungenen und eher achteckigen Stamm er nicht wahrnahm); dann plötzlich begann er, ihren erstickten, unhörbaren, fast nicht vorhandenen Trillern zu lauschen, die sich dann - allmählich - verstärkten, während in Wirklichkeit die Atmosphäre noch immer dieselbe war, unverändert; obwohl er das Gefühl hatte, daß eine sehr leichte Veränderung stattgefunden hatte, deren Parameter der Grund der Müdigkeit war, die sich wegen des mangelnden Schlafs in seinem Kopf angehäuft hatte, indes die Luft sich nach und nach in gewohnter, gleichbleibender, fast automatischer Weise wandelte, wie unter dem Einfluß einer Art bedingtem Reflex chromatischer Ordnung; das heißt, daß der Übergang vom Tag zur Nacht, oder umgekehrt, sich so diskret vollzog, daß man kaum über brauchbare Anhaltspunkte verfügt, um diesen Übergang von einem Zustand zum andern auszudrücken: worauf die Vögel anfingen, einander zuzurufen, einander zu antworten, in einem zunächst zögernden, näselnden und gleichsam tonlosen, dann immer lebhafteren, immer kühneren, immer höheren und kristallinen Ton, der zum Schluß das pflanzliche Gewebe des Gartens im allgemeinen und das des Maulbeerbaums im besonderen durchlöcherte; eben jenes Baums, dessen Zweigen es gelingt, an der Scheibe des Fensters zu kratzen, an dem er seine ganze Kindheit und Jugend zugebracht hatte, um Tausende von wimmelnden Seidenraupen zu züchten, für die er wunderbare Kisten aus geschnitztem Holz mit perforierten Deckeln anfertigte; der berühmte Maulbeerbaum also, aus dem bei jedem Sonnenuntergang und jedem Sonnenaufgang eine Art wunderbare Orchestrierung zu ihm drang, deren klangliche Intensität langsam zunahm und bei der eine gewisse Improvisation vorherrschte, was dem Gesang der Vögel einen etwas dissonanten, etwas kreischenden Rhythmus verlieh, gleichsam hier und dort von einem kurzen, aber falschen Ton durchzogen; aber sehr schnell veränderten sich die Tönungen des Tages und des Gesangs von Grund auf mit außerordentlicher Geschwindigkeit; und so schmückte sich der Horizont einerseits mit einem rötlichen, gleichsam plüschartigen Streifen und nahm andererseits die Vogelsymphonie einen solchen Umfang an, daß sie ohrenbetäubend wurde, so daß er (Tarik), wenn er zur Stunde des Sonnenuntergangs (oder Sonnenaufgangs) die Augen hob und die Schicht der Finsternis sich im Innern des Gartens festgesetzt hatte, Unmengen (oder Reihen) von Vögeln sah, die auf dem Rand des Daches saßen, auf der östlichen Seite, in erschreckenden, ein wenig extravaganten, aber im wesentlichen düsteren Formen, Ton in Ton, auf der noch sehr dunklen Fläche des Himmels erscheinend, an dem die Sonne (morgens) noch nicht aufgetaucht ist, oder noch auberginefarben, wenn sich (abends) die Sonne bereits versteckt hat; erscheinend also (die Vögel) mit ihren Tausenden von gräulichen, schieferfarbenen, aschfahlen Federn, übersät - auch - mit Tausenden von grünen Blättern, aus dem Wipfel des Maulbeerbaums auftauchend, dessen dichtes Laub und üppige Vegetation das ganze Dach des Hauses verdecken, ganz zu schweigen von einem erheblichen Stück des Himmels, der gleichsam durchlöchert wirkt von aschgrauen, hier und da mit ein wenig Mineralblau oder Bleiviolett gesäumten Federn; was jedoch die Blätter selbst betrifft, so gelingt es ihnen, die Dunkelheit, welche die Formen und die Dinge einhüllt, in allen vier Himmelsrichtungen zu durchstoßen, und zwar trotz ihrer offenkundigen Ratlosigkeit, indes die Morgendämmerung sich hinzieht und Zeit braucht, sich im ganzen Raum zu entfalten, um schließlich zuerst das Fenster, sodann das Zimmer zu überfluten und sich dann in jeder Ecke und in jedem Winkel einzunisten; was ihn nötigte, die Schreibtischlampe zu löschen, und er hatte nun den Eindruck, daß, trotz dem Eindringen der völlig neuen morgendlichen Helligkeit, weiterhin einige Schichten Finsternis noch einige Augenblicke lang in der Luft stagnierten, während er sitzen blieb, fasziniert von den Vögeln, die sich jetzt deutlich vom Blech des Himmels abhoben, komisch und akrobatisch auf ihren zerbrechlichen rosa Beinchen hockend mit einer Art Erschauern, das von Zeit zu Zeit unmerklich ihren Flaum durchzuckte und (dieses Erschauern) mit jedem Schrei, jedem Triller, jeder Modulation übereinstimmte, immer im gleichen synkopierten, unregelmäßigen, anarchischen und improvisierten Rhythmus; unaufhörlich anschwellend, anwachsend bis an die Grenze eines ohrenbetäubenden, unerträglichen und schmerzhaften Lärms... Was die Beine der Pferde angeht, die man auf der Miniatur von Wasiti sieht, so vermitteln sie dem, der sie betrachtet, den Eindruck, als wären sie in Bewegung und gleichzeitig völlig regungslos; während sich in Wirklichkeit einige Pferde in Ruhestellung befinden, andere ein Bein heben und wieder andere vollkommen regungslos sind; was bewirkt, daß man - trotzdem - den Eindruck einer phantastischen Bewegung hat, die vielleicht von der Vorstellung herrührt, die man sich von einem Heer macht, das im Begriff ist, Europa oder zumindest einen Teil Europas zu überfallen; was bewirkt, daß man sofort an jene Mischung wirrer Gefühle denkt, die wohl die Einbildungskraft jenes numidischen Anführers Tarik ibn Ziad beherrscht haben mag, der im vorliegenden Fall im Begriff stand, sich mit seinem Heer in ein Abenteuer mit schrecklichen Folgen zu stürzen, das - sollte es Erfolg haben - die ganze Welt umwälzen und unvorstellbare, unvorhersehbare und dauerhafte Folgen für das Schicksal der ganzen Menschheit haben würde; das heißt einen Augenblick bevor er (Tarik) seine berühmte Ansprache oder, genauer, seine Prosopopöie an die Soldaten hielt: *Hört, wackere Krieger. Lauscht, tapfere Soldaten: wo ist denn der Ausweg und wo ist denn das Heil? Das Meer ist hinter euch und der Feind ist vor euch. Hiermit versichere ich feierlich, daß ihr nur noch auf zwei einzige Werte bauen könnt: die Wahrhaftigkeit und die Opferbereitschaft: wisset denn, daß ihr auf dieser Halbinsel schlimmer dran seid als Waisenkinder, die in von ruchlosen Schurken veranstaltete Orgien geraten sind; der Feind hat euch mit seinen zahlreichen Truppen, mit seinen unzähligen Waffen und seinen reichhaltigen Vorräten empfangen. Ihr dagegen habt keinen anderen Schutz als eure Schwerter und keine andere Verpflegung als die, die ihr euch mit Gewalt von euren Gegnern nehmt. Sollte aber ein solches Los wie das eure zu lange währen, ohne daß ihr zum Angriff übergeht und ohne daß ihr euer Ziel erreicht und euren Wunsch erfüllt habt, dann werdet ihr, das kann ich euch versichern, für immer unter der Last der Schande niedersinken, und die Herzen, die noch vor kurzem schwach wurden bei der Erwähnung eures Namens, werden sich jäh erkühnen und euren Mut verhöhnen. Sinnlos, eure Feigheit anzurufen, damit sie euch beistehe. Erspart euch solche Schmach und Verkommenheit, indem ihr diesen gottlosen Tyrannen holt, den seine belagerte Stadt euch umstandslos ausgeliefert hat. Aus einer so günstigen Situation könnt ihr tatsächlich Nutzen ziehen, wenn ihr eurem eigenen Tod zustimmt. Sonst kann ich euch nur warnen vor einem Los, das mir selbst ebenso droht wie euch; auch will ich euch nicht in eine Strategie hineinziehen, die euer kostbares Leben mißachtet, während ich selbst von den Feindseligkeiten mich fernhalte. Wenn ich mit jemandem den Anfang machen muß, so werde ich mit mir selbst anfangen! Wisset auch, daß ihr, wenn ihr euer schlimmstes Los eine Weile zu ertragen vermögt, für den Rest eures Lebens mit den Freuden und Wonnen des Sieges belohnt werdet. Beneidet mich also nicht und seid nicht mißgünstig, denn mein Los ist nicht besser als eures. Ihr wißt sehr wohl, daß diese Insel sehr herrliche und fleischige Geschöpfe birgt, Töchter hellenischer Könige, funkelnd von Perlen und Korallen, gekleidet in prächtige Gewänder aus mit Gold und Silber besticktem Musselin, eingeschlossen in den Palästen der würdig gekrönten Könige. Wenn ihr vom Emir der Gläubi-*

gen al-Walid ibn Abdalmalik auserkoren wurdet, dieser Elite wakkerer und tapferer Helden anzugehören, so deshalb, weil er die Seinen zu erkennen vermag, so wie er denen seine Dankbarkeit zu erweisen versteht, die sie verdienen. Ihr seid diese Elite, die unser Kalif erwählt hat, damit ihr morgen die Schwiegersöhne der angesehenen Könige werdet, die in diesem wunderbaren Landstrich herrschen. Weil er weiß, daß ihr das Schwert zu handhaben wißt, daß ihr bereit seid, ihm beim geringsten Anlaß zu gehorchen, und weil ihr fähig seid, euch mit den besten Kriegern und den geschicktesten Reitern tapfer zu messen. So wird gesichert sein, daß euer Sieg über sie der Beweis für die Barmherzigkeit Gottes ist, dessen Wort durch euch in den Himmel erhoben und dessen Religion in diesem Land verbreitet werden wird. Er überläßt es euch allein, über die märchenhafte Beute, die sich dort befindet, zu verfügen und sie zu nutzen, ohne daß irgendein anderer Gläubiger sie mit euch teilen kann. Wisset auch, daß ihr hier unter dem Schutz Gottes des Höchsten steht, der allein fähig ist, euch aus einem Engpaß oder einem Mißgeschick zu befreien, so daß ihr unsterblich gemacht werdet auf der Erde und im Himmel gleich den verdienstvollen Helden einer heiligen Sache. Hört, wackere Kämpfer und tapfere Krieger. Lauscht, brave Leute! Wenn ich etwas tue, so eifert mir also nach. Wenn ich das üble Los ertrage, so nehmt euch ein Beispiel an mir. Wenn ich ausharre, harrt ebenso aus. Seid auch wie ein einziger Mann in der Hitze des Gefechts. Ich werde ihrem gottlosen Tyrannen entgegentreten und nicht eher zurückkehren, bis ich ihn getötet habe. Sollte er mich aber besiegen, dann seid wohlgemut und grämt euch nicht. Hütet euch, schwach zu werden! Ich möchte nicht, daß ihr um mich trauert oder über meinen Tod wehklagt. Denn wenn ihr euch derart verhaltet, so wäre dies unweigerlich die Niederlage und die Vernichtung! Verliert nicht euren Stolz vor dem Feind, sonst macht er euch zu Gefangenen oder zu Leichen. Ergebt euch vor allem nicht der Entwürdigung. Senkt niemals die Arme. Wählt lieber den Tod als die Erniedrigung und die Knechtschaft, und lieber den Lohn, den Gott seinen Märty-

rern vorbehält, als die Feigheit und den Verrat. Wenn ihr euch so verhaltet, dann wird Gott in alle Ewigkeit mit euch sein und euch immerdar zu leiten wissen. Verbreitet die Idee unseres unausweichlichen Sieges und verkündet das gute Wort Gottes bei allen Muslimen, die ihr kennt. Nun denn! Ich werde kämpfen bis zum letzten Hauch meines Atems. Eifert mir nach! was den Anführer der Berber also umtrieb, das heißt eine Mischung aus Angst und Mut, Einsatz und Zaudern angesichts jener Unbekannten, die eine militärische Schlacht immer ist, was ihn und seine Offiziere ein wenig reizbar, nervös und ungeduldig machte. Im übrigen erschauderten sie darüber, als verursachte ihnen das nahe Bevorstehen der Schlacht eine Gänsehaut, sicherlich wegen jener Art Ungeduld, die jeder Krieger beim Warten auf den Einsatz empfindet, auf die Erregung des militärischen Sieges, die Trunkenheit der territorialen Expansion, die Leidenschaften des geographischen Aufmarschs, die Ekstasen der religiösen Predigt usw. Daher hatte die Ansteckung sogar die Perde erfaßt, die etwas erregt wirkten - auf der Miniatur -, stolpernd, rasend, nervös usw., was die Virtuosität des Malers sicherlich noch steigerte, der aus den bekannten chauvinistischen und religiösen Gründen durch das Sujet ohnehin stark motiviert war; dessen schöpferisches Genie jedoch noch mehr angeregt werden sollte von jener prachtvollen Bewegung der Pferde, die vor dem Felsen der Meerenge, der einige Wochen später Gibraltar heißen sollte, versammelt waren und deren Ausmaß, Nervosität und Plastizität es dem Maler ermöglichten, sich selbst zu übertreffen, sich selbst zu bezwingen und dieses Meisterwerk der Malerei zu schaffen, das den Vater verstören, begeistern, fesseln, verzaubern sollte, so sehr, daß er beschloß, es zu kaufen, natürlich zu einem exorbitanten Preis, und über seinem Schreibtisch aufzuhängen, wo sie - die Miniatur - nicht nur ein Meisterwerk der arabischen Malerei wurde, sondern vor allem eine Art eindringliches Manifest, das auf vorbildliche Weise die Aufmerksamkeit auf die Streitbarkeit der muslimischen Eroberer lenkte, auf ihren Mut und ihr militärisches Genie, von dem er (der Vater) nicht nur der wahrhafte Zeuge und notorische Propagandist war, sondern auch der moderne und zeitgenössische Archetypus, das zwar getreue, aber furchtbar narzißtische, selbstgefällige Modell, indem er sich eine Art fanatische und blinde Subjektivität herausnahm, die ihn besonders unsympathisch machte; weil er oft den Eindruck erweckte, wenn er - wenigstens ein paarmal am Tag - dieses Thema erwähnte, als hätte er persönlich etwas mit jenem strahlenden und überwältigenden Sieg zu tun, der Tarik ibn Ziad die widerstandslose Einnahme von Gibraltar und die Zerschlagung eines furchterregenden Heeres von 40 000 Westgoten unter dem Befehl ihres Königs Roderich ermöglicht hat. Aber er sollte es nicht bei diesem Gemälde bewenden lassen, ganz im Gegenteil. Er sollte nicht aufhören, sich für das Leben des numidischen Eroberers zu begeistern, seiner Spur nachgehend, ihn so sehr mit seiner Leidenschaft verfolgend, daß er begonnen hatte, schlichtweg eine Persönlichkeitsspaltung zu erleiden, worüber er sich nicht einmal im klaren war, so sehr fiel er auf sein eigenes Spiel, seine eigene Falle, seinen eigenen Spiegel herein. Er machte ihn zum universellen Vorbild und zum moralischen Parameter und wollte ihn als solchen nicht nur seinen Kindern, sondern auch allen anderen Familienmitgliedern aufzwingen, einschließlich Onkel Hocin, seinem Bruder, einschließlich - auch - jener widerwärtigen Tante Fatma, seiner hundertjährigen Magd, die kein Wort von dieser Eroberungsgeschichte verstand, so bilderstürmerisch war sie, so gottlos, anarchisch und am Rande der Hysterie und der Häresie. Das Phantom Tarik ibn Ziads wurde für die einen zur Obsession, für die anderen zu einem Spuk, den die Kinder offen zu verabscheuen begannen, so sehr hatte er vom Geist ihres Vaters Besitz ergriffen. Der Vater also, stets auf der Suche nach Dokumenten, Büchern und Illustrationen bezüglich seines Helden, ja seines Idols. Bis zu dem Tag, an dem er auf jenen Text von Ibn Khaldun über die Einnahme Gibraltars durch Tarik stieß und über die Händel, die dieser mit seinem Vorgesetzten Musa hatte, der maßlos neidisch auf ihn war und so fettleibig, daß er nicht einmal gehen konnte und vier ergebene und eifrige Ordonnanzen zu seinen Diensten hatte, die ihn jedesmal transportierten, wenn er sich fortbewegen wollte, was ihn nicht davon abhielt, ein genialer Stratege, ein sehr geschickter Reiter und ein furchterregender Krieger zu sein. Der Vater setzte es sich in den Kopf, daß sein Sohn (Tarik) diesen berühmten Text aus dem Arabischen ins Französische übertragen sollte, gleichsam eine letzte Provokation gegenüber den Kolonialbehörden, die er mit seinem Groll bestürmte, mit seinem Haß verfolgte und durch seine sprichwörtliche Beredsamkeit lächerlich machte. Was ihm viel Ärger sowie mehrere mehr oder weniger lange Gefängnisaufenthalte eintrug; als ob ihm seine Reisen nicht genügten und als hätte er in der Politik ein zusätzliches Mittel gefunden, vor seinen Familienpflichten zu fliehen, sich von seiner Nachkommenschaft zu entfernen und seine zahlreichen Gattinnen zu verstoßen. Er begann also, die Übersetzung dieses arabischen Texts ins Französische durch eben jenen Sohn sehr genau zu überwachen, der die Nase voll hatte von diesem Wust aus Koketterie, Speichelleckerei und Fanatismus bei einem Vater, der seine Zeit damit zubrachte, abwesend zu sein, und sich, wenn er anwesend war, augenblicklich in eine nicht, wie nennt man das doch gleich, nostalgische, nein, nein! sondern eher sublimierende Vergangenheit zu flüchten. Der Heranwachsende tat nichts, um zu übersetzen, da er genau wußte, daß sein Vater nie lange widerstehen konnte, die Dinge selbst in die Hand zu nehmen, da er sich sehr schnell aufregte, ihn beiseite schob und zuguterletzt alles selbst übersetzte, so begeistert war er. Er tat eher so, als ließe er sich tragen, seinen Vater wie im Traum sagen hörend übersetze so übersetze doch übersetze doch endlich warum bleibst du stumm du weißt wohl nicht was für ein Glück du hast einen so erhabenen Text zu übersetzen, für sich selbst wiederholend ah was für ein Text wirklich meisterhaft genial so übersetze doch du Schwachkopf dein Lehrer ist ein kluger Mann nicht irgendwer wenn er einen so schönen Text auswählt glücklicherweise mein Gott gibt es noch einige Muslime die stolz sind auf ihre Vergangenheit... übersetze endlich. Aber der Knabe ließ ihn in seiner Ekstase schwimmen, in seiner ständigen unglaublichen maßlosen und unerläßlichen Erleuchtung. Dann begann er zu übersetzen, ohne sich dessen bewußt zu sein: Tarik schiffte sich ein (stach in See?) im Jahre 92. Mit Zustimmung (dem Segen?) seines Vorgesetzten Musa ibn Nusair. Begleitet von ungefähr 300 Kriegern und hob unter den Berbern ein Heer von ungefähr 10 000 Mann aus (oder 7 000?). Die Beine der vor der Meerenge versammelten Pferde also konnten nur die Gefahr ausdrücken, die den arabisch-numidischen Heeren drohte, die im Begriff waren, den Felsen zu erstürmen, so nervös und ungeordnet waren sie. Was die Reiter selbst betrifft, so erweckten sie eher den Eindruck von Ruhe, Heiterkeit und Gewißheit. Sie wirkten regungslos oder vielmehr erstarrt und linkisch, so selbstsicher waren sie. Gelassen. Phlegmatisch. Unerschütterlich... Mit ihren kleinen Augen - die Vögel -, die deutlich von ihren Köpfen abstachen; mit ihren glänzenden rosafarbenen etwas zitronengelb gestreiften Schnäbeln; allmählich aus der Dunkelheit tauchend (die Vögel); mit ihren Körpern, die den Eindruck erweckten, als blähten sie sich übermäßig wie in einer Art morgendlichem Stolz; mit ihren völlig zerzausten Federn, die sie nervös zu putzen begannen, auf eine gleichsam aggressive, gleichsam mechanische, repetetive und synkopierte Weise; mit ihren grauen Federn also, die sich hier und da mit einem bläulichen, schieferfarbenen und - manchmal - sogar geradezu violetten und bleifarbenen Schimmer tönten, sprenkelten. Was die Schwerfälligkeit ihres Verhaltens verstärkte, das Volumen ihrer Körper vergrößerte und ihre Zahl illusorisch verdoppelte. So waren sie denn im Begriff, sich in die Lüfte zu schwingen, während sie noch ihre Federn glätteten, den Flaum ihrer Jungen kämmten, indes die Menschen begannen, sich mit unermeßlichem und unausstehlichem Hochmut auf dem Rand des Daches, immer noch auf der östlichen Seite, aufzuplustern, zu kokettieren, herumzuscharwenzeln, verrückt zu spielen, in einem endlosen Manöver der Verzauberung, der Verführung, der Magnetisierung und der Hypnose; als wollten sie die Aufmerksamkeit auf sich ziehen, sie magisch und maliziös fesseln; in einem endlosen Manöver der Verzauberung also, der Schmeichelei, der Koketterie, der Gaunerei usw. Was ihre Augen noch stärker glänzen ließ, sie schwärzer, feuriger und flammender machte; ihn (Tarik) nun an ein diamantenes Schmuckstück erinnernd, das sich immer am Hals seiner Mutter befunden hatte. All jene Vogelaugen mit dem reglosen und erschreckenden Blick verharrten also dort und starrten geradeaus vor sich hin, viele langweilige Minuten lang, mit jener Leere, die sie so gut charakterisiert, jener Art von schauderhaftem Nichts, Gleichgültigkeit, Melancholie, Traurigkeit, Jammer und gleichsam suizidärer Verlockung; als trügen sie - die Vögel - in ihren Pupillen alle Tränen der Welt und - vor allem - die Tränen seiner Mutter, die wie erstarrt waren seit jenem Vorfall, in dessen Verlauf sie ihn geohrfeigt hatte, weil er sie ertappt hatte, als sie im Begriff war, ihre intime Wäsche auf die Leine zu hängen, die diskret am Ende des Gartens gespannt war, wie um diese Dinge der Frauen besser zu tarnen, aus denen man ein Geheimnis machte und die man mit Schweigen überging, was ihre Wirkung nur erhöhte, ihre Unverständlichkeit und - folglich - ihre nahezu abstrakte, verschwommene, ungreifbare und - letztlich - mythologische Abscheulichkeit; also im Begriff war, ihre Monatsbinden aufzuhängen, wobei sie, ihre Arme hebend, ihre makellos sauberen Achselhöhlen sehen ließ, mit jenem glatten, unbehaarten, polierten, gleichsam gelackten, gleichsam schimmernden Fleisch, ohne jede schwärzliche oder zweifelhafte Spur, sogar ohne jede schrumpelige und körnige Haut, die die Frauen an der Stelle der sehr häufig enthaarten Achselhöhlen aufweisen an eben jenem Tag, an dem der blinde Greis ihm zehn Stockhiebe auf die Fußsohlen versetzt hatte, weil er sich geweigert hatte zu schreiben *Und sie werden dich über die Menstruation befragen...* Und er (Chems-Eddin) sprach noch immer mit derselben eintönigen Stimme, als spräche er zu sich selbst in einem endlosen äußeren Monolog, sagte also: wir wußten nicht wie wir mit dem FLN Kontakt aufnehmen sollten und hatten deshalb beschlossen ein paar Schurken dieser sadistischen Legionäre umzubringen deren barbarische Taten uns jeden Tag erschütterten und die sich auf der ersten Seite der Tageszeitungen breitmachten wir haben so getan als ließen wir uns mit dem 33 Lux vollaufen aber da die Kneipe rappelvoll war hatten wir einen freien Tisch nur noch neben dem WC gefunden das schon von weitem stank ein ekelhafter alkalischer und gleichsam schuppiger und irgendwie flüssiger Geruch wir hatten nur ein einziges feststehendes Messer und wir hatten uns gesagt daß sie nicht mal eine Kugel verdienten die wir ohnehin nicht hatten Kamil bat mich plötzlich um einen Stift und verschwand in der Toilette dann kam er zurück und flüsterte mir ins Ohr ich habe W L'ALGERIE! geschrieben und ich sagte zu ihm du wenigstens machst keine orthographischen Fehler geh und schreib FLN VAINCRA! so werden sich diese Schweine von Legionären wenigstens nicht über uns lustig machen so oder so sind wir am Arsch was haben wir zu befürchten oder zu verlieren? bis heute habe ich diesen Stift aufbewahrt den Kamil benutzt hat du erinnerst dich an ihn an deinen Freund Kamil (Kamil genannt Kamil-Kurzschluß wegen seiner mathematischen Virtuosität $x^3 + 3x^2 - 3x - 1 = 0$; Kamil mit seiner lächerlichen Manie zu sagen das stopft dir ein Loch anus sinus cosinus!) man hat mir sogar gesagt daß ihr noch immer unzertrennlich seid stimmt das? er war ein schöner Knabe dieser Kamil wirklich prächtig sobald ein Weibsbild ihn sah fiel es in Ohnmacht oder in Hysterie oder in einen Kitschroman oder in die Nymphomanie eine wirkliche Gefahr damals dein Freund Kamil mit seinen verflixten Augen wie war noch ihre Farbe? nicht mal blau nein nein irgendwie undefinierbar er war ein bißchen ängstlich trotzdem habe ich zu ihm gesagt wir sind so oder so am Arsch und du wirst nicht mal eine schöne Leiche abgeben ein so hübsches Kerlchen du auch bist tot ist tot Bürschchen! damit scherzt man nicht und er fing plötzlich hysterisch zu lachen und zu weinen an man wußte nicht ob er blau war oder ob es bloß die *Schisseritis* war wie deine Mutter sagte die Arme! und ich fragte mich wie wir es anstellen sollten mit diesen fünf Schweinehunden die uns schließlich in die Falle gegangen waren übrigens war es Kamil der sie angelockt hatte er war sehr vornehm das muß man zugeben die Vornehmheit in Person Kamil! aber ein wenig Schiß hatte er schon das ist normal schön wie er war mit seiner Mähne von Haaren so schwarz daß man hätte meinen können sie wären petroleumblau und seinen so hellen Augen nicht blau nicht violett sondern... nun ja und erst seine Krawatte! seine knallrote Krawatte es ist als wäre es gestern gewesen ich sehe noch die 33 Lux-Bierflaschen auf dem Tisch auf euer Wohl sagte Kamil zu einem der Legionäre und fügte auf Arabisch hinzu du kannst deiner Mutter sagen daß sie nie mehr ihre Tränen wird trocknen können er war plötzlich mutig geworden ich weiß nicht ob es am Alkohol lag oder an was anderem er war nicht mehr zu bremsen und ich das muß ich zugeben mir war ganz mulmig ich hatte Angst daß wir unseren Coup vermasseln wegen einer Blödheit wirklich Tarik dein Freund Kamil hatte sich in Gala geworfen piekfein mit seinem gut geschnittenen Anzug seiner scharlachroten Krawatte und seinen Schuhen erinnerst du dich das war damals Mode gelb und schwarz du hast dich oft mokiert über seine Koketterie und seine Eleganz wo ist er jetzt? was treibt er? wenn du ihn siehst sag ihm daß ich ihn sehr mag ich habe gehört daß du immer noch mit ihm verkehrst wenn du ihn siehst grüße ihn von mir sag ihm es käme vom Bürschchen er wird verstehen eines Tages werden wir ihn aufsuchen ich habe gehört daß er ein großer Architekt geworden ist wir gehen in sein Büro und überraschen ihn: Hände hoch! er wird sich freuen Kamil ich weiß nicht mehr was wir taten nachdem wir sie abgestochen hatten ich habe ihnen dann gesagt jeder schlägt sich durch wie er kann rette sich wer kann! ich selbst habe mich bei deiner armen Mutter versteckt sag mir daß ich schweigen soll ich höre nicht auf zu quasseln ich habe dir diese Geschichte bestimmt schon mindestens tausendmal erzählt ich war knapp vierzehn weißt du jetzt ist es sehr schwer daran zu denken ich habe immer noch den Geruch ihres Bluts an den Fingerkuppen wir waren in einer Art Ekstase einem Zustand der Gnade oder des Wahnsinns vielleicht und der andere Blödmann dein Freund Kamil der blieb auch danach würdevoll zog den Knoten seiner makellosen Krawatte zurecht Kamil mit seinen Schuhen also große Klasse all diese Scheißerinnerungen... Gelb dann gelblich dann wieder gelb. Aber eine Art gleichsam verflüssigtes Gelb jedesmal, wenn der Kran vor der Sonne vorbeiglitt, die leicht ausgebaucht war, sicherlich wegen der Form und der Qualität der Isolierscheibe des Fensters. Ein wenig wie jenes Gelb, das Spuren auf den Fingern hinterläßt, jene Art Pollen, der Flecken hinterläßt, oder Pulver, das heißt jene Art Pulver, das die Flügel der Schmetterlinge färbt. Dennoch wirkt der bewegliche Teil des Geräts wie ein bloßer gelber Strich, auf das blaue Blech des Himmels gezeichnet, wegen jener optischen Täuschung und des Fehlens eines festen Anhaltspunkts. Der gelbe Strich steigt also zum Himmel auf, gleich einer zerbrechlichen, ein wenig schraffierten Fiederung, aber sehr rasch verschwindet die Täuschung, und abermals zeigt sich die Materialität des Krans, unbestreitbar, in jenen beiden Teilen, dem beweglichen, der die Vorstellung von Entfaltung, Abtastung und Instellungbringen vermittelt, und dem festen, der den Eindruck von Einpflanzung, Implosion und Verwurzelung erweckt. In Wirklichkeit rühren alle diese abstrakten Erscheinungen lediglich von der Unfähigkeit der Netzhaut (oder der Hornhaut) her, die tatsächlich blitzartige Aufgliederung der Bewegung des Krans im einzelnen zu verfolgen. Auch dies: wegen jenes gelben Krans (POTAIN) wirkt die Sonne noch gelber, aber auch das ist nur ein sehr rascher und vorübergehender Eindruck, dem der Betrachter (Tarik) erliegt, der immer hinter dem Fenster auf der Lauer liegt, jedesmal, wenn er Zeit dazu hat. Dasselbe gilt freilich auch für die neuen, diesmal rot angestrichenen Kräne. Sie verschwinden buchstäblich, wenn sie vor der Sonne vorbeigleiten. Dann hat er den Eindruck, daß die Form zerfällt und die Farben völlig verschmelzen. Er bleibt stehen, fasziniert von dieser Formbarkeit der Materie und der Farbe, so daß er sogar dann, wenn er gerade einen Patienten untersucht, manchmal nicht umhin kann, einen raschen Blick auf dieses Ensemble beweglicher und leiser Elemente zu werfen, die ständig am Himmel schweben wie große Raubvögel mit riesigen - nicht Flügeln - aber wie soll man es nennen? geblähten Segeln. Gelb also. Dann gelblich. Dann wieder gelb. Rot also. Dann rötlich. Dann wieder rot. Alle diese Eindrücke bohren sich in seinen Kopf, und jedesmal, wenn er sich dem Fenster nähert, spürt er so etwas wie eine Störung in Höhe des Tageslichts, deren genaue Ursachen er nicht versteht; dann wird ihm schnell klar, daß das Fenster sich deshalb zu bewegen scheint, weil eine kleine Wolke sich gerade am Himmel verschiebt, diagonal zu der Senkrechten, die sein Körper bildet. Aber sehr schnell hört dieses leichte Zucken des Fensters auf, und er hat das beruhigende Gefühl, daß es sich wieder stabilisiert hat und daß sich im Rahmen nichts anderes mehr befindet als die in dichten, identischen und letztlich beängstigenden Schichten angehäufte blaue Farbe. In diesem Augenblick kommt die Krankenschwester (die Frau Oberst) herein und sagt etwas zu ihm, was er nicht versteht, aber er nickt, als hätte er genau gehört, was sie ihm sagte, während er dort stehenbleibt, stumpfsinnig, gelangweilt und etwas erstaunt darüber, daß er nicht sehen kann, was auf der Baustelle vor sich geht, als hinderte ihn die Anwesenheit der Kräne POTAIN + BOUYGUES am Himmel daran, diesen Wunsch zu befriedigen, obwohl dem natürlich nicht so war und es nur daher rührte, daß die Höhe der vom Fenster aus nicht sichtbaren Verschalung noch mehrere Meter unter dem Boden lag; vor allem auch daher, daß die Baustelle mit einem Zaun aus weißglänzendem Zink abgesperrt war, der alle ihre Ecken verbarg... Der Herr der Entscheidungen sagte also zu dem blinden Meister: dieser Bengel ist wie dein eigener Sohn du kannst nach Belieben über ihn verfügen. Dann sah ich ihn ganz fahl, kränklich, die Augen gleichsam zugenäht mit einem dicken und gewachsten weißen Faden. Er rollte eine neue Alfagrasmatte vor meinen Füßen aus. Ergriff eine große Flasche aus zerbeultem Glas und begann hineinzublasen wie ein manierierter Alchemist oder ein sehr geschickter Glasbläser. Er erweckte den Eindruck, sich die Hände reibend, als hallte er wider von den Worten und Buchstaben des Lieben Gottes. Es war Krieg. Unentwegt wetterten die Tageszeitungen in fetten Lettern: **ALGERIEN IST FRANKREICH UND NIE WIRD FRANKREICH...** Wo nur ist meine Kindheit vertan worden? Wo nur hat sie sich hingeschlichen, verkrochen, eingenistet? als die Kinder anfingen, mir nachzulaufen und mich zu verspotten wegen meines armseligen fettleibigen Körpers, der allenthalben überquoll: Totty Botty! (Bud Abbot) Baba Patata! Voller Fett bis zum Hintern! Und wie nur jene Tagesanbrüche beschreiben, diese ungeheuren, goldbraun schillernden, gleichsam marmorierten Morgenröten? Auch meine Schilddrüse hatte mich also im Stich gelassen, und ich mußte Diät halten; die ich jedoch sehr bald aufgab, so bulimisch, neurotisch war ich, erschrocken über das Ausmaß jenes entsetzlichen Krieges, ich, der ich noch nie den Anblick eines Tropfen Bluts hatte ertragen können, ohne daß mir der Schweiß aus allen Poren brach, heiß und kalt! Ich habe den Hof der großen Moschee betreten. Das Licht rann (regnete) wie kondensierte Flüssigkeit. Mein langer traditioneller Kittel schlug mir um die Knöchel und schnürte meine sehr dicken Schenkel ein. Ich sah den blinden Greis, der verschlagen zu mir sagte: schreib. Ich wollte nicht. Ich sagte: aber meine Mutter ist rein! Diesmal sagte er boshaft, tückisch: schreib *Und sie werden dich über die Menstruation befragen. Sprich: "Das ist eine Verunreinigung..."* Ich sagte: nie werde ich eine solche Obszönität schreiben denn Mama ist rein. Er sagte: schreib sonst versetze ich dir zehn Stockhiebe auf die Fußsohlen. Ich sagte: schlag zu! Und dachte dabei an den irrwitzigen Mut von Chems-Eddin, meinem Vetter, der mich sehr faszinierte. Er schlug sehr hart zu. Ich habe nichts gespürt, so weh tat es mir. Das Blut spritzte. Ich rannte weg, sobald er aufhörte, mich zu züchtigen. Ich wollte meine Mutter bitten, mir diese Menstruationsgeschichte zu erklären. Ich traf sie am Ende des Gartens im Begriff, etwas zweifelhafte Wäsche aufzuhängen. Sie ohrfeigte mich sogleich. Trotzdem hatte ich Zeit zu sagen: du bist rein Mama nicht wahr? Aber ich mußte sie so stehenlassen, die Augen voller Tränen, den Mund voll betrübter Worte. Ich hörte sie etwas von einem Olivenbaum erzählen, dessen Zweige verfault seien, seit ihr kommunistischer Vater tot war. Eben jener, der dem Wunsch nachgegeben hatte, nach Mekka zu pilgern, wie um zu beweisen, daß die Roten nicht dazu verdammt sind, im Feuer der Hölle zu brennen. Ich denke noch immer mit Sehnsucht an jene bauchige kleine Phiole, die er ihr geschenkt hatte, randvoll mit Wasser aus der heiligen Quelle von Zem-Zem, in dem sie Rosenblätter einweichte, um eine duftende Essenz daraus zu machen, die ich noch heute überall in den Zimmern des großen Hauses rieche. Sehnsucht auch nach der pflanzlichen Tinte der Koranschule und dem Lehm, mit dem man die Täfelchen bestrich, trotz den bösen Schlägen und den bösen Erinnerungen. Ich weinte an jenem Tag, ohne jedes Schamgefühl, über ihr Schicksal einer verunreinigten Frau, aber ich wollte mich der Wahrheit des skrofulösen Greises nicht beugen. *Sprich das ist eine Verunreinigung.* Sag daß es eine Verunreinigung ist. Ich sagte nein! Mama sagte halt doch den Mund. Ich hielt den Mund und vergaß meine Finger, die eingeklemmt waren zwischen narzißtischer Seligkeit und theosophischer Verblendung. Ich sagte zu mir selbst der Herr der Entscheidung wird also immer über meine Anwandlungen obsiegen! Ich, der ich mich ausgeschlossen fühlte aus der Koranschule und aus dem väterlichen Haus. Ich ging an jenem Tag auf die Terrasse, wie von einer plötzlichen Raserei für die Schrift und einem plötzlichen Heißhunger nach Freiheit gepackt. Ich rief Chems-Eddin zu Hilfe und sagte ihm schreib: WFLN! ALGÉRIE VAINCRA! *Pueri cavete canem!* Er sagte du fällst mir auf den Wecker das ist zu schwierig du weißt doch daß ich in Orthographie eine Niete bin das machst du mit Absicht oder diktiere es mir. Ich diktierte ihm die Schreibweise von "vaincra". Danach sagte Chems-Eddin ich kapiere nichts von ihrer verdammten Orthographie... immer spielen sie die Schlaumeier diese Franzosen können sie nicht schreiben wie wir? Ich sagte das ist nicht schlimm Chems eines Tages wirst du das alles vergessen. Wir benutzten also gelbe Kreide. Unsere Finger waren mit gelbem Kalkstaub bedeckt. Ich sagte paß auf wasch dir die Hände sonst merken sie daß wir rückfällig geworden sind. Ein paar Tage später schrieb Chems-Eddin denselben Slogan mit Kohle auf das Oberteil seines weißen Schlafanzugs, um seinen Vater zu verhöhnen, wobei er jedoch viele orthographische Fehler machte, um mich zu verhöhnen und die Franzosen zu verhöhnen: FLN VINQURAS. Ich wurde fuchsteufelswild. Ich sagte das tust du mit Absicht du machst uns lächerlich mit deinen erbärmlichen Fehlern ich hatte dir doch gezeigt wie man es schreibt. Er sagte sag mal du steckst wohl mit ihnen unter einer Decke auf mein Wort! was geht uns ihre Orthographie an und ihr Latein sie brauchen sie bloß zu vereinfachen schau dir die arabische Orthographie an das schreibt man wie man es spricht. Ich sagte stimmt du hast recht ich rege mich wegen Lappalien auf. Er sagte das stimmt du regst dich wegen nichts auf! Plötzlich sagte ich hochtrabend weißt du ich werde in die Résistance gehen. Er brach in Lachen aus und sagte sie werden dich nicht nehmen weil du zu dick bist! Ich ohrfeigte ihn. Er weinte, nicht weil ich ihm wehgetan hatte, sondern weil er mich sehr gern hatte und sehr enttäuscht war. Um mich zu ärgern, nahm er ein Stück Kreide und schrieb ABATA LA FRANSSA! Ich sagte was für ein sturer Esel du bist weißt du nicht daß Musa ibn Nusair der Eroberer Spaniens fettleibig war wie ich sogar noch mehr. Er sagte du hast mir doch gesagt daß Tarik ibn Ziad Spanien erobert hat. Ich sagte ja sagen wir alle beide aber ich kann schneller laufen als Alain Mimoun. Er sagte daß ich nicht lache und außerdem ist dieser Scheißnordafrikaner Mimoun nichts weiter als ein Verräter er hat sogar seinen Namen geändert um seinen französischen Lehrern zu gefallen er ist ein Hund du imponierst mir überhaupt nicht mit deinem Mimoun weißt du. Ich sagte ah du treibst zuviel Politik für dein Alter aber ich sage dir daß ich jedenfalls schneller laufe als du willst du wetten? Er sagte ja ich wette. Wir veranstalteten ein Wettrennen. Ich ließ ihn weit hinter mir. Das spielte sich auf der Terrasse ab. Ich hatte den Eindruck, daß die Stadt unter uns sich in schwindelerregender Weise um das Haus drehte. Fast hätte ich einen Drehwurm gekriegt. Ich war schweißgebadet, aber zufrieden, daß ich das Rennen gewonnen hatte... Die grollenden Wasser des Rhumel brodelten immer stärker und schwemmten haufenweise Leichen an, deren die französische Armee sich hastig entledigte. Summarisch. Die Stadt schien im Fieber zu sein. Vor allem an jenem 20. August 1955. Ich hatte diese befrachteten Tage der Kindheit und der Jugend nie vergessen. Die Sarkasmen meines Vetters hatten mich mehr geschmerzt als alle Prügel, die ich in meinem Leben bezogen hatte. Meine Fettleibigkeit war mir noch unerträglicher geworden, seit Chems sich mit ihr beschäftigt hatte. Ich erstickte unter der Last meines Unglücks, das von meinen Drüsen, meinen Hormonen, meinen Launen und meinen Schrecken ausgeschieden wurde. Es war also Krieg. Ich sah die Armee, behelmt, gestiefelt und bis an die Zähne bewaffnet, wie sie die Frauen verfolgte und versuchte, ihre Demonstration aufzulösen. Der Horizont war schwarz, wegen ihrer sehr dunklen Schleier. Meine Mutter befand sich unter den Demonstrantinnen. In meiner Euphorie sagte ich zu Chems-Eddin schreib W LES FEMMES! Er weigerte sich und schrieb einen sportlichen Slogan zu Ehren des größten Fußballclubs von Constantine: WMOC! Ich gab ihm eine Ohrfeige. Eine Demonstrantin fiel unter den Kugeln. In der Nacht organisierte man heimlich, wegen der Sperrstunde, das Gebet für die Toten. Das war neu. Bisher hatten die Frauen kein Recht darauf. Die Zeitungen ereiferten sich noch mehr... EINE ANDERE AUTORITÄT ANERKENNEN... Mit ihrer komplizierten Struktur schien die Baustelle den üblichen Gesetzen des Gleichgewichts zu spotten. Nach mehreren Monaten brach der allgemeine Rahmen der Konstruktion mit ihrer gleichsam schwerfälligen, gleichsam plumpen und ein wenig aufgedunsenen Form in den Raum ein. In der Abenddämmerung, als der Frühling Einzug gehalten hatte, kamen Tausende von Schwalben, um ganz in der Nähe der riesigen, nach Einbruch der Dunkelheit völlig regungslosen Kräne zu schweben, umherzustreifen, die Gleichgewichtsakrobaten zu spielen. Sie schwärmten am Himmel aus, dessen Blau ein wenig verblich und sich mit einem riesigen rosa Streifen schmückte, der ihn in zwei nicht ganz gleiche Hälften teilte. Sie (die Schwalben) verloren darob ihren Orientierungssinn. Wurden verrückt. Frivol. Närrisch. Gleichsam schlafwandlerisch. Intuitiv. Unvorsichtig. Unzüchtig. Unbeständig. Sie entfärbten sich, wenn sie an der Sonne vorbeisegelten, die sich auflöste, sich zersplitterte, verblaßte, verglühte in dem Maße, wie sie zum Meer herabsank, das sie im allgemeinen schließlich verschlang. Nach mehr als einem Jahr glich die Baustelle einer Wunde oder - vielmehr - einer riesigen Narbe, die das Stadtzentrum verschandelte, mit all ihren Kränen, Geräten, Rohren, Schiebern usw. Er (Tarik) sah alles vom Fenster seines Sprechzimmers aus, hinter dem er seine Zeit damit zubrachte, in Verzückung zu geraten und fasziniert zu sein von jener ungeheuren Struktur, der es nicht gelang, wirklich Form anzunehmen, und die es ihm anheimstellte, sich in einer Menge Vermutungen und Hypothesen zu ergehen, die alle gleichermaßen unwahrscheinlich waren. Er verharrte in einer Art Euphorie oder lokaler und vorübergehender Anästhesie. In diesen Augenblicken traf gewöhnlich Chems-Eddin ein. Er kam mit dem Flugzeug aus Constantine und verbrachte ein paar Tage im Monat in der Hauptstadt. Sobald er das Sprechzimmer betrat, begann er, immer dieselben Geschichten eines ein klein wenig durchtriebenen alten Frontkämpfers wiederzukäuen, die nie ein Ende nahmen. Unerschöpflich. Geschwätzig. Aber nie großmäulig. Eher selbstironisch. Eher belustigt über sein Los. Immer bescheiden. Gleichsam erstaunt und verblüfft über sein sowohl blendendes wie elendes Schicksal. Aber unerschöpflich, bis die Nacht vollends hereinbrach, sich nach Kamil erkundigend (Kamil, der von Kindheit an immer sein (Tariks) Freund gewesen war). Immer an seiner Seite mit Riesenschritten durch die Straßen laufend. Wortkarg. Schweigsam. Mit Augen von unbestimmbarer Farbe (blau oder violett?), stets von ihren zurückgehaltenen Tränen umflort. Geduldig. Phlegmatisch. Verschlossen. Mit seiner prachtvollen Gestalt. Seiner legendären Schönheit. Seiner übermäßigen Sensibilität. Seiner vorübergehenden Empfindlichkeit. Seinem mathematischen Genie (Kamil-Kurzschluß). Außerstande, einen Tag zu verbringen, ohne sich zu verlieben oder, vielmehr, ohne daß ein Frauenzimmer sich in ihn verliebte. Er war so groß, gleichsam im Raum aufragend, daß sein Kopf - fast - an den Balken des Himmels stieß. Immer an seiner Seite. Außerstande, sich von ihm (Tarik) zu trennen. Ohne ihn zurechtzukommen. Ihn also überall begleitend, wobei er stets seine riesigen grellfarbenen Krawatten trug oder - vielmehr - zur Schau stellte, die Gegenstand zahlreicher Sarkasmen, anzüglicher Scherze oder tückischer Hänseleien geworden waren. Und er (Tarik) sagte nein nein! das ist geschmacklos... wie verheerend du aussiehst mit deiner Scheißkrawatte Kamil du hast keinen Sinn für Ästhetik übrigens auch keinen Kunstverstand... Aber auch Kamil versteifte sich und wiederholte, schimpfte du hast unrecht... was ist denn mit meiner Krawatte? sieh nur reine Chinaseide aufgepaßt Bürschchen und meine Schuhe? hast du meine Schuhe gesehen das stopft dir ein Loch anus sinus cosinus meine Schuhe na? Was hältst du von meinen Schuhen? laß dir Zeit... ich weiß daß du ganz geblendet bist paß auf bevor du was sagst. Und Tarik antwortete völlig wertlos deine Schuhe mittelmäßig zu uffallend lächerlich willst du daß die Franzosen sich über dich lustig machen und wenn der Lateinlehrer dich so aufgedonnert sähe was würde er dann wohl sagen? also... *Igitur quarto denique die haud longe ab oppido Cirta undique simul speculatores siti sese ostendunt, qua re hostis adesse intelligitur. Ita Iugurtham spes frustrata* so übersetze doch Kamil wo du ein so begabter Schüler bist! *Am vierten Tag endlich sah man nicht weit von der Stadt Cirta (Constantine) auf allen Seiten gleichzeitig Späher herbeieilen, woraus man auf die Nähe der Feinde schließen konnte. Jugurtha, der seine Truppen verteilt hatte... frustrare* hat nämlich nichts mit *frustrieren* zu tun! es heißt zersplittern, aufgliedern und verteilen eine Verschiebung der etymologischen Bedeutung frustrieren = jemanden um etwas bringen eine frustrierte Person ist ein in sich selbst schlecht verteiltes Wesen! es ist Krieg Kamil hast du das vergessen? aber deine Schuhe sind mies ein eklatanter Mangel an Geschmack und Klasse und was sollen diese auffälligen Farben? ah wenn ich deine Augen hätte dann würde ich... Und er: was ist denn mit meinen Schuhen paß auf Bürschchen und reg dich nicht zu sehr auf... Lächerlichkeit tötet immer noch sogar in Kriegszeiten... solltest du etwa neidisch sein? *Alsbald sandte Tarik ibn Ziad ein Schreiben an seinen Vorgesetzten Musa ibn Nusair, um ihm mitzuteilen, daß er Gibraltar erobert und ungeheure Kriegsbeute gemacht habe. Letzterer empfand darüber Neid und schrieb ihm einen Brief, in dem er ihm vorwarf, seine Befugnisse überschritten zu haben, und ihm den Befehl erteilte, seinen Vormarsch nicht fortzusetzen und sich nicht eher zu rühren, bis er zu ihm stieße...* auch du bist also neidisch! es sind aus Italien importierte Schuhe handgenäht. *Er empfand darüber Neid* auch du bist neidisch wie übersetzt du er empfand darüber Neid ins Arabische und ins Lateinische und in alle anderen Sprachen der Welt denn der Neid ist doch das gemeinsame Los aller Menschen?

VIERTER TEIL

" - und aufrecht über dem klaffenden Gleißen
des Tags, an der Schwelle eines großen Landes
keuscher als der Tod,
ließen die Mädchen ihr Wasser und hielten
das bunte Tuch ihrer Kleider gerafft."

Saint-John Perse, *Anabasis*

Hört, wackere Krieger. Lauscht, tapfere Soldaten. Wohin denn fliehen? Das Meer ist hinter euch und der Feind ist vor euch. Gott ist mein Zeuge, daß euch nur noch eure Geduld bleibt und eure Wahrhaftigkeit. Wisset, daß ihr auf dieser Halbinsel bedrohter seid als Waisenkinder, die in ein Festmahl ruchloser Menschenfresser geraten sind. Der Feind hat euch mit seinen zahlreichen Truppen, seinen unerschöpflichen Waffen und seinen reichhaltigen Vorräten empfangen. Ihr dagegen habt keine anderen Verbündeten als eure Schwerter und keine andere Nahrung als jene, die ihr euren Feinden mit Gewalt wegnehmt. Und wenn es euch nicht gelingt, in den kommenden Tagen trotz all diesen Hindernissen und all diesen Schwierigkeiten zu siegen, dann betrachtet euch schon jetzt als tot... Der Geschichtslehrer, diese Ansprache kommentierend, sagte: al-Baladhiri, der Autor von *Kleinod der Seelen,* spielt auf diese berühmte Ansprache von Tarik ibn Ziad an, wenn er folgendes schreibt: als die Arabo-Numidier auf die Goten trafen, tobte die Schlacht drei Tage lang. Als Tarik sah, in welch übler Lage sich seine Truppen befanden, erhob er sich, um ihnen Mut zuzusprechen, ihrem Stolz zu schmeicheln, sie zur Geduld zu ermahnen, ihnen die muslimischen Werte in Erinnerung zu rufen und ihre Hoffnungen zu vermehren. Genau in diesem Augenblick hielt er seine berühmte Rede. *Hört, wackere Krieger. Lauscht, tapfere Soldaten: wohin denn fliehen?* Herr Aschur sagte also: die muslimischen Quellen haben den Wert dieser Ansprache und ihre außerordentliche Wirkung auf die Moral der arabo-numidischen Truppen hervorgehoben. Sie bestärkte sie in ihrem Stolz, steigerte ihren Mut, erhöhte ihr Vertrauen und trieb sie zum Sieg und zum Triumph. Als erstes jedoch müssen wir an der Zuverlässigkeit und der Echtheit dieser Prosopopöie zweifeln; sodann Vorbehalte geltend machen, was ihre Zuschreibung betrifft; schließlich genau die Umstände prüfen, unter denen Tarik sie gehalten haben soll. Seit dieser Unterrichtsstunde hatte sich der Zweifel in uns eingenistet. Wir waren fassungslos. Orientierungslos. Verwirrt. Verraten. In einer anderen Stunde fügte der Lehrer folgendes hinzu: "Die meisten arabischen Historiker und vor allem die damaligen Zeitgenossen erwähnen diese geniale Phillipika nie. Weder Ibn al-Hakam noch al-Baladhiri spielen auf sie an, obwohl sie die ersten Historiographen der arabischen Eroberung gewesen sind. Auch die andalusischen Quellen zitieren sie nicht, obwohl sie der Einnahme von Gibraltar und der Schlacht an der Meerenge Tausende von Seiten gewidmet haben. So wie sie sich auch ausführlich mit dem Leben Tarik ibn Ziads befaßt haben. Aber in keinem dieser Dokumente aus jener Zeit oder aus den drei oder vier folgenden Jahrhunderten finden wir die geringste Spur dieser Rede. Ihr seht also, es ist ein beachtliches Problem." Einer der Schüler sagte nun: "Warum haben wir sie dann auswendig gelernt, wenn sie so zweifelhaft ist?" Der Lehrer brauste auf: "Halt den Mund, Idiot! Ihr habt sie gelernt, weil sie außergewöhnlich ist! Sie ist ein Muster an Rhetorik, Eloquenz und Intelligenz. Die Zweifel, denen sie unterliegt, und der Mythos, zu dem sie geworden ist, vergrößern nur noch ihren Wert..." Wir waren verdattert. Wie vor den Kopf geschlagen. Wahnsinnig vor Wut. Wir nahmen es unserem Lehrer übel, daß er unseren Helden in den Dreck zog, um den wir so viele Hoffnungen, Phantasmen und Sublimierungen kristallisiert hatten. Wie konnte er es wagen, solche Thesen über die Ansprache vorzubringen, die wir seit der Grundschule auswendig kannten, während wir uns mitten im Krieg befanden und derartige Vorbilder, Mythen dieses Formats und apologetische Reden von dieser Bedeutung brauchten? Wir hatten gedacht, der brave Mann sei plötzlich verrückt geworden. Delirierend. Debil. Sogar ein Verräter! *Hört, wackere Krieger. Lauscht, tapfere Soldaten:* **wo ist denn der Fluchtweg?** *Das Meer ist hinter euch und der Feind ist vor euch.*

Ich schwöre vor Gott, daß euch nur noch eure Geduld und euer Glaube bleibt, um eure Haut zu retten. Wisset denn, daß ihr auf dieser Halbinsel gleichsam kleine Waisenkinder seid, den Klauen blutrünstiger Menschenfresser ausgeliefert. Und der Geschichtslehrer, Herr Aschur, fuhr fort zu wettern, diesen Überraschungseffekt ausnutzend, sagte also: "Die andalusischen Quellen haben diese berühmte Ansprache also nicht erwähnt, und auch bei den exakten Geschichtsschreibern wie Ibn al-Athir oder Ibn Khaldun finden wir nicht die geringste Anspielung auf sie. Als erster zitierte sie al-Mukari, ohne seine Quellen zu nennen. Tatsächlich ist diese Rede erst bei den Historikern der Dekadenz aufgetaucht." Kamil sah in diesen Worten des Lehrers einen unbestreitbaren Verrat. Er schaute mich an und machte eine Handbewegung, die besagen sollte: wir werden ihm den Hals abschneiden müssen... er wird nicht davonkommen das Schwein... mitten im Krieg will er die Moral der Truppen untergraben das geht zu weit!

Die Dunkelheit wurde immer tiefer und wollüstiger. Der Horizont schien in greifbarer Nähe und gleichzeitig sehr weit entfernt zu sein. Die Sonne erweckte den Eindruck als wäre sie hinter die Umfassungsmauer des Gartens gesunken. Allmählich hatten sich die Überreste der Helligkeit im Innern des Maulbeerbaums verstreut gleichsam ausgedünnt verteilt. Es war wie eine Art Ellipse die den gesamten Kosmos zusammenfaßte. Aber Tarik versteifte sich von jeher darauf den Maulbeerbaum als einen Zufluchtsort für alle Vögel der Welt und als unerschöpfliche Quelle zur Ernährung der Seidenraupen zu betrachten. Die Kindheit mit ihren Vorurteilen und Parteilichkeiten tauchte mit Macht wieder in ihm empor. Die Zweige des Maulbeerbaums hatten begonnen an einem der Fensterflügel zu kratzen. Die Nacht wurde immer dunkler. Er sah einen Vogel dahingleiten mit ausgebreiteten Flügeln sie stolz und voller Jubel schlagend als wollte er diesen Schichten der Nacht trotzen die ihn von einem Augenblick zum andern zu verschlingen drohten. Der Hals eines anderen Vogels hatte sich gleichsam an den immer dünneren brüchigen und mürben Faden des Horizonts geheftet. Seine grellfarbenen Federn bildeten so etwas wie eine staubige und zugleich rußige Linie auf der grünlichen Umgebung des Gartens. Das Gezwitscher der Vögel zerfloß in der erstaunlich mäandrischen Atmosphäre. Die Nacht wurde immer fleischlicher konkreter und wollüstiger. Der Horizont rückte näher und entfernte sich zugleich. Der Mond stieg am Himmel auf. Gewölbt. Gelackt. Poliert. Brillantiniert. Wie vereist. Der Maulbeerbaum hätte sich beinahe an die Wand des Zimmers geschmiegt. Er konnte ihn fast mit den Fingerspitzen berühren. Er konnte auch fast die Vögel berühren, die sich in ihn geflüchtet, sich dort versteckt oder verkrochen hatten. Er hörte ihr Geflüster zu sich aufsteigen, gleichsam verängstigt wispernd gedämpft erstickt erschreckt verschlafen nörgelnd störrisch zänkisch gereizt usw. kurz bevor sie in den Brunnen des Schlafs fielen oder vielmehr in jenen scheinbaren trügerischen Schlaf so mißtrauisch sind sie auf der Hut sogar schlaflos. Jene Art von Spuren Rückständen brüchigen und zerbrechlichen Nachwirkungen des Lebens erreichten ihn also bevor die Vögel wieder zurückkehrten in ihre Nester tief in dem majestätischen und endlosen Baum dessen Zweige sich von Zeit zu Zeit infolge des Windes an das Fenster schmiegten. Oder vielleicht infolge irgendeines unglaublichen Tropismus oder irgendeines unsichtbaren Magnetismus. Andere Vögel die noch nicht in die Bäume zurückgekehrt waren hatten sich auf dem gegenüberliegenden Dach niedergelassen. Sie waren so zahlreich daß sie es mit ihren Federn vollständig bedeckten. Als er klein war stellte er sie sich zänkisch vor mürrisch unsympatisch simulierend theatralisch affektiert aber dennoch wunderbar! Er glaubte damals daß diese Vogelschreie ein wenig die Verkürzung aller Tränen waren aller Klagen Schluchzer Schreie Seufzer und allen Geflüsters nicht nur seiner Familie sondern des Universums in seiner Gesamtheit und der ganzen Menschheit in ihrer Vielfalt. Jener grundlegend unglücklichen

Menschheit die erschöpft war vor Kummer Mißgeschicken Naturkatastrophen kontinentalen Hungersnöten nationalen Trauerfällen und interkontinentalen Kriegen. Genau in diesem Augenblick wurde seine Kindheit schmerzvoll und vom Stempel des Unheils des Mißgeschicks und der Gebrechlichkeit gezeichnet. Der blinde Schulmeister sagte ihm zu jener Zeit: schreib: *Und sie werden dich über die Menstruation befragen...* Er verweigerte den Gehorsam. Einige Jahre vorher hatte er gesehen wie er ganz verschüchtert ganz verschmitzt ganz durchtrieben ganz unterwürfig und ganz blind auf ihn zukam und eine neue Alfagrasmatte vor seinen Füßen ausrollte sich die Hände rieb als wollte er die heiligen und koranischen göttlichen Worte aus ihnen hervorquellen lassen während von draußen der Lärm der Detonationen und Explosionen und der Kanonenschüsse zu ihm drang. Es war nämlich Krieg. An jenem Tag wurde seine Kindheit mißhandelt. Der Greis sagte: heb deine Beine. Er band sie ihm fest. Er schlug heftig auf die Fußsohlen. Sein Vater sagte (vor oder nach diesem Zwischenfall?): du kannst mit ihm machen was du willst du kannst ihn in Stücke hauen, ihm die Knochen brechen (os carpi metacarpi tarsi metatarsi radius cubitus usw.) ihm die Haut abziehen wichtig ist daß er das Buch Gottes lernt ohne Fehler und ohne Widerrede wenn es nötig ist daß Blut fließt... DURCH DAS BLUT WERDE ICH DICH RÄCHEN MEIN VATERLAND hatte er hochtrabend oder vielmehr kindisch mit roter Kreide auf den Boden der Terrasse geschrieben kurz nach dem traumatisierenden Eindringen der Soldaten ins väterliche Haus. Wo war denn Chems-Eddin in jenem Augenblick? Er schlenderte in einer Gruppe feiger und unterwürfiger kleiner Rotznasen herum und wartete auf eine Gelegenheit sich überraschend auf den blinden Greis zu stürzen um seinen Vetter und Komplizen zu rächen. Tarik also glaubte damals als er ein Kind war daß die Quengeleien und die Klagen der Vögel das menschliche Unheil in seiner Unumkehrbarkeit darstellten (oder ankündigten). Er ging in den Garten. Fand seine Mutter die sich gerade versteckte um diskret ihre Monatsbinden aufzuhängen. Er hatte den Eindruck daß ein Vogel klagte als sie ihn ohne ersichtlichen Grund ohrfeigte. Sagend - seine Mutter - ich will nicht daß du um diesen verfaulten Olivenbaum herumschleichst ich weiß daß du auf ihm spielst eines Tages wirst du dir den Schädel zertrümmern. Und während sie noch redete hatte sie zu weinen angefangen und versuchte ihr Gesicht zu verbergen damit er ihren Zustand nicht bemerke. Er begriff nichts von der Wildheit und dem Fanatismus des Meisters auch nichts von der Ungerechtigkeit und der Nervosität seiner Mutter an jenem Tag. Seitdem litt er an Melancholie Bulimie und Fettleibigkeit. Der Arzt verordnete eine drakonische Diät und verschrieb einen Haufen Tabletten angeblich zur Regulierung jener biologischen Unordnung die sich seiner bemächtigt hatte. Sein Körper begann in beängstigender Weise anzuschwellen. Seine Drüsen hatten den Gleichgewichtssinn verloren. Die Kinder hatten sich verbündet um ihn zu hänseln: Botty! Totty! Foffy! Moffy! Eisschlecker! Makkaronifresser! (Bud Abott) Baba! Patata! Kamil kam ihm zu Hilfe und verpaßte seinen Feinden böse Kopfnüsse. Chems-Eddin zerquetschte ihnen mit dem Knie die Hoden. Sein Vater sagte zu ihm du brauchst keine große Geschichte daraus zu machen du jammerst wie ein altes Weib sieh dir nur Musa ibn Nusair an auch er war fettleibig das hat ihn trotzdem nicht davon abgehalten alle zu schlagen die Goten die Westgoten die Franken und die Gallier und sämtliche Ketzer des Universums hör endlich auf zu lamentieren und zu stöhnen das wird vergehen du brauchst in der Schule bloß fleißig zu arbeiten und du wirst abnehmen es ist die Faulheit die dich dick macht! Kamil sagte sogar um ihn zu trösten Musa sei so neidisch gewesen daß er nach der Einnahme von Gibraltar durch seinen numidischen Leutnant Tarik ibn Ziad bulimisch und fettleibig wurde. Chems-Eddin sagte zu Kamil jetzt gehst du zu weit du übertreibst nein Musa ist immer enorm dick gewesen und mein Vetter ist niemals neidisch auf irgendwen gewesen! War es der Krieg? Waren es die Stockschläge? War es die Ohrfeige meiner

Mutter? War es jene obszöne Sure? Er erfuhr es nie. Er wußte nur daß alle Ereignisse fast gleichzeitig stattgefunden hatten. Zuerst wurde ihm furchtbar schlecht aber er sprach mit niemandem darüber aus Angst daß man ihn zum Arzt schickte. Dann wurde ihm schwindlig. Dann taten ihm die Hoden weh. Schließlich begann er zuzunehmen und aufzuquellen. Er schloß sich tage- und nächtelang in seinem Zimmer ein. Chems-Eddin kam und schlug ihm ein machiavellistisches Komplott vor um den Koranlehrer zu ermorden sagte es ist die Schuld von diesem Schwein diesem dreckigen liederlichen Päderasten diesem alten Arschloch daß du so dick wirst nein das ist nicht normal und du kannst sagen was du willst wir müssen ihn töten und ihm die Eier fressen ich kenne jemand der hat das mit dem Liebhaber seiner Frau gemacht er ist freigesprochen worden wir riskieren also nichts andernfalls gehen wir in den Maquis... was haben wir schon zu verlieren sag...? Er war entsetzt über die Reden seines Vetters. Er konnte nicht mehr schlafen deswegen. Versuchte es ihm auszureden. Er litt an vorzeitiger Abulie. Er blieb also mehrere Tage in seinem Zimmer eingeschlossen und sah den Vögeln zu wie sie sich um die Jungen kümmerten sie verwöhnten und umhegten. Er war gerührt und zugleich neidisch. Er schenkte seine Tausende von Seidenraupen seinem Vetter Chems und seinem Freund Kamil. Er hatte zu nichts mehr Lust. Er versank in den gummiartigen und angerauhten Schichten des Schlafs. Aber sobald er aufgewacht war plünderte er die Küche und überlistete sogar Tante Fatmas schreckliche Wachsamkeit. Er hatte Angst daß sein Vetter eines Tages seinen Plan in bezug auf den blinden Greis in die Tat umsetzte. Er wurde reizbar und erschrak über die müßigen und üblen Klagen der Vögel. Es regnete in Strömen zu jener Zeit in der er sich gleichsam in Quarantäne begeben hatte wie um sich selbst zu bestrafen und sich zugleich an den anderen zu rächen. Und Ende des Jahres 56 begann auch der Schnee auf Constantine zu fallen. Er bedeckte den Maulbeerbaum den Garten und sogar die Vögel. Er fühlte sich in der

Schlinge in den fettigen Netzen seines eigenen Körpers gefangen der ihn überschwemmte und erstickte. Chems-Eddin versuchte es nochmal sagte keine Bange wir werden ihn kaltmachen und gehen dann in den Maquis es ist doch Krieg oder? man muß klar und entschlossen sein Vetter! dieser Greis ist eine *Verunreinigung* für die Ungläubigen unseres Schlages. Mit diesem Wortspiel wollte er ihn zum Lachen bringen. Er spielte den Clown morgens und abends um ihn aus dem schwarzen Loch herauszuholen in das er gefallen war. Sein allzu freigebiger Körper sonderte also kiloweise Fett ab. Die Drüsen machten was sie wollten. Das Debakel war total. Von seinen eigenen Sekretionen wurde ihm furchtbar schlecht. Er weigerte sich auf die Straße zu gehen. Schwänzte die arabische Schule und die Schule der Franzosen. Am meisten aber fürchtete er eine Irrsinnstat seines Vetters. Er wußte daß er zu allem fähig war. Ein Hitzkopf. Unverbesserlich. Unbestechlich. Ihm selbst war als hätte er seine Umrisse und seine Ränder verloren so dick war er. Er wollte seine Mutter zu Hilfe rufen und sich ihr anvertrauen. Wagte es jedoch nicht weil er sich an jene ungerechtfertigte Ohrfeige erinnerte die sie ihm gegeben hatte an jene gräßliche Wäscheleine an ihre Achselhöhlen die gleichsam kahl waren marmoriert glasiert wie Luxuspapier. Er begann unter entsetzlichen Ängsten zu leiden. Fürchtete sich vor der Dunkelheit. Schlief bei eingeschalteter Lampe. Sogar am hellichten Tag! Wenn er sich in seinem Zimmer zu sehr langweilte lauschte er auf das was im Haus vor sich ging und versuchte den Dingen gerecht zu werden und unter den Geräuschen die Echos die Laute der Unterhaltungen das Räuspern von Tante Fatma und das Geschrei von Onkel Hocin herauszuhören. Dann sank er erschöpft in eine Art Trübsinn der mehrere Tage dauern konnte. Er fürchtete - auch - von den Gegenständen den Dingen den Stimmen überfallen zu werden. In seinem eigenen Kopf drehte er sich im Kreis. Zu jener Zeit erfuhr er daß er seine Kindheit unwiderruflich und endgültig verpfuscht hatte. Natürlich intuitiv. Der Herr der Entscheidungen der immer in Anspruch genommen war von seinen Geschäften seinen Reisen seinen Mätressen und von der Politik hatte Zeit gefunden ihn am ersten Tag in die Koranschule zu begleiten. Er hatte sich sogar damit aufgehalten dem blinden Greis Anweisungen zu geben: man muß ihn unterwerfen ihn zu Staub zermahlen ihm bei lebendigem Leib die Haut abziehen ihm die Knochen herausnehmen sie abnagen ihn in Stücke schneiden aber das Wichtigste ist daß er mit dem Koran und dem Willen Gottes nicht spaßt. Der andere sagte eines Tages: schreib! Er schrieb also nicht. Seine Fingerkuppen hatten sich zwischen der Glückseligkeit und der Ketzerei zwischen dem Zorn und dem Jubel verheddert. Er spürte die Schwingungen der Töne Träger des göttlichen Worts bis an seine schmerzenden von den wüsten Schlägen des blinden und überdies sadistischen Meisters verwundeten zerschundenen Fußsohlen. Wie sollte er jene Farbe der Morgenröte beschreiben am Tag an dem sein im allgemeinen abwesender Vater ihn zum erstenmal um vier Uhr morgens zum Tor der Koranschule begleitet hatte? Er betrat den großen Hof der Moschee in dem ein gleichsam geschmolzenes und verflüssigtes Licht rieselte. Seither hatte ihn die Sehnsucht nach seinen mit pflanzlicher Tinte bekleckksten Fingerkuppen nie mehr losgelassen. Er sagte: meine Mutter ist rein. Reiner als die Reinsten unter euch. Mama ist unbefleckt. Unbefleckter als die Unbeflecktesten unter euch. Sie ist eine heilige Frau. Er sagte - der Blinde: heb deine Beine! Er hob sie. Zwei kleine Verräter banden seine Füße mit einem Hanfseil zusammen und zurrten es sadistisch fest um sich bei dem Meister beliebt zu machen. Dieser schlug heftig zu. Die Schilddrüse geriet plötzlich in Panik. Kamil besuchte ihn als erster mit seinen herrlichen violetten Augen und seiner natürlichen Eleganz. Chems-Eddin versprach den Blinden zu töten sagend: du brauchst dir keine Sorgen mehr zu machen er wird dir nicht mehr weh tun es ist soweit wir werden ihm die Haut abziehen und sie dir bringen! du kannst damit machen was du willst du kannst ihm sogar seine schlaffen Eier fressen das ist schon vorgekommen ich kenne einen Typ... Er schnitt ihm das Wort ab der Angst und dem Erbrechen nahe. Lange gärten die Wörter in seinem Kopf während er das Zimmer hütete. Nach jener Zeit hatten sie nie wieder dieselbe Bedeutung wie vorher. Als hätten sie sich verwischt getrübt verheddert festgefahren gespalten zersplittert aufgelöst in seinem eigenen Fett das nicht aufhörte sich anzuhäufen. Auch ihre Bedeutung hatte sich verschoben verlagert entstellt verfälscht aufgerieben und annuliert. Er begann der Form der Dinge und Gegenstände auszuweichen und ihre Fähigkeit in Zweifel zu ziehen sich im Raum zu entfalten und klar und eindeutig zu verwirklichen. Er sah wie sie sich verdoppelten zerflossen verschmolzen sich verkrümmten und sich verschlangen. Sein Kopf war zum Treffpunkt einer Vielzahl wimmelnder vielfarbiger und vielförmiger Intuitionen geworden die eine Art Netz komplexer verschachtelter und verflochtener Bedeutungen woben.

Jene Geschichtstunde läutete die Totenglocke für unsere Hoffnungen und unsere Gewißheiten, für unsere Fanatismen und unsere Chauvinismen... *Hört, wackere Krieger. Lauscht, tapfere Soldaten:* **wo ist denn der Fluchtweg?** *Der Mut eurer Feinde ist dahingeschmolzen vor dem Entsetzen, das eure Kühnheit in ihre Herzen gesenkt hat. Vertreibt also aus eurem Geist jede Anwandlung von Feigheit und Unterwürfigkeit, indem ihr eure Gedanken auf die Zerstörung und den Tod jenes gottlosen Tyrannen richtet, den seine befestigte Stadt von sich gewiesen, ausgespien und eurem Haß und eurem Scharfsinn zum Fraß vorgeworfen hat. Alle Möglichkeiten stehen euch offen, wenn ihr eurem eigenen Tod ins Auge zu sehen vermögt. Ich werde euch nicht in die Schrecken einer Gefahr stürzen, der ich selbst entrinnen könnte; so wie ich euch keine Verhaltensweise aufzwingen werde, die euer heldenhaftes Leben gering achtete. Mit mir selbst werde ich den Anfang machen! Wisset denn, daß ihr, wenn es euch gelingt, für kurze Augenblicke die ärgsten Schwierigkeiten zu ertragen, euch für den Rest der Ewigkeit des köstlichen Mannas des Himmels erfreuen werdet. Beneidet mich* *nicht um mein Los, denn das eure hat dem meinen nichts zu neiden.* Kamil sagte auf Berberisch **thakhnek thakhnek akschun** (der Arsch deiner Mutter du sturer Esel) nein wirklich was für ein Arsch dieser Tarik ibn Ziad was für ein Barbar von Berber und Numidier du hast uns also angeschmiert mit deiner berühmten Rede die gar nicht deine ist und mit deinem Sieg der dir weggenommen worden ist von diesem Arsch von Araber diesem Musa ibn Nusair einem erbärmlichen Levantiner! der zu dir gestoßen ist sobald er erfahren hat daß du Gibraltar eingenommen und diesen Barbaren von Westgoten eine Tracht Prügel verpaßt hattest und der dir befohlen hat stehenzubleiben du bist bloß ein Esel kein Held und wir glaubten du seist ein echter Kerl du hättest welche aus Bronze mit diesem Fettwanst von Musa der dir sein Gesetz aufzwingt neidisch wie ein Irrer dieser Totty-Botty! dieser Baba-Patata! dieser Foffy-Boffy! dieser Sack voll Mehl bis zur Nase!... *Musa schrieb Tarik und warf ihm vor, seinen Streifzug ins Innere Andalusiens zu weit getrieben zu haben und sich nicht an seine Anweisungen zu halten, und befahl ihm, nicht weiter vorzurücken und zu warten, bis er zu ihm stieße...* nein wirklich wenn man bedenkt daß wir dich zu unserem numidischen Ideal gemacht haben zu unserem göttlichen vergöttlichten angebeteten Lieben Gott und da kommt dieser dicke Kartoffelsack von Musa und sagt dir Hände hoch! oder vielmehr Pfoten weg! ich bin es der den Glorienschein den Kies und die Weiber einheimst... *dort, wo er ist, weil er darüber Neid empfand...* Genau das ist Neid es ist wie bei Tarik meinem Freund der dauernd neidisch ist der sich über meine Krawatten aus Chinaseide mokiert über meine italienischen Schuhe und meine konstantinischen Eroberungen weil er platzt deswegen und nicht imstande ist es genauso zu machen... Und der Geschichtslehrer, Herr Aschur, der seit mehreren Unterrichtsstunden die Zertrümmerung unserer armseligen Gewißheiten und dieser trügerischen Geschichte fortsetzte, sagte also: "Ziad war Berber, gebürtig aus dem äußersten Osten Numidiens, der vor kurzem islamisiert worden war. Die arabische Sprache war ihm also völlig fremd." Wir waren jetzt sehr kleinlaut. Augenblicklich hatte sich ein Gefühl für den Ernst der Lage der Klasse bemächtigt. Wie ein Geschmack der Niederlage in unseren Mündern, während draußen der Krieg tobte. Warum wird die Geschichte ständig verfälscht verdreht geschminkt und verkleidet? Warum ist sie so brüchig? so launisch so subjektiv und so läppisch? Wir fühlten uns in unserem Berbertum und Algeriertum verraten von diesem Numidier Tarik ibn Ziad. Wir verübelten es Musa ibn Nusair, daß er auf Tarik neidisch gewesen war und zu knickrig und zu fettleibig war. Auf der Stelle schmolzen unsere Hoffnungen dahin. Unsere revolutionäre Begeisterung nahm Schaden, indes wenige Meter vom Gymnasium entfernt Krieg herrschte und die Stadt von Stacheldraht umzäunt war, von der französischen Armee in Quadrate aufgeteilt. Nach dem Unterricht sagte Kamil: es gibt nur eine Art da herauszukommen wir genehmigen uns einen Rausch in der Kneipe der Legionäre und wiederholen den Coup vom letzten Jahr. Aber der Lehrer fuhr fort: "Die wahrscheinlichste These ist, daß diese Ansprache von Tarik ibn Ziad an die muslimischen Truppen vor Gibraltar im Augenblick vor der entscheidenden Schlacht gegen die Westgoten lediglich eine Legende ist, erfunden von einigen Geschichtsschreibern der Dekadenz, um das 15. Jahrhundert herum, wie al-Mukari." Kamil fragte: "Und wer hat dann diese Rede geschrieben?" Einer der Schüler scherzte: "Der unbekannte Schreiber." Die Klasse prustete. Und ich sagte zu Kamil klar unser lieber verehrter Herr Lehrer hat plötzlich einen Tobsuchtsanfall bekommen man muß ihn in die Zwangsjacke stekken und in eine psychiatrische Anstalt einsperren der FLN wird sich seiner annehmen! er hat überall Ohren mach dir keine Sorgen alter Bruder und reg dich nicht zu sehr auf. Wir waren gleichsam aufs Kreuz gelegt worden, indes der Krieg sich auf dem Höhepunkt befand und die Lektüre der Zeitungen **(ICH HABE MADAME PERRON NICHT GETÖTET... DIE TERRORISMUSWELLE... ZU GAST BEI DER KÖNIGIN...)** uns anwiderte, während die

Armee die Berge durchkämmte, Völkerstämme umsiedelte, die Bauern mit Napalm übergoß, die Dörfer bombardierte, die Frauen vergewaltigte, summarisch exekutierte und aus Leibeskräften guillotinierte. So nahm sie eines Tages eine Haussuchung bei uns vor, auf der Suche nach unserem natürlich abwesenden Vater, und entdeckte die Slogans, die Chems-Eddin und ich geschrieben hatten. Onkel Hocin hatte die Gelegenheit genutzt, seine Feigheit seinen Verrat und sein Einverständnis mit den französischen Soldaten zur Schau zu stellen. In einem fort gab er Torheiten von sich, zitterte vor Angst, frohlockte innerlich, als er sah, daß wir, sein Sohn und ich, bestürzt, in flagranti erwischt wurden. Sagte zu dem Offizier das sind wahre Verbrecher Herr Hauptmann... Sie können sie erschießen... Sie machen uns nichts als Scherereien. Ich kann Ihnen alles unterschreiben was Sie wollen... Nur schaffen Sie uns dieses Gesindel vom Hals... Wir sind eine in Ehren bekannte und notorisch mit Frankreich befreundete Familie... Der Offizier ohrfeigte meinen Vetter. Dieser spuckte ihm ins Gesicht. Onkel Hocin.
Eben jener Onkel Hocin, den ich jetzt sehr oft auf den Straßen von Algier treffe, wo ich mich nach dem Krieg niedergelassen hatte. Das ist jetzt etwa zwanzig Jahre her. Immer noch derselbe. Unverändert. Unveränderbar. Ich wollte ihm einmal in aller Offenheit sagen, warum ich ihn immer gehaßt habe, von Kindesbeinen an. Ich sah ihn kürzlich, mitten auf dem Bahnhofsplatz aufgepflanzt. Sobald er meine Anwesenheit bemerkte, klebte er sich ein Gelegenheitslächeln auf seine dreckige verschlagene Visage, eine heitere Miene, einen leutseligen Ausdruck. Er tat, als wäre er angenehm überrascht, mich zu treffen, begann zu reden, als hätte ich mich erst am Abend vorher von ihm verabschiedet, sagte: "Wie ich dir schon bei unserer letzten Begegnung sagte Tarik man darf deinem armen Vater nicht böse sein... auch er hat kein Glück gehabt... er liebte die Frauen zu sehr und die Politik... mit den Frauen hat er nie viel Glück gehabt... und mit der Politik hat er ziemlich viel Zeit im Gefängnis oder im Exil ver-

bracht... ah! dein armer Vater! natürlich kannst du das besser beurteilen als ich und bestimmt bist du besser unterrichtet... aber bitte kein Wort über diesen Herumtreiber Chems-Eddin er ist ein nichtswürdiger Sohn... ich weiß daß ihr eng befreundet seid aber trotzdem er weigert sich mir auch nur einen Pfennig zu geben... ich verstehe nicht warum du ihn liebst... du bist ein vernünftiger und gelehrter Mann und er ist ein Kneipengänger und ein Herumtreiber... er hat nichts im Kopf aber anstelle des Herzens hat er einen großen harten Stein... stell dir vor er verschleudert sein Geld in den Kneipen und mir gibt er nichts mir seinem eigenen Vater... von einer Sauferei zur andern... ich will ja nichts Böses über ihn sagen ich weiß ihr seid eng befreundet aber ich muß gestehen daß ich das nicht recht verstehe... ich will keine Zwietracht unter euch säen aber unter uns gesagt du solltest dich von ihm fernhalten er ist ein schlechter Junge... er ist hartherzig... nun ja lassen wir das... ja wie ich schon sagte dein Vater mein armer Bruder hat nie Glück gehabt... nicht mal bei den Geschäften... sein Hochmut hat ihn ruiniert...! und dann die Frauen! wie geht es ihm? ich habe ihn lange nicht mehr gesehen immer noch im Dorf wie ich hörte... komisch wo er doch sein Leben damit verbracht hat durch die ganze Welt zu reisen und Hummeln im Hintern hatte und da weigerte er sich nun seit Jahren das Dorf zu verlassen..." Ich hatte Lust ihn zu ohrfeigen. Ich erinnerte mich an sein fettes und unterwürfiges Lächeln am Tag, an dem die Armee unser Haus durchsuchte, und wie er vor dem französischen Offizier kroch. Auch damals hatte er das gleiche seifige ölige und niederträchtige Lächeln. Ich hatte also Lust, ihn zu töten. Aber ich wollte ihn lieber mit meiner Kaltblütigkeit, meiner Verachtung und meiner Gleichgültigkeit töten. Ich sah, wie sich seine knollige, körnige, granulöse und bläuliche Zunge in seinem halb zahnlosen Mund bewegte. Ich sagte mir wenn ich ihn nicht schlage dann nur aus Freundschaft zu Chems-Eddin. Ich beschloß, mich jedes boshaften oder gehässigen Worts zu enthalten. Ich verbarg den totalen und tiefsitzenden Haß, den

ich für ihn empfand. Das war kein Mensch, sondern ein wahres Desaster. Ein Korb voller Verleumdungen, Vorurteilen, Dummheiten, Feigheiten und Trägheiten jeglicher Art. Er sagte: "Du bist jetzt erwachsen... Ich erinnere mich an dich als du noch so klein warst... Als wäre es gestern... Gott wie schnell die Zeit vergeht! Schon als Bub bist du immer nationalistisch gewesen das erkenne ich an! Niemand kann dir das absprechen... Dein Vater hatte recht dich Tarik zu nennen! Mein Sohn Chems-Eddin dagegen ist ein Verrückter! Er war nur so zum Spaß im Widerstand um seine Leute zu verblüffen und mich zu provozieren er ist ein impulsiver Mensch... Ich bin sehr böse auf ihn und werde ihm bis zum letzten Tag meinen Segen verweigern... Er hat mir immer den Gehorsam versagt und Gott wird ihn aufs Furchtbarste strafen..." Ich unterbrach ihn jäh. Ich kochte vor Zorn. Ich sagte Chems-Eddin ist ein wunderbarer Junge der beste meiner Vettern... Ich liebe ihn mehr als meine eigenen Brüder... immer das Herz auf der Zunge und dazu mutig... ich habe noch nie jemanden gesehen der so mutig war. Ihm blieb der Mund offenstehen. Er war verblüfft. Entgeistert. Wie vom Blitz getroffen. Ich ließ ihm keine Zeit, wieder zu sich zu kommen, und fuhr fort... hör gut zu Onkel Hocin dein Sohn ist der beste aller Menschen und vielleicht trinkt er nur deshalb soviel weil er vergessen will daß sein Vater ein Verräter ist ein *cafard*...(Kafer auf Arabisch) und daß er ein Informant Frankreichs gewesen ist und zwar mitten im Krieg! Er rührte sich nicht. Ich sah, daß er Schiß hatte. Die *Schisseritis*, wie meine arme Mutter sagte. Ich ließ ihn stehen und ging sehr schnell weg. Er war leichenblaß. Grotesk. Verschreckt. Feige. Elend. Verängstigt. Beunruhigt.
Die Miniatur hing weithin sichtbar über dem väterlichen Schreibtisch am Ende des riesigen Import-Export-Ladens, dessen Türen man - im Sommer - schloß, damit die trockene Hitze der Hundstage nicht hereindrang, so wie man die Fenster erst nach Sonnenuntergang öffnete. Um diese Stunde des Sommertags schob sich das bernsteinfarbene Licht der Dämmerung in

das bräunliche Licht der großen Schreibtischlampe. Aber das dauerte nur wenige Minuten, dann nistete sich überall das künstliche Licht ein und setzte sich fest, das unglaubliche Durcheinander und die unentwirrbare Unordnung verstärkend, in denen der Schreibtisch versank mit seinen Stapeln von Rechnungsbüchern, diversen Warenproben, Geschichtsbüchern, gelblichen Zeitungen und Zeitschriften aus der ganzen Welt. Wenn diese Art von zusammengesetztem Licht hier herrschte, gewann das die Einnahme von Gibraltar darstellende und über dem Sessel des Vaters aufgehängte Gemälde von Wasiti an Schärfe. Es wirkte noch älter und noch wundervoller. Vor allem aber drang der stagnierende Geruch nach faulen Früchten, saurem Alkohol und altem Holz, der die Örtlichkeit beherrschte, überall ein und durchtränkte alles. Dies war es, was die Aufmerksamkeit fesselte und die unglaubliche Unordnung milderte, die in diesem riesigen Zimmer herrschte, in dem fortwährend der ekelerregende Geruch schwebte, nicht wirklich ein Geruch, sondern gleichsam die Nachwehen eines ungreifbaren, schwer zu bestimmenden und - vor allem - unauslöschlichen Geruchs, an die Fäulnis gemahnend, die den Leichen im Zustand fortgeschrittener Verwesung oder unwiderruflicher Zersetzung entströmt, wie er auf Schlachtfeldern herrscht. Vielleicht wurde dieser Geruch innerlich übertrieben von mir, der ich ihn so oft einatmete, wegen der Gegenwart jener Miniatur, die, obwohl ihr nichts Kriegerisches oder Gewalttätiges anhaftete, nichtsdestoweniger an den Krieg gemahnte; oder aber, was noch scheußlicher war, an die Idee des Krieges. Ich hatte diesen für den Laden meines Vaters so charakteristischen Geruch schon immer gerochen, so wie ich schon immer jene Miniatur gesehen hatte, die Tarik ibn Ziad und seine Offiziere vor der Meerenge von Gibraltar darstellt, kurz bevor sie die von den Westgoten gehaltene Festung angriffen *Tarik führte sein Heer zum Felsen der Meerenge, dem er seinen Namen gab, dann befahl er, Mauern zu errichten, hinter denen sich seine Soldaten verschanzten wie in einer Zitadelle. Als Roderich die*

Nachricht erhielt, hob er eilig ein Heer von ungefähr 40 000 Kriegern aus, die er unter den gottlosen Volksstämmen und den Anhängern des Christentums auswählte. Die beiden Heere trafen in der Ebene von Jerez aufeinander. Der muslimische Heerführer schlug die feindlichen Truppen, machte große Beute und Tausende von Gefangenen unter den Ungläubigen und den Männern in ihrem Sold..., was meinen Vater veranlaßte, mir am Tag, als er diesen Text von Ibn Khaldun in meinem Übersetzungsheft entdeckte, zu sagen ja das ist methodische Geschichte und was für eine herrliche Sprache, bündig, genial, bei meinen Ahnen, weißt du überhaupt was für ein Glück du hast diese in ihrer Art einmaligen Texte zu übersetzen? sind dir die vielen Varianten aufgefallen die möglich sind wenn man ein und denselben Text auf tausenderlei Weise übersetzt! los übersetze mir das geschwind zuerst Wort für Wort dann werden wir weitersehen. Sie rollten: (الأسوار) die Wälle: (وأدَاروا) um sich herum: (على أنفسهم) Aber mir war mulmig zumute, weil seine Leidenschaft mich erschreckte, und ich wußte, daß ich den ganzen Abend damit zubringen müßte, weil er mich nicht weglassen würde, bevor ich nicht den ganzen Text übersetzt hätte. Und er, sehr schnell ungeduldig, sagte ist dir nicht gut? du willst mich wohl auf den Arm nehmen... was soll denn dieses lächerliche Wort für Wort... merkst du nicht wie komisch das ist sie rollten die Wälle um sich herum! ach ja! du glaubst ein Wall ist ein Frottiertuch das man um die Taille rollt oder eine Decke in die man sich rollt du machst mich mit Absicht lächerlich! Dann, mit einemmal, begann er zu lachen oder - vielmehr - zu trompeten oder - vielmehr - so zu tun, als packte ihn ein irres Gelächter, um mich zu demütigen, mich zu erschrecken, mich all meiner Mittel zu berauben. Glücklich zu sehen, wie ich stotterte, vor Angst zitterte, schielte, irgendwas sagte, da ich in der Falle dieser beiden so verschiedenen Sprachen steckte, ja sogar Sprachen mit unverträglichen Strukturen. Und er sagte: ich wußte gar nicht daß du solche Gipfel an Dummheit und Idiotie erklimmen kannst. Ich beruhigte mich. Versuchte, mich zu fangen. Mir sagend, daß man sich in Geduld üben und ihn schimpfen lassen müsse, bis er, des Krieges müde, die ganze Übersetzung allein machen würde. Und da hörte er auf zu lachen und sagte übergangslos: und dieser Text von Sallust über die Kriege Jugurthas? Wo ist er? Du hattest versprochen mir die Übersetzung zu zeigen oder? Wo ist diese Übersetzung? Du versuchst wohl mich reinzulegen was... Du hältst mich für einen Idioten... aber der Idiot bist du du Trottel! Du hast also nicht begriffen daß ich viel schlauer bin als du dein Vetter Chems-Eddin und dein Freund Kamil zusammen. Und ich kramte nun, nervös, in meinem Ranzen, fischte das Buch von Sallust heraus, suchte fieberhaft die Seite, fand sie wie durch ein Wunder, das heißt wie in Trance: *Igitur quarto denique die haud longe ab oppido Cirta undique simul speculatores siti sese ostendunt, qua re hostis adesse intelligitur. Ita Iugurtham spes frustrata.* Aber er unterbrach mich, brüllte laß es. Kommen wir auf den Text von Ibn Khaldun zurück den Text von Sallust werden wir uns morgen vornehmen in der ersten Stunde bevor du ins Gymnasium gehst nicht wahr? Wenden wir uns wieder dem Wort für Wort zu aber intelligent. Nicht komisch! Da begriff ich, daß er ganz versessen darauf war, mir seine Talente als Übersetzer vorzuführen. Ich war erleichtert. Vor allem, weil ich seit den letzten Unterrichtsstunden von Herrn Aschur, dem Geschichtslehrer, das Interesse an diesem Tarik ibn Ziad verloren hatte, der nicht einmal imstande gewesen war, jene Ansprache an die muslimischen Truppen zu halten, weil er ein Numidier war, der berberisch sprach und kein Sterbenswort Arabisch konnte. Der nichts eingenommen hätte, weder Gibraltar noch sonst etwas, ohne Julian, der wegen einer Bettgeschichte die Seinen verraten hatte: *Julian hegte bitteren Groll gegen seinen König Roderich, weil dieser, nachdem er bei Julians kaum mannbarer Tochter von seinem Recht auf die Brautnacht Gebrauch gemacht hatte, sich geweigert hatte, die Tochter seines Vasallen Julian zu ehelichen, der sich deshalb verhöhnt und entehrt fühlte. Im Wissen, daß die Ara-*

ber.. Ich ließ ihn also schimpfen. Sich ärgern. Spotten. Und ich sagte mir: was diesen Schweinehund Musa ibn Nusair betrifft so ist nichts weiter dazu zu sagen kein Kommentar! "Aber Musa ibn Nusair war auf einen so raschen Sieg seines Gesandten in Andalusien nicht gefaßt. Und als er über das Ausmaß dieses Sieges und die Bedeutung des Durchbruchs seines Untergebenen in Spanien unterrichtet wurde, schlug seine Bewunderung rasch in Neid um, weil er fürchtete, daß Tarik ganz allein den Nutzen aus einer solch entschiedenen Eroberung ziehen könnte. Einige Geschichtsschreiber sagen sogar, Musa habe es gestört, daß Tarik dem Felsen der Meerenge (Gibraltar) seinen Namen gab, ohne ihn davon zu unterrichten, ihn, seinen Vorgesetzten und Statthalter ganz Nordafrikas. Er schrieb ihm also, um ihm den Befehl zu erteilen, seinen Vormarsch zu stoppen, bis er zu ihm stieße; und ihm sehr ernste Sanktionen anzudrohen, falls er seinen Bitten nicht nachkommen sollte. Andere Historiker erklären Musas Zorn damit, daß Tarik die Anweisungen seines Vorgesetzten nicht beachtete, denen zufolge er nicht über Córdoba hinausmarschieren durfte, nicht einmal über den Ort, an dem er die Goten besiegt haben soll. Diese These ist um so stichhaltiger, als Musa ibn Nusair für sein strategisches Genie, seinen Sinn für das Manöver und seine große Umsicht bekannt war. Er soll also der Meinung gewesen sein, daß ein Einfall der Muslime tief ins Innere des eroberten Landes, allzu weit von ihren Stützpunkten entfernt, eine große Gefahr darstellen könnte. Was uns nicht daran hindert, alle Elemente zu berücksichtigen und die psychologische These in Betracht zu ziehen, die Musas komplizierter und komplexbehafteter Persönlichkeit Rechnung trägt, eines bekanntermaßen habgierigen, neidischen, eifersüchtigen, mißtrauischen, rachsüchtigen und wendigen Mannes. Sehr schnell überquerte Musa ibn Nusair das Meer und stieß zu seinem Untergebenen Tarik ibn Ziad, der bisher Militärgouverneur von Tanger war; von seinem Hochmut und seinem Neid getrieben, und obwohl er schon sehr alt war und an monströser Fettsucht litt, die es ihm verwehrte, zu Fuß zu gehen, so daß er, in einem solchen Fall, darauf angewiesen war, daß seine Offiziere ihn von einem Ort zum anderen trugen", wahrlich ein ausgemachter Schurke, dieser Musa. Der Tonfall des Lehrers schloß jeden Zweifel aus. Seit jenem Tag verabscheuten wir die Geschichte, und wir begriffen, daß sie voller Hintergedanken und Fälschungen steckte. Ich ließ ihn also übersetzen und blieb stumm, gegen jede Eventualität gewappnet, auf der Hut, ängstlich, erschrocken, aber stur, darauf wartend, daß seine Krise vorüberginge, denn ich wußte genau, daß er außerstande war, allzu lange dem Verlangen zu widerstehen, diesen Text selber zu übersetzen, an dem ich kein Interesse und keinen Geschmack mehr fand, so sehr hatten mich die von Herrn Aschur geäußerten Thesen erschüttert, in Zweifel gestürzt, angewidert und empört. Ich war mir dessen sicher, zumal es sich um sein über alles geliebtes Idol handelte; was ihn veranlaßt hatte, nicht nur alle ihn betreffenden Schmöker zu lesen, zu einem exorbitanten Preis jene überaus kostbare Miniatur zu kaufen, sondern mir auch den Vornamen dieses dämlichen, kaum islamisierten Numidiers zu geben, der kein einziges Wort Arabisch konnte und, obwohl er aufgebrochen war, Europa zu erobern, und militärisches Genie besaß, nichtsdestoweniger in seinem Innern ein großer Naivling geblieben war, der sich seinen Sieg rauben ließ von jenem greisen dickleibigen aufgedunsenen von schlechtem Fett geblähten und von Neid zerfressenen Araber. Kurz, ein Vorname, der schwer zu tragen war und nur dazu angetan sein konnte, mir Komplexe zu verursachen, mich zu verkrampfen und - letztlich - sehr eingebildet zu machen. Und so hatte auch ich alles verschlungen, was über sein Leben, seine Feldzüge und, vor allem, jene berühmte Einnahme von Gibraltar geschrieben worden ist; so daß ich sehr schnell entdeckte, daß die Geschichte ein Arsenal von Kniffen war, ein Kräfteverhältnis zwischen den Menschen, eine enttäuschende Anhäufung von Nichtigkeiten und albernen, komischen und unerwarteten Einzelheiten; und - vor allem - daß sie eine ewige Verkehrung des Sinns und eine ungeheure universelle, ja kosmogonische Fälschung war! Kamil sagte am Tag, an dem wir die Brüchigkeit des Sinns der Geschichte begriffen: "**Athakhnek/Akschun!** Du bist schlicht und ergreifend in die Falle getappt du miserabler Berber! Ich stopf dir ein Loch anus sinus cosinus...", denn wenn er wütend war, redete er Berberisch. Die Miniatur stellte etwa zehn Reiter dar. Tarik ibn Ziad nahm die vierte Position ein. Als einziger hatte er die Hände frei. Im Gegensatz zu den anderen Offizieren trug er weder Banner noch Standarte, noch Fahne, noch Trommel, noch Trompete. Der große Sieger über die 40 000 Westgoten trug keinerlei Erkennungsmerkmal. Er war umringt von drei Reitern zu seiner Rechten und drei weiteren zu seiner Linken. Was die drei letzten betrifft, so konnte man sie nicht sehen, aber man erriet sie dank ihren Reittieren. Im ganzen vermittelte die Miniatur den Eindruck, als hätte der Maler seinen Raum mit nebensächlichen Details und Elementen angefüllt (den Pferden, den Standarten, den Musikinstrumenten usw.), wie um zu vermeiden, den muslimischen Anführer und seine Gefährten zu sehr herauszustreichen, oder, vielmehr, als hätte er diese Art, die Gruppe darzustellen, nicht mit dem ausdrücklichen Willen gewählt, Tariks Bedeutung zu schmälern, sondern weil die Pferde ein unendlich reicheres Bildelement bieten als die Personen. Tatsächlich zeigten sich die Pferde mit erstaunlicher Präzision und erweckten den Eindruck, als würden sie gleich die Leinwand verlassen, um in die Schlacht zu stürmen, in den Krieg und sogar in die Welt. Mit ihren Beinen, ihren Nüstern, ihren Schweifen, ihren Muskeln, ihren Farben, ihren Scheuklappen und ihren Geschirren vermittelten sie eine phantastische Vorstellung ständiger Bewegung oder vielmehr eine Art Choreographie von verblüffender Plastizität, während - paradoxerweise - die Reiter sagenhaft steif und statisch waren, gleichsam ein Musterbeispiel für den Begriff der Reglosigkeit. Als wären sie auch - die Pferde - nicht im Stillstand und im Begriff, sich in die kurz bevorstehende Schlacht zu stürzen, piaffierend, wiehernd, nervös, tänzelnd, gereizt, maßlos, zukkend, fiebrig usw., bereit zu rennen, zu springen und wild loszustürmen, erregter als die Reiter, schneller als ihre eigenen Schatten, wilder und mörderischer als die mörderischsten Waffen; sondern - im Gegenteil - als hätten sie ihre Bewegung nie beendet, nie abgebrochen, sie sogar hartnäckig und atavistisch fortsetzend. Eine blitzartige Bewegung, kompliziert und unbegreiflich; in jener entsetzlichen, erschreckenden, blitzartigen und perfiden Form der scheinbaren Reglosigkeit, der scheinbaren Bestialität im Naturzustand, roh und abrupt. Das heißt, daß die Pferde, die auf der Miniatur völlig regungslos wirkten, den Eindruck erweckten, als repräsentierten und konzentrierten sie die abstrakte Idee, den Inbegriff potentieller, zurückgehaltener, wilder und blitzartiger Geschwindigkeit. Als wären sie sich der Gefahr bewußt, unzähmbar, unbezwingbar, bereits berauscht! vom Geruch des Bluts, des Staubs und des Kots. Als wären sie. Was die Reiter etwas affektiert wirken ließ, verknöchert, erstarrt, vorsichtig, gebremst, zögernd, flüchtig, unpersönlich, ja inexistent! Sie erweckten also den Eindruck, als wären sie jeglicher Lebhaftigkeit oder Mobilität oder sogar Menschlichkeit beraubt, da sie - auch - gleichsam jeder menschlichen Eigenschaft beraubt waren. Gleichsam entmenschlicht also; ihrer Vorrechte großer Eroberer entäußert, die nicht nur eine große Rolle gespielt haben in der Geschichte, ihren Irrgängen, ihren Labyrinthen, ihren Hinterläden, ihren Fallen, ihren (wie nennt man doch gleich diese Art, die Welt zu verändern, ohne es überhaupt zu merken, unabsichtlich, nicht durch Zufall oder waghalsig nein! sondern... Wie nennt man das doch gleich?) Hinterhalten; sondern als wären sie selbst wahre Helden, notwendig für jedes Überleben der Völker, ihre Träume und ihre hierarchischen, eindeutigen und manichäischen Weltanschauungen. Denn ohne sie hätte die Menschheit nicht alle jene Erschütterungen erlebt, jene Überschreitungen, jene Verlagerungen, jene Veränderungen, jene Revolutionen, jene wissenschaftlichen Erfindungen und jene geographischen Entdeckungen. Vielleicht wußte der irakische Maler (Wasiti, 1210-1278) um jene persische Herkunft, die man Tarik ibn Ziad so gern unterstellte, so daß er angesichts des jahrhundertealten Antagonismus, der zu allen Zeiten Araber und Perser einander entgegenstellte, vor und nach der Heraufkunft des Islams, diesen außergewöhnlichen Eroberer auf etwas verächtliche, erniedrigende, ja sogar demütigende Weise gemalt hätte! Zumal der Antagonismus, der den Numidier Tarik dem Generalgouverneur des Maghreb Musa ibn Nusair entgegenstellte (im Monat Radschab des Jahres 92 der Hedschra stellte Musa ein Heer von 7 000 (oder 10 300?) Arabern und Berbern auf, mit dessen Führung er Tarik ibn Ziad betraute, der damals Statthalter von Tanger war. Das Schwerwiegendste aber ist, daß alle muslimischen Quellen die Periode seines Lebens, die seiner Ernennung auf diesen Posten vorausging, mit Stillschweigen übergehen. Dieselben Quellen vermuten bei dem Eroberer Andalusiens sogar eine persische Herkunft, der also - denselben Quellen zufolge - aus der Stadt Hamadan im Süden Persiens gebürtig wäre. Aber die objektivsten und seriösesten Quellen schließen jeden Zweifel an seiner berberischen Herkunft aus und zitieren seinen Stammbaum als eine Folge numidischer Namen bis hin zu seinem Vater Ziad, der als erster einen arabisch-muslimischen Vornamen trägt und aus dem Stamm Nefza kommt, einem der Zweige des großen Mutterstamms der Zanata, der in ganz Numidien verstreut war und ein ausgedehntes Territorium zwischen Wadi Medscherda und der Umgebung von Kairwan bewohnte), ihn vielen Autoren und Künstlern verdächtig machte; darunter - vielleicht - auch jenem genialen Iraker Wasiti. Nichtsdestoweniger läßt letzterer durch die zwar kühne, aber störende Voreingenommenheit einen gewissen Zweifel bei den Betrachtern dieser Miniatur aufkommen, die Tarik ibn Ziad und seine Offiziere vor dem Felsen der Meerenge darstellt, die in wenigen Tagen zur Meerenge von Gibraltar wurde, soviel Bedeutung hat er allem beigemessen, was nicht die Reiter selbst betraf. Aber in

Wahrheit handelt es sich hier um reine Spekulationen, denn man sieht genau, daß der Maler den muslimischen Anführer in einer dominierenden und privilegierten Position dargestellt hat, da er genau in der Mitte der Gruppe von etwa zehn Reitern aufragt, kurz bevor er seine berühmte Ansprache an die Truppen hält *(Hört, wackere Ritter. Lauscht, tapfere Krieger!* **wo ist denn der Ausweg?** *Das Meer ist hinter euch und der Feind steht euch gegenüber. Und wenn ihr in den kommenden Tagen kein Wunder vollbringt, werdet ihr zu Staub zerfallen, den der Wind rasch verweht; und eure Feinde werden den Schrecken, in den ihr sie bisher versetzt habt, in Tapferkeit verwandeln, die sich gegen euch kehren wird. Vermeidet daher eine solche Demütigung, deren Folgen unabsehbar sind, indem ihr diesen gottlosen Despoten Roderich besiegt. Eine solche Gelegenheit bietet sich euren Schwertern, wenn ihr euer Leben zu opfern vermögt. Niemals werde ich euch anspornen, solche Risiken einzugehen, während ich selbst versuchte, mich vor dem Unheil in Sicherheit zu bringen; noch euch eine Strategie aufzwingen, die eurem heldenhaften und unschätzbaren Leben nicht Rechnung trüge. Ich mache mit mir selbst den Anfang! Ich werde kämpfen bis zum letzten Hauch meines Atems. Eifert mir nach!)*; jene Truppen, die auf der Leinwand völlig unsichtbar sind. Gelb also einige vor dem Felsen der Meerenge versammelten Pferde, während andere von kastanienbrauner oder etwas abgeblaßter granatroter Farbe waren. Aufgereiht. Wie mit einem Lineal gezogen. Mit Ausnahme eines von ihnen, das ein oder zwei Schritte vor den anderen stand. Es handelte sich um den Träger der zweihöckrigen Trommel. Hinter der Gruppe sah man fünf Standarten: 1. Eine gräuliche Standarte, auf der folgendes geschrieben stand: *(Sprich Gott ist der einzige und Allah...)*. Der Rest der Sure war nicht zu sehen, aber es war einfach, sie wie folgt zu ergänzen *(... ist der Absolute. Er zeugt nicht und ward nicht gezeugt. Und keiner ist ihm gleich...)* (Sure 112). 2. Eine rote Standarte, auf die man folgende drei Wörter gestickt hat: *(Allah ist groß)*; und zwischen den Wörtern sieht man geometrische Zeichnungen von stumpferem Rot. 3. Eine blaßgelbe Standarte mit weißen Inschriften, die nicht zu entziffern sind. 4. Eine schwarze Standarte, auf die folgende Worte gestickt waren: *(es gibt keinen Gott außer Allah...)*. Der Rest des Satzes *(und keinen Propheten außer Mohammed)* ist ebenfalls unsichtbar oder vielmehr vom Kopf eines der Trommelträger verdeckt. 5. Eine granatrote Standarte mit der Inschrift: *(es gibt keinen Gott außer Allah Mohammed...)*. Der Rest des Satzes wird verdeckt von einem der Begleiter von Tarik ibn Ziad genannt der Berber genannt der Numidier genannt der Zanata. Doch fällt es dem Betrachter nicht schwer, ihn fast mechanisch oder automatisch oder im Geist zu vervollständigen, nämlich *(ist sein einziger Prophet)*. 6. Zur Linken sieht man mehrere Fahnen, deren Stoff um den Schaft gerollt ist, sicherlich infolge des Windes. So daß es unmöglich ist, die Slogans oder die Namen der Regimenter oder die koranischen oder religiösen Inschriften oder sogar - kann man es wissen? - bestimmte Auszüge aus der berühmten militärischen Rede von Tarik ibn Ziad zu lesen **(wo ist denn der Ausweg?**) + (Und wenn ihr kein Wunder vollbringt, werdet ihr zu Staub zerfallen, den der Wind rasch verweht) + (Ich werde euch in kein gefährliches Abenteuer stürzen, um mich selbst vor dem kleinsten Risiko zu schützen) + (Ich werde kämpfen bis zum letzten Hauch meines Atems) + (Eifert mir also nach!); und andere Auszüge aus diesem Musterbeispiel an kriegerischer Eloquenz, politischer Rhetorik und theologischer Dialektik, das soviel Verheerungen angerichtet hatte in unseren armen Köpfen von Heranwachsenden, die sich für die Politik und die nationale Geschichte begeisterten, bis zu dem Tag, an dem wir begriffen, daß es sich, nicht mehr und nicht weniger, lediglich um eine törichte Maskerade handelte, so etwas wie ein schwülstiges Theater, eine Art ungeheure, unverzeihliche Fälschung. 7. Jede der fünf Standarten, der drei Fahnen sowie das einzige Banner tragen eine Quaste; das heißt eine Art Knäuel aus Baumwollfäden, rauten- oder kegelförmig, von rötlicher oder violetter Farbe, ein wenig ausgefranst, auch plüschartig, das den Eindruck vermittelt von. Tarik holte eine völlig vergilbte alte Zeitung aus seiner Schreibtischschublade. Sie war zweimal gefaltet. Mechanisch las ich einen Teil der Schlagzeilen, das heißt den sichtbaren Teil der ersten Seite... **RUFT SYLVIE PAUL...** Dann weiter unten... **ROLLT ÜBER ALGERIEN.** Dann ganz rechts oben... **GINA LOLLOBRIGIDA.** Ich las - also - mechanisch diese drei Teile der Schlagzeilen, ohne etwas zu verstehen. Mechanisch - auch - versuchte ich den Anfang dieser drei Sätze auf der ersten Seite der alten Zeitung zu lesen, aber vergeblich. Tarik erriet meine Neugier, tat jedoch, als hätte er nichts bemerkt, und begann den Reiseprospekt über Gibraltar einige Sekunden lang mit seiner linken Hand zu befingern. Dann schob er die zweimal gefaltete Zeitung über seinen Schreibtisch. Nun sah ich nur noch folgende unverständlichen Teile der drei Sätze auf der ersten Seite **(... RUFT SYLVIE P...)** + **(OLLT ÜBER AL...)** + **(... GINA LOLLOBRIG...)** der Zeitung, deren Papier so vergilbt war, daß man hätte meinen können, es sei stellenweise verbrannt. Tarik sagte, während ich - vergeblich - versuchte, jene drei Zeilen im Geist zu vervollständigen: sag mal Kamil warum ist es lächerlich Gibraltar zu besichtigen auch wenn ich damit nur meinen Narzißmus befriedigen will wie du behauptest? Ich sagte natürlich ist das lächerlich, wobei ich weiter nach der Zeitung schielte, deren ältliches Aussehen mich faszinierte. Ich sagte, einen heimlichen Blick auf die fetten Lettern werfend, die sich auf der Titelseite spreizten, direkt unter dem Namen **(... DÉPÊCHE ... STANTI...)**, der sich leicht ergänzen ließ zu **LA DÉPÊCHE DE CONSTANTINE**, ich sagte also du bist kindisch Tarik wirklich idiotisch dieser Wunsch bloß weil du den gleichen Vornamen hast wie der Mann dem die Einnahme von Gibraltar geglückt ist wahrhaftig du setzt mich in Erstaunen! wo ist denn deine legendäre Willenskraft und dein stählerner Charakter? außerdem willst du mich mitschleppen auf diese uninteressante Reise fast ein Abenteuer Gibraltar ist mies sehr mies an alledem ist dein Vater schuld du bist wirklich neurotisch! ich wußte nicht daß es so schlimm ist auch ich habe langezeit in diesem Mythos der Einnahme von Gibraltar durch Tarik ibn Ziad gelebt ich weiß daß es auch eine Bettgeschichte ist *(Julian, einer der Fürsten der Westgoten, hegte bitteren Groll gegen seinen König Roderich; denn nachdem dieser bei Julians kaum mannbarer Tochter von seinem Recht auf die Brautnacht Gebrauch gemacht hatte, wie es bei diesen Patriziern Brauch war, hatte er sich nämlich geweigert, die Tochter seines Vasallen Julian zu ehelichen, der sich nun entehrt fühlte. Der solchermaßen verhöhnte Vater holte seine Tochter aus dem königlichen Palast. Unmittelbar danach nahm Julian, im Wissen, daß die Araber einen Feldzug zur Eroberung Andalusiens vorbereiteten, mit Tarik ibn Ziad Verbindung auf und wurde sein Verbündeter. Er lieferte ihm die Schiffe, die er benötigte, beriet ihn hinsichtlich der Stelle, wo er überraschend landen sollte, und leitete ihn durch den spanischen Küstenstrich. Tarik nutzte augenblicklich die Gelegenheit, landete an der Nordküste des Landes und drang tief ins Innere ein* (Ibn Khaldun, *Geschichte der Araber und der Berber*, Bd. II, S. 849) und daß es um die Rache eines entehrten Vaters geht der nur diese Möglichkeit hatte Roderich zu demütigen. Tarik begann zu lachen und nahm, verstohlen, seine alte Zeitung wieder an sich, als wollte er mich für meine Offenheit strafen. Ich sagte nun, um ihn zu provozieren und zu ärgern: laß uns doch in Frieden mit diesem idiotischen naiven ungläubigen Berber der sich von jenem Fettsack Musa hat reinlegen lassen. Und er ging mir in die Falle, brauste sofort auf und sagte: was hast du gegen die Berber? bist du einer oder nicht? ich übrigens auch und ich bin stolz darauf **Thakhnek! Thakhnek!** (du Arsch!) du wirst doch deine Herkunft nicht verleugnen wollen? Ich versuchte zu lachen, um die Situation zu entspannen, konnte es jedoch nicht, weil ich begriffen hatte, daß Tarik arg mitgenommen war von dieser Angelegenheit, die uns in unserer Jugend schwer erschüttert hatte. Ich insistierte also nicht. Nicht weil er mein bester Freund und ein prima Kerl war, sondern auch weil ich überzeugt war, daß Herr Aschur, der Geschichtslehrer, eine für unser junges Selbstbewußtsein von damals sehr schädliche, ungesunde und verheerende Rolle gespielt hatte. Zu jener Zeit hatte er fast trompetet, als er sagte: "Die berühmte Ansprache von Tarik ibn Ziad an die muslimischen Truppen vor der Erstürmung des Felsens der Meerenge ist, wie es scheint, sehr zwiespältig und sehr anfechtbar. In der Tat sind sich viele Historiker darin einig, ihm jegliche Urheberschaft abzusprechen." Tarik war wie betäubt. Ich erinnere mich noch, was er zu mir gesagt hatte: "Da siehst du Kamil daß dieser Trottel von Numidier zu nichts taugt! er hat uns schlicht und einfach reingelegt... man kann ihn nur noch vergessen... er hat alles getan um die Westgoten zu schlagen und dann läßt er sich von diesem Blödmann Musa beeindrucken der ihm seinen Sieg wegnahm und ihn verhaften ließ weil ihm die Einnahme von Gibraltar geglückt war wirklich der Gipfel an Naivität... er ist ein echter Berber ungehobelt und leichtgläubig... **thakhnek awid afuchil!** (Was für ein Arschloch! Scher dich zum Teufel!)" Es war jetzt über dreißig Jahre her, daß unser Geschichtslehrer uns vor den Kopf gestoßen hatte mit seinen revolutionären und nonkonformistischen Thesen über die historische Wirklichkeit, den Begriff der Geschichtlichkeit selbst und seine große Brüchigkeit. Ich sagte zu Tarik, der weiterhin mit der Reisebroschüre spielte und sie befingerte: "Du willst doch nicht ernsthaft die alte Debatte über die Persönlichkeit von Tarik ibn Ziad und die Urheberschaft seiner berühmten Rede aufwärmen?" Er sagte: "Nein, Kamil, natürlich nicht. Der Krieg ist aus, schon seit langem. Es bleiben nur noch innere Empfindungen und seltsame Eindrücke, bewegliche und fliehende und zugleich regungslose und stabile Eindrücke. Wie soll ich es sagen? Es ist nur ein Phantasma, das immer lästiger wird und mehr und mehr überhandnimmt. Es gelingt mir nicht, es loszuwerden. Vielleicht liegt es am Alter, man wird alt, weißt du! Ich weiß, daß ich damit leben kann und daß es bloß ein alter Komplex ist, der letztlich mit meiner Fettleibigkeit zusammenhängt, aber mir scheint, wenn ich nach Gibraltar führe, könnte ich mich ein klein wenig befreien... Ich habe keine Lust den Touristen zu spielen... Ich weiß, daß es sehr häßlich ist, aber! Ich muß es sehen... Laß mich nicht im Stich... Also abgemacht, du kommst mit mir..." Ich verkniff es mir, über all diese Chimären zu lachen, die seinem Wesen so gar nicht entsprachen! Er war mir sehr teuer, dieser Bursche, der nie hat großwerden wollen. Er richtete die Augen auf mich. Ich sagte: gib mir die alte Zeitung warum machst du so ein Geheimnis daraus? Er sagte: ich habe eine ganze Sammlung davon. Sehr wertvoll! Ich leihe sie dir wenn du mich nach Gibraltar begleitest. Ich sagte: einverstanden Tarik! versprochen! abgemacht! Er gab mir die Reisebroschüre. Ich las auf dem blauen Umschlag: ! زوروا جبل طارق ¡Visiten ustedes a Gibraltar! Visitez Gibraltar! Visit the town of Gibraltar! Diese buhlerische Aufforderung in vier Sprachen war mit gelben Buchstaben geschrieben. Die Farben waren grell und die Reproduktion des berühmten Fotos des Felsens eine Art Pleonasmus ohne jede Phantasie. Eine sehr kleine Wolke glitt über das Fenster, dem ich gegenübersaß. Ich legte die Broschüre auf den Tisch. Ich sagte: gut und jetzt her damit! gib mir die alte Zeitung. Er holte sie unglaublich behutsam aus einer der Schubladen, als handelte es sich um etwas sehr Zerbrechliches und sehr Teures, um ein sehr altes, in seiner Art einzigartiges Manuskript. Ich nahm sie in die Hand. Ich sah, daß Tarik blaß wurde, fiebrig, gleichsam verlegen. Ich entfaltete die Zeitung. Ich las folgendes: **ICH HABE MADAME PERRON NICHT GETÖTET RUFT SYLVIE PAUL. EINE WELLE DES TERRORISMUS ROLLT ÜBER ALGERIEN. ZU GAST BEI DER KÖNIGIN VON ENGLAND: GINA LOLLOBRIGIDA.** Wir schwiegen eine lange Weile. Ich wagte nicht, ihm ins Gesicht zu sehen. Ich blieb regungslos. Bestürzt. Betäubt. Ich warf Tarik einen heimlichen Blick zu. Ich sah, daß Tränen in seinen Augen standen. Ich empfand ungeheure Zärtlichkeit für ihn. Ich sagte: hast du noch mehr davon? Er sagte: ich habe sie alle! die ganze Sammlung von *La Dépêche de Constantine* vom Anfang bis zum Ende des Krieges jeden Tag lese ich eine... ich trage sie bei mir in meiner Tasche wie eine Art schützendes Amulett... ich weiß nicht aber das beruhigt mich paradoxerweise... so weiß ich wenigstens daß nicht ich es bin der deliriert... daß es sich nicht um einen immer wiederkehrenden und anhaltenden Alptraum handelt... es ist wie ein Beweis für meine geistige Gesundheit... mach dir keine Sorgen Kamil ich lese nur die Überschriften... es ist tragikomisch nicht wahr dieses Amalgam zwischen Gina Lollobrigida und dem Krieg... hast du gesehen es ist sogar ein Foto von ihr drin mit ihren Mordstitten... heute macht man keine solchen mehr glaubst du nicht? Ich sagte: "Du hast also deinen eigenen Krieg fortgesetzt!" Er sagte: "Ja, in gewisser Weise, wie du siehst..." Von neuem wahrten wir Schweigen. Dann brach ich es als erster: "Du hast dir also ein Visum bei der Botschaft Ihrer Majestät der Königin von England besorgt... Eben jener, die diese dämliche Lollo, so nannte man sie damals doch, oder? in ihrem Palast empfangen hat. So obszön ist also die Wirklichkeit!" Er antwortete sehr schnell ja natürlich was glaubst du denn? im Konsulat habe ich die Broschüre bekommen aber das Flugticket habe ich schon vor ein paar Jahren gekauft... ich ließ es jedesmal verlängern wenn es nötig war bevor es ungültig wurde... Ich sagte die Einnahme von Gibraltar nicht wahr? Er sagte so ist es du hast alles begriffen Kamil! Er brach in ein glückliches, entspanntes, entkrampftes und befreiendes Lachen aus. Die überaus strenge und rachsüchtige Krankenschwester betrat das Sprechzimmer mit ihrer mürrischen militärischen Miene, die ihren Neid auf unsere unwiderstehliche und unerwartete plötzliche Heiterkeit verriet. Er schickte sie mit einer autoritären Handbewegung hinaus, die ich an ihm nicht kannte. Ich war etwas verblüfft über seine ungewohnte Brutalität. Er war eher schüchtern, gleichsam ängstlich, als fühlte er sich nicht wohl in seiner Haut, in seinem Leben und bei seiner Arbeit. Etwas in ihm hatte sich also befreit. Er verließ seinen Schreibtisch und trat hinter meinen Sessel, gegenüber dem Fenster. Ich sah seinen langgezogenen und sehr großen Schatten sich auf der blankgeputzten Scheibe spiegeln. Ich wußte, daß er pedantisch war. Ein wenig manisch. Zu ordentlich. Besessen von der Ordnung, der Leere und der Sauberkeit der Orte, an denen er sich aufhält. Der Schatten war gleichsam melancholisch. Ich begriff, daß es an der Dämmerung lag. Seine Worte wirkten gleichsam heiser, wie eingerollt und eingehüllt in das sanfte Halbdunkel, das sich allmählich einnistete. Automatisch habe ich mir gesagt, er sollte seine Schreibtischlampe anmachen. Plötzlich sah ich den gelben Kran über die Fläche des Fensters hinwegfegen und von rechts nach links gleiten, wie ein riesiger leiser Raubvogel. Er war nicht wirklich gelb sondern eher.

Siehst du etwas was wie ein arabischer Brunnen oder ein Wasserturm dieses Stils aussieht Kamil? Ich zog es vor, auf eine ebenso sinnlose wie provozierende und bange Frage nicht zu antworten. Die Hitze im Innern des Wagens nahm zu. Tarik sagte ich sehe ein bißchen Grün vielleicht ist das ein gutes Zeichen. Er schaute sich um. Ich sah einen ungeheuren Erdhügel auftauchen, lehmfarben. Er wirkte wie der kahle Rücken eines Wals. Wir ließen ihn sehr schnell hinter uns. Ab und zu tauchte ein kleines Dorf im Rückspiegel auf. Es war von leicht getöntem Weiß. Der Horizont wurde von der Linie der felsigen Hochebenen versperrt. Wie ein brauner Strich, glanzlos, schuppig. Plötzlich sahen wir eine Gruppe spielender Kinder, die einander nachliefen. Bald hörten wir ihre Stimmen. Als wir näherkamen, sahen wir, daß es sich um ein Fußballspiel handelte. Der Platz war kahl und steinig. Das heißt eine Art sehr armseliger und sehr häßlicher Tuffstein. Die Kinder spielten barfuß. Gegenüber dem Platz stand ein zerfallenes Stück Mauer. Im Schatten der Mauer saßen einige Buben. Trotz der Verwahrlosung und der Trostlosigkeit der Umgebung gab es einen Werbespruch, der in dieser armseligen und trostlosen Umgebung ungereimt wirkte: DRINK PEPSI COLA! Es war ein Befehl, keine Aufforderung. Tarik sah ein paar Sekunden dem Spiel zu, während er zerstreut den Wagen lenkte. Aggressiv sagte ich zu ihm paß doch auf die

Schlaglöcher auf! Er fing sich wieder, und wir fuhren weiter. Wir kamen zu einem kleinen Café, das hier mitten im Geröll stand. Vor der Tür ein Tisch und ein Stuhl aus rohem Holz. Der Tisch war mit einem schmierigen rot-schwarz-karierten Plastiktuch bedeckt. Es fehlte ihm ein Bein, ersetzt durch einen Stapel roter Ziegel. Tarik stieg aus, und von der Schwelle aus fragte er jemanden auf Englisch: wissen Sie wo der arabische Brunnen ist? Ich hörte eine tiefe Stimme auf Spanisch antworten, ohne daß ich den Sinn genau verstand. Ich stieg ebenfalls aus dem Wagen. Ich war schweißgebadet. Meine Sonnenbrille hatte sich beschlagen. Ich nahm sie ab und warf einen Blick ins Innere des Cafés, das in Halbdunkel getaucht war. Ich sah, daß die Gäste dem Gespräch lauschten, das zwischen dem Wirt und Tarik stattfand. Als ich einen von ihnen fixierte, vertiefte er sich wieder in eine Partie Tricktrack, die sehr lasch gespielt wurde. Die Spieler hatten eingefallene Mienen, die sie gleichsam schwachsinnig wirken ließen. Der Tisch, an dem sie saßen, war wacklig. Sogar sehr wacklig! Ständig schwankte er unter dem Druck der Spieler. Ich sagte zu Tarik kommst du? was hat er gesagt? und warum mühst du dich ab Englisch mit ihnen zu reden wo sie doch Spanisch sprechen oder irgendeinen regionalen Dialekt der bestimmt von arabischen Wörtern wimmelt aber diese Deppen merken es wohl nicht immer... hör auf mit deinen Komplexen... du sprichst es vorzüglich! Er sagte nein sie wissen nichts sie sagen sogar daß es in der ganzen Gegend keine einzige arabische Ruine gibt sie weigern sich uns zu informieren diese Schweine soviel steht fest! man mag die Araber hier wohl nicht besonders... Entnervt sagte ich: dazu haben sie auch allen Grund! Er sagte: was Kamil du hältst es für richtig daß sie die Araber hassen? Ich sagte jetzt übertreibst du... nicht ganz! Ich lachte ihm ins Gesicht. Stieg wieder ins Auto. Tarik folgte mir. Ich spürte, daß er mit den Nerven am Ende war wegen der aufreibenden Hitze und der schrecklichen Enttäuschung. Der Schweiß rann mir über den ganzen Körper. Ich war durchnäßter als er, der klapperdürr war.

Wenn man bedenkt, daß er einmal fettleibig gewesen ist! Er öffnete das linke Rückfenster. Es kam zwar etwas mehr Luft ins Wageninnere, aber sie war glühend heiß, feucht, dick, sengend und beißend. Ich schloß es sofort wieder. Es gab keinen anderen Weg. Bösartig fuhr er sehr langsam, auf die immer noch ausgefahrene kleine Straße starrend. Es war eine Art blechfarbenes Band, das sich durch den Staub schlängelte. Plötzlich zeigte sich uns ein kleines Dorf. Auf der Seite einige winzige Tabakfelder. Die Häuser waren aus Lehm, methylenblau getüncht. Tarik hielt den Wagen am Wegrand an. Ein kleiner Junge kam wie aus dem Nichts. Er näherte sich dem Wagen. Legte seine Hand auf den Rahmen des linken Vorderfensters, neben den Arm meines Freundes. Er sagte: suchen sie den arabischen Brunnen? Do you look after the Arabian proof? Tarik sagte ja ja! Der Junge sagte: ¡se han engañado ustedes! ¡esta detrás muy detrás! Er machte eine Handbewegung in Richtung auf die im Dunst der Hitze verschwimmenden Hügel. Ich sagte zu dem Kind sprichst du gut Englisch? Es brach in Lachen aus und rannte weg. Gleich darauf kam ein Mann herbeigeschlurft. Eine Henne folgte ihm, unglaublich krakeelend. Er versetzte ihr einen schrecklichen Fußtritt. Sie lief weg, noch mehr gackernd. Tarik sprach mit ihm. Er sagte ¡no no! no hay nada por aqui. Tarik insistierte nicht. Er sagte zu mir man könnte meinen die Hölle habe sich über dieses Land ergossen das ist doch nicht möglich Kamil! Ich sagte das ist kein Land kaum eine Enklave sag mir an welchem Tag genau hat Tarik Gibraltar angegriffen? Er sagte: am 20. August 711! Ich sagte Donnerwetter! bei einer solchen Hitze hätte er bis zum Winter warten können um seinen Feldzug zu starten! bist du sicher? mir scheint diese Schlacht hat eher im Frühjahr stattgefunden... oder es war eine Idee von Musa weil er wollte daß sein Unternehmen scheitert meinst du nicht? Er sagte: ich bin sogar sicher! er wollte ihn aus seinem heimatlichen Numidien entfernen wo die vor kurzem islamisierten Berber aufzubegehren begannen und den erobernden Arabern ernsthaft zu schaffen machten, die voller Hochmut und Überheblichkeit waren wie dieser aufgedunsene Musa der selber voll war von Habgier Fett Streitsucht und Neid.

FÜNFTER TEIL

"Und wieder wähl ich meine Fahrt numidisch,
entlang dem unveräußerlichen Meer...
Keine Verbene zwischen den Lippen, doch auf der Zunge
noch, wie ein Salz, diese Hefe der alten Welt."

Saint-John Perse, *Exil*

Der Geschichtslehrer war nicht mehr zu bremsen, seit er uns mit seinen Thesen über die Wahrhaftigkeit des historischen Faktums und seine Brüchigkeit überrascht hatte. Er setzte seinen Unterricht fort, als wäre nichts vorgefallen, tat, als wüßte er nichts von unserer Enttäuschung, unserem Ekel und unserer Wut. Schlimmer als eine Umwälzung, war es für uns ein wahres Desaster metaphysischer und kosmologischer Ordnung. Die Welt und die Wirklichkeit waren nicht mehr das, was sie vor den ersten Unterrichtstunden über die Einnahme Gibraltars durch die arabischen Truppen waren. Herr Aschur erweckte den Eindruck, als wollte er uns Kummer bereiten, uns desorientieren, unseren Untergang herbeiführen, sagend: Die Historiker sind geteilter Meinung über die tieferen Gründe, die Musa ibn Nusair dazu bewogen haben, Tarik ibn Ziad daran zu hindern, seine militärische Überlegenheit auszunutzen und seine Eroberung fortzusetzen. Einige sagen, Musa habe Tarik deshalb beauftragt, Andalusien zu erobern, um sich seiner sowie der berberischen Soldaten zu entledigen; zumal das gerade erst islamisierte Numidien sich zu erheben begann und er sicher war, daß er mit seinen 10 300 (oder 7 000?) Männern Roderich und seinen 40 000 Kriegern nicht würde standhalten können. Doch als er vom Sieg seines Konkurrenten erfuhr, wurde er von Neid gepackt *Als Tarik einen Boten zu Musa sandte, um ihn vom Sieg seiner Truppen und vom Umfang der Beute zu unterrichten, wurde letzterer darüber äußerst neidisch* (Ibn Khaldun, *Geschichte der Araber und der Berber,* Bd. VI, S. 432) und bekam Angst, daß die Eroberung Andalusiens ihm zum Schaden und jenem frisch islamisierten Numidier zum Vorteil gereichen könnte. Der bislang gebändigte Antagonismus zwischen den beiden Heerführern sollte Verwüstungen anrichten im Geiste Musas, der seinem Emissär den Befehl erteilte, seinen Vormarsch zu stoppen, und ihm die schlimmsten Strafen androhte, falls es ihm einfiele, ihm den Gehorsam zu verweigern. Vor allem wollte Musa nicht, daß Tarik Córdoba überrannte, weil ihm die Einnahme einer so wichtigen Stadt völlig unerträglich war. Andere Historiker vertreten die Ansicht, daß Musa ibn Nusair fürchtete, seine siegreichen muslimischen Truppen könnten steckenbleiben und in einer unbekannten Gegend voller Fallen und Hindernisse versacken. Aber die beiden Thesen widersprechen einander nicht unbedingt. Der von Ibn Khaldun kommt das Verdienst zu, die Geschichte zu subjektivieren und folglich zu humanisieren. Wie dem auch sei, Musa beeilte sich, zu dem siegreichen Heer Tariks zu stoßen, und rüstete dafür eine große Anzahl eigens zu diesem Zweck gebauter Schiffe, die 10 000 Araber und 8 000 Numidier transportieren konnten. Fieberhaft und ungeduldig wartete er darauf, die Eroberung Andalusiens fortzusetzen, trotz seinem fortgeschrittenen Alter und seiner monströsen Fettleibigkeit, die ihm sehr abträglich war (Aber welche Beziehung kann zwischen Musas legendärer Fettleibigkeit und jener Hormonstörung bestehen, der ich zu Beginn der Adoleszenz zum Opfer gefallen war?), so sehr, daß er nicht einmal laufen konnte. Der Generalgouverneur des Maghreb traf zu Beginn des Jahres 712 in Gibraltar ein, wo er von Julian empfangen wurde, dem westgotischen Fürsten, einem geschworenen Feind König Roderichs. Musa nahm sofort Chadona ein und belagerte mit Hilfe Julians einen Monat lang Carmona. Dann zog er gen Sevilla und nahm es ohne einen Schwertstreich. Dann wollte er Merida einnehmen, wo er auf erbitterten Widerstand stieß und wo die Christen einen für die Muslime mörderischen Hinterhalt legten. Doch am Ende fiel die Stadt unter den wiederholten Angriffen der Numidier und der Araber und ergab sich im April 712. Die Güter der Geflüchteten und der Kirche wurden beschlagnahmt, als Entschädigung für die Verluste, die die muslimischen Truppen erlitten hatten. Musa wandte sich sodann gen Toledo, wo er auf Tarik stieß, der in der Nähe biwakierte *Tarik ibn Ziad ging seinem Vorgesetzten Musa ibn Nusair entgegen, empfing ihn herzlich, folgte seinem Befehl und leistete ihm Gefolgschaft. Die beiden Männer setzten ihren Vormarsch fort und drangen tief nach Spanien und Gallien vor; im Osten in Richtung Narbonne und Carcassonne, im Westen in Richtung Cadix* (Ibn Khaldun, *Die Geschichte der Araber und der Berber*, Bd. VI, S. 436); die beiden Männer besiegelten ihr Abkommen und setzten ihren Vormarsch in feindliches Gebiet fort. Überall drückten sie ihre Gesetze und ihren Willen durch, säten Panik in den Reihen der Ketzer und der Ungläubigen und bemächtigten sich einer gigantischen Beute. Nach diesem aufsehenerregenden Sieg soll Musa seinen Untergebenen Tarik gedemütigt und unter der Anklage des Treubruchs in den Kerker geworfen haben. Andere Quellen behaupten sogar, Musa habe Tarik hinrichten wollen. Doch sehr bald soll er ihm seinen vermeintlichen Ungehorsam verziehen und ihn begnadigt haben. Die beiden Männer setzten also ihre Eroberung gemeinsam fort und entwickelten eine gemeinsame Militärstrategie, die Früchte zeitigen sollte. Auf diese Weise nahmen sie Barcelona und andere große Städte ein; Carmona sowie andere Festungen. Tarik drang nach Osten vor, wo er die fränkischen Truppen in die Flucht schlug und Carcassonne und Narbonne einnehmen konnte... Wiederholend (der Geschichtslehrer), was haltet ihr davon, Kinder? Nehmt euch also in acht vor einlullenden und narkotisierenden Thesen! Die Geschichte ist nicht irgendwas, Kinder... sie ist eine sonderbare Dialektik mit einer Springfeder, die euch ins Gesicht schnellt und Millionen Menschenleben dahinrafft, als wäre es nichts, Kinder... Mein Vater entdeckte sehr schnell das Heft, in das ich diese furchtbare Lektion von Herrn Aschur geschrieben hatte, und empörte sich über derartige Thesen, die ihn zutiefst erschütterten. Er nahm es meinem Geschichtslehrer übel. Drohte, ihn aufzusuchen und ihm seine Verstimmung mitzuteilen. Begann, alle Geschichtsbücher über diese Periode der Einnahme von Gibraltar zu lesen und wiederzulesen. Widerlegte auch Herrn Aschurs Argumente eines nach dem andern. Fiel über mich her. Bezichtigte mich der Komplizenschaft und der Ketzerei. Er las also erneut die Bücher von al-Baladhiri, Ibn al-Hakam, Ibn al-Athir, Masudi, al-Isfahani und Ibn Khaldun. Aber die Widersprüche zwischen dem einen und dem anderen Historiker, auf die er stieß, machten ihn wahnsinnig. Schließlich bat er meinen Lehrer um eine Unterredung. Dieser lehnte ab. Mein Vater war darüber gedemütigt und erzürnt. Mehrere Tage lang ging er nicht aus dem Haus. Aus Rache konfiszierte er mir dieses berühmte Geschichtsheft und gab es mir nie zurück. Noch heute, wenn ich ihn darauf anspreche, behauptet er, es verloren oder mir nie weggenommen zu haben.

Ich hatte jenen Schrecken bloßgelegt der unter den geruhsamen Sätzen der Historiker verborgen lag die in Wirklichkeit unglaubliche und unvorstellbare Greuel Widersprüche Kleinlichkeiten Lumpereien und Nichtigkeiten verdeckten jener Art Schreibweise die sich zu allen Zeiten trügerische Alibis verschafft hat um vor jeder Art von Fragen sicher zu sein ich verachtete fortan alle Erwachsenen attackierte ihre Hinterhältigkeiten und ihre Empfindsamkeiten Kamil genannt Kurzschluß wegen der Schnelligkeit mit der er mathematische Aufgaben löste und die jungen Mädchen verführte die alle verrückt nach ihm waren gefangen in meinem Delirium meinem Zorn und meinem Taumel er wußte nicht mehr was er tun sollte um mich zur Vernunft zu bringen mir eine heitere Sicht der Welt zu vermitteln er konnte meiner allzu lange unterdrückten Gewalttätigkeit und Raserei nicht entrinnen auch nicht dieses Dreckschwein eines erbärmlichen Potentaten von 1,60 m der mein Vater war ich rüttelte an den Grundfesten der Rhetorik des Nichtigen und zog die Methodologie des historischen und metaphysischen Ungefähren ins Lächerliche um jeden Preis mußte ich den ungeheuren schrecklichen Dachboden zertrümmern in dem man die Wörter speichert ich wurde auch richtig gewalttätig an dem Tag an dem mein Vater mir mein Geschichtsbuch wegnahm indes der Krieg tobte und mich ganz allein diesen anmaßenden Vornamen Tarik mit seinen schrecklichen Anklängen tragen ließ neue und herbe Empfindungen hatten zu kribbeln zu wimmeln zu knittern begonnen unter meiner Haut als stiegen sie an meinem Rückenmark hoch auf Wegen die übersät waren von den historischen Widersprüchen und den sprachlichen Stammeleien Mama auf der Terrasse im Begriff uns zu sagen verdrückt euch! verdrückt euch! es war ein Wort aus dem Volksdialekt gerade gut genug für die Spitzbuben = die *zufri* (aus dem Französischen die zu *zufri* gewordenen Arbeiter im gesprochenen Arabisch) so wie sie *Schisseritis* erfunden hatte, um schamhaft zu sagen auszudrücken welche Angst sie gehabt hatte als die Soldaten die nationalistischen Slogans entdeckten die mit gelber Kreide auf der Terrasse des Hauses geschrieben standen ich stürzte mich auf das Wörterbuch und fand dieses Wort *(se calter* sich verdrücken) in der *Sprache der Araber* von jenem armen Teufel Ibn Manzur genannt der Afrikaner der das Martyrium erlitten hatte weil er seine revolutionäre Sicht der Sprache durchsetzen wollte trotz der Dummheit der Kalifen der Ignoranz der Linguisten seiner Zeit und dem Dogmatismus der katzbuckelnden Rhetoren er lieh sich ein Kamel um seine Manuskripte von Alexandria nach Bagdad zu transportieren während er nichts zu essen hatte auf jener langen Reise durch die Wüsten während die Welt ihm zusah gleichgültig belustigt und erbarmungslos Mama sagte also verdrückt euch! verdrückt euch ihr Rangen die Soldaten kommen! mir schlugen die Angst und das Entsetzen mitten ins Gesicht an jenem Tag und ich war gekränkt über den Mut von Chems-Eddin der später in den Maquis gegangen war und sich - törichterweise - hatte erwischen lassen in einem kleinen Dorf des Auresgebirges (Menaa) wo die besten Aprikosen der Welt wachsen pausbackig saftig rosig unter der Folter bat er um gelbe Kreide man brachte ihm eine ganze Schachtel er begann wollüstig daran zu schnuppern gestern habe ich auf der Straße seinen Vater getroffen diesen schauderhaften Onkel Hocin und der Offizier sagte er ist bescheuert diese Ratte und der Herr der Entscheidungen sagte mir damals hier siehst du den Meister des heiligen Worts ich sah den blinden Greis der sich näherte heimtückisch blatternarbig und schleimig um eine nagelneue Alfagrasmatte vor meinen Füßen eines Kindes reicher Leute auszurollen ich hatte sogar den Eindruck als vibrierten seine Hände unter der Anhäufung koranischer Wörter von denen er sich nährte die Vibrationen auch das war der Krieg genau dort wurde die Kindheit für immer gestört trotz der Pracht jener ungeheuren safrangelb getünchten Morgenröten die ich aus dem Nichts quellen sah während ich mich der Schwelle der Koranschule näherte vier Uhr morgens Sommersonnenwende was ist das genau? Äquinoktium? im großen Hof der Moschee rieselte bereits jenes gleichsam verflüssigte Licht ich habe geweint als ich von der Verhaftung meines Vetters erfuhr der an gelben Kreidestücken geschnuppert und braune Blutklumpen erbrochen hatte das Licht des Morgens rann zwischen meinen Fingerkuppen und rötete meine kältesteifen Fingerglieder ich sah idiotisch aus in jenem langen Wollkittel den ich wie eine Verkleidung trug um dem neurasthenischen und pädophilen Greis gefällig zu sein der ihn nicht einmal sehen konnte aber so tat als betastete er ihn um die Gelegenheit zu nutzen mir verstohlen die Schenkel zu streicheln! er gab mir einen Stift aus Schilfrohr und eine Tafel auf der der Lehm noch nicht ganz getrocknet war und sagte: schreib: *Und sie werden dich über die Menstruation befragen. Sprich: "Das ist eine Verunreinigung. Darum haltet euch fern von euren Frauen während ihrer Menstruation und nähert euch ihnen nicht, bis sie rein sind* ich sagte: aber nein aber nein nicht Mama! Mama ist rein sie hat keine Verunreinigung! er sagte: schreib: *Sobald sie rein sind, geht zu ihnen, wie Gott euch befohlen..."* ich sagte aber nein! mein Vater ohrfeigte mich und sagte Hurensohn Sohn der Ehebrecherin! der Meister sagte: heb die Füße und zwei kleine Lakaien beeilten sich mir ein Seil um die Knöchel zu binden und es sadistisch festzuzurren der neurasthenische Greis schlug zu und das Blut floß einige Jahre vorher sagte mein Vater zu dem Greis du kannst ihm die Haut abziehen ihn zermalmen ihm die Knochen herausnehmen sie abnagen os carpi und metacarpi tarsi und metatarsi cubitus und radius das Wichtigste ist das göttliche Wort ich vertraue ihn dir an reiß ihn in Stücke wenn du Lust dazu hast was er auch tat das Dreckschwein von einem libidinösen und lasterhaften Greis der mich nicht ausstehen konnte ich sagte zu Chems-Eddin und zu Kamil das stimmt nicht Mama ist rein und sie riecht gut sie riecht nach Rosenessenz ich habe gesehen wie sie die Rosenblätter in einer Phiole mazerieren ließ die mein Großvater ihr geschenkt hatte... es stimmt doch daß Mama gut riecht Kamil sagte natürlich du bist blöde einen vertrottelten erbärmlichen unterwürfigen und fanatischen alten Blinden ernst zu nehmen und Chems-Eddin pflichtete ihm bei mach dir keine Sorgen wir werden ihn morgen umlegen und ihm die Eier fressen das ist schon vorgekommen und der Ehemann der das mit dem Liebhaber seiner Frau gemacht hat ist freigesprochen worden du siehst also was riskieren wir schon andernfalls gehen wir in den Maquis meine Fußsohlen waren fühllos geworden von den Schlägen aber ich hielt stand indem ich immer an den Mut meines Vetters dachte er hatte mir angst gemacht mit seinen Drohungen gegen den Koranlehrer denn ich wußte daß er verrückt genug war seinen Plan in die Tat umzusetzen Mama hatte sich damals angewöhnt ihr Lieblingsparfum selbst herzustellen indem sie Rosenblätter in Wasser mazerieren ließ einen Tropfen Olivenöl hinzufügend damit es sämig weich und seidig werde Olivenöl aus den Früchten des Olivenbaums um den sich mein Großvater ganz besonders kümmerte aber nach seinem Tod wurde er seinem Schicksal überlassen erkrankte gab keine Oliven mehr wurde ein Pfahl oder vielmehr eine Art Pflock der dazu diente die Wäscheleine zu spannen die am Ende des Gartens speziell für die obskuren Bedürfnisse der Frauen bestimmt war ich lief damals absichtlich auf den Wunden meiner Füße um meinem furchtlosen Vetter nachzueifern mich an die Folter zu gewöhnen für den Fall daß ich von den Franzosen festgenommen würde und um nicht zu sehr an jenes Rätsel der zweifelhaften Lappen zu denken die auf dieser ganz besonderen Leine trockneten zumal alle Kinder der Koranschule über meine Weigerung schallend lachten und mich hänselten Botty Totty (Bud Abbot) Baba Patata Voller Mehl bis zur Nase Voller Fett bis zum Hintern nicht aus Überzeugung sondern um sich bei dem Blinden lieb Kind zu machen nein ich habe nichts vergessen von alledem und noch heute müßte ich nur an meinen Fingern schnuppern um den Geruch der gelben Kreide der pflanzlichen Tinte wiederzufinden die nach Sümpfen roch nach den Schenkeln der ersten Frauen meiner Adoleszenz ich habe nichts vergessen vom Blut des Krieges und vom Blut der Frauen und vor allem nicht jenen verfluchten Geruch den die Angst hinterläßt nein nicht im Mund nein nein sondern auf und in der Haut ich habe nichts vergessen auch nicht ihren (meiner Mutter) wunderbaren Vater den ich die Zeitung *(Freiheit)* der fast seit jeher verbotenen Partei verkaufen sah immer in den Zügen der Eisenbahngesellschaft die ihn beschäftigte mein Vater wiederholte mir ständig zu diesem Thema das ist zu einfach er wurde vom Bahnhofsvorsteher protegiert einem schauderhaften Korsen und dreckigen Kommunisten obendrein glaub bloß nicht daß dein Großvater ein Held ist dein Großvater hatte nichts Heldenhaftes an sich noch heute hört er nicht auf ihn zu verleumden und eines Tages habe ich geantwortet wann hörst du endlich auf ihn schlechtzumachen und anzuschwärzen er hat dir nie etwas getan soviel ich weiß und da sah ich zum erstenmal daß er die Fassung verlor das Thema wechselte meine Mutter ist rein und ihre Achselhöhlen sind makellos ohne die geringste schwärzliche Spur wie man sie gewöhnlich bei den Frauen sieht mögen sie noch so sehr auf ihre Körperhygiene achten ich wurde also gewalttätig jähzornig widerwärtig als stiege diese Gewalt nicht nur aus der tiefsten Tiefe der holocaustischen verfälschten und irrationalen Geschichte empor sondern auch aus der Tiefe jener Fiebersümpfe in den fernen Ländern Majunga zum Beispiel oder Borneo oder Kuala-Lumpur oder Haiphong oder Benares oder Tananariva usw Mama konnte nicht verstehen wie schwer die von den Männern begangenen Irrtümer waren sie die nicht einmal wußte was ein Lapsus ist und daher auch nicht verstehen konnte was eine historische Fehlleistung ist sie die sich damals damit begnügt hatte mir aufgekochte Maulbeerblätter auf meine zerschundenen Fußsohlen zu legen ich hatte schon Angst sie würde alle Maulbeerbäume plündern um mich zu pflegen und meine Seidenraupen verhungern lassen aber sie spottete über meine Ängste und die Gefräßigkeit meiner Seidenraupen sagte es ist normal daß du bulimisch geworden bist sieh doch nur wie naschhaft all diese Seidenraupen sind bestimmt eiferst du ihnen absichtlich nach so sehr liebst du sie das brachte mich zum Lachen sie war immer gut gelaunt und verstand es mich zu beruhigen immer komisch in ihrem Pathos und seitdem habe ich mich in einer endgültigen Sehnsucht verklemmt deren Tiefe ich noch heute nicht auszuloten vermag mit jenem von den reißenden Wassern des Rhumel angeschwemmten Leichen die bestürzt waren ob der Überraschung ihres eigenen Todes den sie zwar erwarteten aber stets zu vermeiden hofften vor allem da viele Soldaten zur Verstärkung eingetroffen waren um sich im Land einzunisten es Zoll für Zoll zu durchmessen auf jedem Hügel Wachtürme zu errichten die Kasematten mit Waffen Munition und Proviant vollzustopfen die Städte mit Schrecken und Angst zu erfüllen barbarisch die Berge zu durchkämmen die armseligen Ernten der wenigen davongekommenen Bauern mit Napalm zu übergießen meinen verrückten Vetter zu verhaften der mich noch heute bittet ihm zu erklären was Angst denn eigentlich für ein Gefühl sei das ihm abging oder vielmehr versagt war genau in diesem Moment verschwand Mama diskret sie war nicht einmal krank gewesen Idioten kamen und lasen alles mögliche an ihrem Grab das von Sonne und Licht Würmern und Wurzeln wimmelte ich glaubte es wäre ein Brunnen so schauerlich und tief war die Grube ich hatte Visionen und sah Rosenblätter an die Oberfläche der Grube steigen und lange Sekunden stagnieren nach den Schluchten des Rhumel die von Leichen wimmelten da starb sie nun ihrerseits und wurde eine weitere Leiche das heißt etwas von jemandem in seinem Entsetzen seiner Starre und vor allem seiner ungeheuerlichen Reglosigkeit ich konnte mich jetzt nur noch an Kamil und Chems-Eddin klammern wollte ich nicht in die Falle der billigen Alpträume geraten Mama ich erinnerte mich besonders an ihr ersticktes unbändiges Lachen als die Soldaten überraschend bei uns eindrangen und nachdem sie gegangen waren sagte sie was für eine *Schisseritis* Kinder nur um uns zum Lachen zu bringen und das Klima zu entspannen und der andere jener Tarik ibn Ziad der seinen Truppen vor Gibraltar eine Rede hielt *Hört, wackere Krieger. Wo ist denn der Ausweg? Das Meer ist hinter euch und der Feind vor euch* der es mit seinem Blitzsieg über die Westgoten seinen Händeln mit seinem fettleibigen und streitsüchtigen Vorgesetzten Musa ibn Nusair seiner Naivität eines gerade erst islamisierten numidischen Bergbewohners schließlich geschafft hatte in die Geschichtsbücher und die Schulbücher einzugehen die nicht aufgehört haben meinen Vater umzutreiben der jenen unermeßlichen nicht wiedergutzumachenden und unangenehmen Fehler begangen hatte mir seinen Vornamen zu geben mich furchtbar zu belasten mich in schwere Verwirrung zu stürzen indem er mich zwang jene Bürde des Vornamens Tarik zu tragen mir über die Brüchigkeit der Geschichte klar zu werden ihren Mangel an Objektivität und - bisweilen - ihre lächerliche Seite wie jener Idiot Julian der die Ehre seiner Tochter rächen und deshalb Roderich verraten wollte den König der Westgoten auch mit jener Zweideutigkeit in bezug auf Tariks Herkunft war er nun ein Perser oder ein Numidier und - auch - mit jenem Neid der ihn Musa entgegenstellte dem gleichen Neid der Sulayman ibn Abdelmalik packen sollte den omaijadischen Kalifen des muslimischen Reichs den die Siege seiner beiden Vasallen wütend gemacht hatten so daß mein durch so viele Widersprüche verunsicherter Vater beschloß mir mein Geschichtsheft wegzunehmen und es sich in den Kopf setzte es mir nicht zurückzugeben nicht einmal als ich erwachsen war so wie im übrigen noch andere Hefte darunter das der Lateinübersetzungen *At Iugurtha dum sustentare suos et prope iam adeptam victoriam retinere cupit circumventus ab equitibus dextra sinistraque omnibus occisis solus inter tela hostium vitabundus erumpit denique Numides iam undique fusi* Jugurtha versuchte seinen Soldaten zu Hilfe zu kommen und den beinahe schon errungenen Sieg zu behaupten aber als er von den Reitern umzingelt ist und zu seiner Rechten und Linken alle die Seinen hat fallen sehen stürmt er allein voran und kann sich einen Weg durch die Pfeile seiner Feinde bahnen trotz der Anwesenheit der römischen Reiterei die ihn von allen Seiten umzingelte dennoch endet alles mit der allgemeinen Flucht der Numidier und mein Vater sagte so übersetze doch löse doch $x^3 + 3x^2 - 3x - 1 = 0$ es war Krieg damals die Stadt war an jenem 20. August 1955 von der Armee verwüstet worden nachdem sie lange von den zornigen schwarzgekleideten Frauen besetzt gewesen war die zürnten weil sie täglich ihre Söhne verloren deren Leichen man im Rhumel wiederfand meine Mutter hatte ein altes Spruchband mit einem kommunistischen Slogan geschwungen das ihrem Vater gehört hatte aber davon wußte sie natürlich nichts da sie nicht einmal lesen konnte was darauf geschrieben stand dagegen wußte sie genau daß ein Spruchband immer politisch ist die Leute hielten es ihr vor und sie wischte alle ihre Argumente mit einer Handbewegung hinweg die ihre Verachtung für sie und ihre Liebe zu meinem verstorbenen Großvater ausdrückte in jenem Augenblick versperrten die Frauen den Horizont mit der Schwärze ihrer Schleier und die ewigen Gaffer lachten beim Anblick solch einer ungewohnten Kundgebung die Frömmler nahmen Anstoß die Verräter und die Polizeispitzel machten sich ernsthaft Sorgen vor allem aber dieser schwachsinnige behämmerte bescheuerte bekloppte Onkel Hocin der soviel plötzlichen Mut und unerwartete Courage nicht verwinden konnte er der versucht hatte meine Mutter einzuschüchtern aber sie sagte heftig leg dich doch deinen gottlosen Herren zu Füßen sie weigerte sich also ihr kommunistisches Spruchband loszulassen das sie wie eine religiöse Standarte hielt Chems-Eddin pflichtete ihr bei und legte sich mit allen an die seiner armen Tante Scherereien machen wollten damals war er vom Gymnasium verwiesen worden und arbeitete im Import-Export-Laden des Vaters der die Häfen der Welt überschwemmte mit seinen Kisten voll Zitrusfrüchten frischen Eiern Liliengewächsen aller Art und anderen Hülsenfrüchten einschließlich den Hafen von Gibraltar der lediglich eine Entstellung von Dschebel Tarik war aber er tat als wüßte er es nicht um geruhsam allem gerecht werden zu können und die Politik nicht mit dem Großhandel zu vermischen und niemand konnte damals den immer wiederkehrenden und stets gleichbleibenden Alptraum verstehen den ich jeden Tag hatte seit meine Mutter gestorben war immer sah ich sie auf der Oberfläche eines Sumpfes schwimmen umgeben von Rosenblättern während sie sich doch in einem Zustand fortgeschrittenen Verfalls befand ihre Haut war entsetzlich verwest sie die ihr Leben damit zugebracht hatte bis zur Manie sauber zu sein und peinlich genau auf ihre Körperhygiene zu achten so sehr daß ihre täglich enthaarten Achselhöhlen kahl glänzend und gleichsam eisglatt waren es war immer noch Krieg ich hatte begonnen den Sinn der Wörter zu verdrehen und die Sprache der alten Wörterbücher zu zerstören deshalb studierte ich bei Ibn Manzur dem Mann der die arabische Sprache revolutionierte Ausdrücke die aus ihr verschwunden jedoch zuhauf in den Volksdialekten anzutreffen waren Kamil sagte man braucht bloß zu sehen was Ibn Manzur durchgemacht hat um sein zwanzigbändiges Wörterbuch abzufassen der Ärmste er transportierte jeden handgeschriebenen Band auf dem Rücken eines Kamels zwischen Alexandria und Bagdad wo sich die angesehen Linguisten über seine Initiative und seine Arbeit lustig machten ich hatte mich an die schwierige Lektüre dieses Wörterbuchs gemacht mit einem Ungestüm das in gewisser Weise mit meiner persönlichen Revolte meinen Enttäuschungen meinen Familienproblemen übereinstimmte so sehr daß mich alle anderen Wörterbücher ärgerten mit ihrer versteinerten Sprache ihrer Bestimmtheit und ihrem Dogmatismus mein Vater mochte Ibn Manzur nicht weil er auf ihn neidisch war so wie er mir mein Geschichtsbuch aus Neid auf meinen Geschichtslehrer weggenommen hatte seit er erfahren hatte daß sein Idol Tarik ibn Ziad Kamil sagte sie haben die Wörter in die alten Bücher gesteckt und sie dort vergessen mein Vater wollte mir die zwanzig Bände von Ibn Manzur dem Alexandriner dem Afrikaner wegnehmen daher schaffte ich sie bei Nacht zu Kamil mit Hilfe von Chems-Eddin vor vollendete Tatsachen gestellt wagte mein Vater es nicht die Klinge zu kreuzen er mißtraute vor allem wohl Chems-Eddin weil jemand ihm die Drohung hinterbracht haben mußte die mein Vetter vor einigen Jahren gegen den blinden Greis ausgestoßen hatte zur Strafe dafür daß er mich niederträchtig gezüchtigt hatte und da er auch in Jugurtha vernarrt war nahm er mir auch den *Bellum Iugurthinum* von Sallust weg indes der Lateinlehrer unentwegt sagte und wiederholte hört gut zu Kinder wenn ihr schon sterben müßt dann sterbt wenigstens intelligent ich bitte euch vermeidet es idiotisch zu sterben das wäre schade um talentierte Knaben wie euch es wäre eine Geschmacksverirrung nicht wahr meinetwegen könnt ihr sagen *laudate pueri nullum in mundo bellum sincerum sine furore* statt *laudate pueri nulla in mundo pax sincera in furore* aber bitte keine geschmacklosen Fehler und außerdem aufgepaßt ihr Bengel *pueri cavete canem* dann waren eines Tages auf den Mauern des Gymnasiums plötzlich Slogans gegen den Geschichtslehrer aufgetaucht Aschur in die Kur Aschur red du nur Aschur wir ficken deine Hur Aschur wir vermasseln dir die Tour Aschur bald ergeht's dir wie Kafur

Als er von der französischen Armee gefaßt wurde, die ihn lange verfolgt hatte, konnte Chems-Eddin seinem verheerenden Hochmut endlich freien Lauf lassen. Er wollte keine Vertraulichkeit zwischen sich und den Henkern und sorgte für eine erhebliche Distanz, indem er ihren schlimmsten Abscheulichkeiten widerstand. Als er sich in jenem Klassenzimmer wiederfand, das all seines üblichen Inhalts entleert worden war mit Ausnahme der schwarzen Tafel, packte ihn eine schreckliche Sehnsucht nach der Zeit, in der wir böse und räudige Slogans gegen den französischen Kolonialismus schrieben, auf die Terrasse des großen Hauses, das mehrere Zweige der Familie beherbergte, deren unangefochtener Patriarch mein Vater war; nicht weil er der Älteste war, was nicht zutraf, sondern weil er der Reichste war. Chems schrieb eines Tages ABAT LA FRANSSE! ich erklärte ihm daß das voll orthographischer Fehler sei ich sagte ABAS schreibt sich mit einem S am Ende, nicht mit einem T. Er sagte nein mit einem T. Ich sagte wetten? Er sagte einverstanden ich wette. Wir sahen in einem Wörterbuch nach. Ich hatte also recht. Das störte ihn nicht. Er sagte du weißt immer alles aber ich will nicht daß du das Wort FRANSSE korrigierst das nicht! je falscher es ist desto besser. Chems-Eddin konnte also all seinen Hochmut freisetzen, als er verhaftet wurde, als man ihm Hals, Handgelenke und Knöchel mit demselben Seil festband und ihn in die kleine Schule oben auf dem Berg brachte, wobei man ihn, zum Beispiel, durch viel kleine Dörfer führte, deren Bevölkerung man durch den öffentlichen Ausrufer zusammenrief, im allgemeinen einen armen Teufel von Alkoholiker, der mit den Franzosen gemeinsame Sache machte, damit man ihn mit Rotwein versorge. Zwischen zwei leichten Ohnmachten bemerkte er, daß die Schreibmaschine eine alte REMINGTON war, wie sein Onkel einige in seinem Import-Export-Laden besaß. Er erriet die Marke an dem charakteristischen Geräusch des Wagens. Die Henker waren ein wenig betroffen. Der Oberst, der versuchte, ihm die Namen derer zu entlocken, die an der Ermordung der vier oder fünf Legionäre beteiligt waren, rannte sich den Schädel ein bei einem Mann, der nie etwas zu verlieren gehabt hatte, so verzweifelt war er von Kindheit an gewesen. Er erzählte eine Menge Geschichten. Schwindelte. Spielte hoch. Aber er verriet niemanden. Jedenfalls nicht Kamil, der nie behelligt wurde. Im Laufe der Folterungen sagte Chems-Eddin zu dem Obersten wenn ich unter den Schlägen meines Schweinehunds von Vater nicht nachgegeben habe dann werde ich unter den Schlägen von kleinen Schurken Ihres Kalibers erst recht nicht nachgeben! zumal ich weiß daß Sie mir falls ich rede zwei Kugeln in den Rücken jagen und einen Bericht wegen Fluchtversuchs schreiben werden also? still und stumm Herr Oberst. Genau in diesem Moment bat er um gelbe Kreide, an der er dann zu schnuppern begann. Bis der Oberst entnervt sagte: ich werd sie dir in den Arsch stecken! Was er seine Männer tun hieß. Aber Chems-Eddin war davon nicht einmal gedemütigt. Etwa zwanzig Jahre später sagte er: schließlich war das die Spielregel oder? Angesichts meiner skeptischen Miene sagte er: ich weiß ja nicht! Wenn er seinem Hochmut freien Lauf ließ, so deshalb, weil er sich in der Haut dessen fühlte, der es sich schuldig war, die Schuld seiner Memme von Vater zu sühnen. Er verhehlte sich selbst nicht die Idee, daß er im Grunde nur deshalb in den Maquis gegangen war, um sich von jenem Ekel zu reinigen, den er vor seinem Vater hatte, der sich der Kolonialmacht sehr schnell angeschlossen hatte, heimlich und hinter dem Rücken seines älteren Bruders, der als Nationalist der ersten Stunde bekannt war. Er selbst erinnerte sich nur an die Schlagzeilen der Zeitungen, die ihn trotz allem in Erstaunen setzten, auch wenn er sich in dieser Hinsicht keiner Illusion mehr hingab, besonders wenn einer der politischen Tenöre die Stimme erhob: **WIR BEFINDEN UNS HIER AUF FRANZÖSISCHEM BODEN UND WIR WERDEN ES ZEIGEN!** Kamil sagte dazu: der hätte besser geschwiegen... wie hört sich eine solche Erklärung wohl in zehn Jahren an? Aber man versuchte, die Soldaten aufzumöbeln und der kolonisierten und kolonialistischen Meinung Mut zu machen, indem man um so grimmigere Schlagzeilen produzierte, als die Opfer im allgemeinen arme Teufel von Bauern waren, ein wenig drückebergerisch, ein wenig feige, ein wenig treulos: **EINE BANDE GEFÄHRLICHER GESETZLOSER VÖLLIG VERNICHTET!** Damals, vor seiner Festnahme, belustigten ihn solche Schlagzeilen sehr, vor allem wenn man auf derselben Seite alles vermischte: die Gesetzlosen, die Maße von Gina Lollobrigida, die Grippe der Königin von England, die Weltmeisterschaft im Boulespiel usw.

Gelb. Dann gelblich. Dann wieder gelb. Der Kran schwingt sich empor wie ein schlanker Vogel oder ein riesiger regungsloser Pfeil, die blaue Schicht des Himmels aufschürfend und darauf segelnd wie ein Schiff, das über das Wasser schießt. Aber sehr schnell merkt er, daß der Kran den Raum in mehrere Teile unterteilt, ebenso in Farben, die er in mehrere chromatische Elemente zerschneidet, die er auflöst und abstuft. Das bewegliche Element des gelben Krans, das über den gleichsam milchigen, gleichsam unentschiedenen Raum vor ihm hinwegfegt, verschlingt und verkleinert ihn. Und wenn er dann vor der Sonne vorbeigleitet, scheint er zu schmelzen, sich zu verflüssigen, und seine Farbe weicht auf, trübt sich, verblaßt; dann hellt sie auf bis zur völligen Transparenz, die ihn eine Katastrophe befürchten lassen würde, wenn er nicht wüßte, daß es noch andere Elemente gibt, die er nicht sieht, die aber tief im Boden stecken, völlig regungslos, und den beweglichen Teilen die notwendige Sicherheit garantieren. Von Zeit zu Zeit zeichnet der Arm des Krans einen Schatten auf die Scheibe seines Fensters, die die Rolle eines füglich zwischen dem Auge und der Sonne angebrachten Lichtfilters spielt. Dann gibt es so etwas wie eine Anhäufung kleiner Punkte weicher Finsternis auf dem Gesicht, als striche man ihm mit einem nassen Samtlappen darüber. Das Gerät, oder genauer, sein beweglicher Teil kommt ihm manchmal so nahe, daß er meint, er werde das Fenster durchstoßen und - unweigerlich - in sein Büro eindringen. Aber natürlich geschieht nichts dergleichen. Trotz der Beständigkeit der Bewegung und ihrer Gleichförmigkeit, trotz dieser ziemlich erschreckenden Beherrschung des Raums, über den er meisterhaft hinwegfegt oder den er vielmehr sowohl geschmeidig wie aggressiv besetzt; trotz diesem Eindruck, die Atmospäre aufzuteilen, den er vermittelt, sie zu zerlegen und sogar zu vermindern gemäß den universellen Gesetzen der Geometrie und dem Lärmpegel unter Null, wie sie das Isoliermaterial des dicken gewölbten Glases induziert. Gelb, aber wenn er ein Auge schließt, sieht er ihn (den Kran) schwarz. Die Bewegung erfolgt also in einem identischen, sukzessiven und repetitiven Rhythmus; und im Hintergrund jenes unhörbare vage Rumoren, bestehend aus einer Anhäufung mehrerer Arten von Stille, die er zu vernehmen meint, die jedoch in Wirklichkeit nur eine auditive Täuschung sind; so sehr hatte er sich daran gewöhnt, diesen Kran zu sehen, der große und geschmeidige Kreisabschnitte beschreibt und das Blau des Himmels mit einem blassen Gelb (POTAIN) oder mit einem dunklen Rot (BOUYGUES) überfällt. Alle diese inneren Eindrücke verdanken sich letztlich nur dem Widerspruch zwischen dem gigantischen Volumen der sich bewegenden Geräte und der Enge des Fensterrahmens. Aber jeder Kran hat, unabhängig von seiner Farbe, eine Form, für die seine Funktion ihn nicht vorherbestimmt, eine Art Schwanken zwischen beweglichem Vogel und unbeweglichem Pfeil, in absoluter Stille ausschwärmend, trotz jenem leichten imaginären Rascheln (dem Geräusch der Flügel), verstohlen dahingleitend, unaufhörlich sich schlängelnd, sich modulierend, vom blauen Horizont zum bläulichen Horizont, als wäre er (der Kran) auf der Suche nach irgendeiner Beute, so daß, wenn er in der Nähe der am Himmel schwebenden Vögel vorbeizieht, er Angst hat, er könnte sie streifen, berühren oder gar zerfetzen. Aber natürlich geschieht nichts dergleichen, denn die Vögel haben einen angeborenen Sinn für das Ausweichen, die Finte und die Vermeidung... Gelb also. Auch gelblich. Gleich jenen vor dem Felsen der Meerenge versammelten Pferden, bereit, sich in die entscheidende Schlacht zu stürzen, loszustürmen, zu tänzeln, zu wiehern, zu springen, zu rennen, zu piaffieren, sich aufzubäumen und zu schnauben, ohne Unterlaß. Jene Pferde, die die Reiter der Vorhut der muslimischen Truppen trugen, bestehend aus Musikanten, Standartenträgern, einigen Offizieren, dem Anführer des Feldzugs, Tarik ibn Ziad, genannt der Numidier, gelegentlich genannt der Zanata, und - wahrscheinlich - seinem Adjutanten Tarif ibn Malik al-Nakhi. Die zehn Pferde befanden sich in einer Reihe, mit Ausnahme des Pferdes des Tambourmajors, das zwei oder drei Schritte vor den anderen stand, im Unterschied zu den anderen Reitern, die fest auf ihren Sätteln saßen, die Beine an die Flanken ihrer prachtvollen Tiere gepreßt, die durch ihre Schönheit, ihre Plastizität und die Vorstellung außergewöhnlicher, zentrifugaler, choreographischer und schwindelerregender Schnelligkeit, die sie hervorriefen, die Anwesenheit der muslimischen Offiziere ein wenig in den Schatten stellten, einschließlich derjenigen ihres Anführers, jenes genialen Strategen, der ohne einen Schwertstreich Gibraltar einnehmen, die 4 000 Westgoten niederschlagen und sich den Neid seines Vorgesetzten zuziehen sollte. Einschließlich - auch - seines Adjutanten Tarif (welcher der spanischen Stadt Tarifa ihren Namen gab) ibn Malik al-Nakhi, den die Geschichte rasch vergessen, ausradieren, zunichte machen sollte, weil er - sicherlich - zwischen zwei genialen Strategen eingeklemmt war, Tarik und Musa, deren Persönlichkeiten, Rivalitäten und militärischen Talente den historischen Chroniken Nahrung geben, die Geschichtsschreiber entzweien, die Historiker verwirren sollten, die sie schließlich zu Mythen erhoben, deren Größe nicht sobald schwand; obwohl die beiden Männer ihrerseits nicht der Rachsucht, der Demütigung und dem Neid seitens des Kalifen des damaligen muslimischen Reichs al-Walid ibn Abdalmalik hatten entgehen können, der *Musa ibn Nusair schrieb, ihn vor den Gefahren eines zu tiefen Vordringen ins Innere eines unbekannten Territoriums warnend, dessen Topographie, Relief und Hinterhalte er nicht kenne, und ihm befahl, unverzüglich zu seinen hinteren Stützpunkten zurückzukehren. Er gab ihm Anweisungen, denen zufolge zuerst die Befestigungen von Gelikia zerstört werden müßten, wo sich das Gros der westgotischen Truppen verschanzt hatte. Musa gehorchte diesem Befehl und schickte sich an, die als uneinnehmbar geltende Bastion zu erstürmen, als er ein neuerliches Schreiben vom Kalifen erhielt, der ihn sowie Tarik aufforderte, den Feldzug abzubrechen und unverzüglich nach Damaskus zurückzukehren, weil ihm die zwischen den beiden Männern obwaltenden Zwistigkeiten zu Ohren gekommen waren; zumal er Musa mißtraute und ihm sein machiavellistischer Geist, seine maßlose Habsucht und sein unstillbarer Ehrgeiz nicht unbekannt waren. Er fürchtete, er könnte sich jenes neuen fernen Reichs bemächtigen, zumal man den Kalifen des muslimischen Reichs von dem unvorstellbaren Reichtum der von Musa ibn Nusair zusammengerafften Beute unterrichtet hatte* (Ibn Khaldun, *Die Geschichte der Araber und der Berber,* Bd. IV, S. 544); der Offizier mit der zweihäutigen Trommel stand also einige Schritte vor der restlichen Gruppe, aus welchem Grund weiß man nicht; wie man auch nicht wußte, warum er als einziger auf seinem Pferd stand. Die diversen Musikinstrumente hatten unterschiedliche Farben und Formen und waren unverhältnismäßig groß; das gleiche galt für die Standarten, die Fahnen und das einzige Banner (oder Schild?). Einige waren rechteckig, andere breit und wieder andere quadratisch, usw. Die Farben wechselten je nach den von den Reitern getragenen Farben. Man sah hier Rot, Braun, Kastanienbraun, Grau, Weiß, Schwarz usw. Was die Kleidung der Krieger betraf (von ihren Waffen gab es keine Spur), so waren sie von verschiedener Farbe, aber von identischer Form, so zum Beispiel die Turbane jener Offiziere, die vor der Meerenge von Gibraltar standen, hinter der sich die 40 000 Westgoten versammelt hatten; bereit (die Araber), zur Ebene von Jerez vorzustürmen. Alle Mitglieder dieser Gruppe schauten nach Westen, was den Eindruck erweckte, als ob sie leicht schielten oder scheel blickten. Aber das Gelb blieb - trotz allem - die beherrschende Farbe auf der Miniatur, die schon immer über dem Schreibtisch des Vaters gehangen hatte, am Ende des riesigen Ladens, der jenen ewigen penetranten klebrigen und modrigen nach faulen sauer gewordenen und stinkenden Früchten bewahrte, sogar in der toten Jahreszeit, während der der Export stockte. Doch obwohl das Gelb überwog, zog das dunkle Rot die Aufmerksamkeit auf sich, weil die anderen Farben verblichener und stumpfer waren. Vielleicht hatte man diesen Eindruck auch deshalb, weil das vor den anderen stehende Pferd rotbraun war, in der Mitte der Miniatur einen dunklen Fleck bildend. Obwohl in Wirklichkeit ausnahmslos alle Farben gleichsam abgebröckelt waren, stumpf, achromatisch, abgeblaßt usw. Als hätte man sie, gleich nachdem der Maler seine Arbeit beendet hatte, in Wasser gelegt. Aber alle diese Eindrücke sind lediglich übertriebene Hirngespinste, insofern dieser Eindruck von Stumpfheit im wesentlichen der Zeit zuzuschreiben ist und dem sich zwangsläufig daraus ergebenden Verfall sowie der Kraft der Dinge.

Seit dem Tag, an dem Mama starb, hatte ich nie den Geruch des Todes loswerden können, der das Haus erfüllte, so daß ich mich daran gewöhnt hatte, ihn jedesmal zu atmen, wenn ich das alte Haus betrat, sogar mein eigenes Zimmer, dessen Außenwand der schäumende Maulbeerbaum völlig überwuchert hatte; die Wand, die im Osten liegt. Auf diese Weise tränkte der Geruch des Todes nicht nur das Zimmer, in dem sie gestorben war und in dem man sie gewaschen hatte, sondern er hatte sich überall ausgebreitet, sogar im Garten. Dieser Geruch bestand im übrigen nicht aus einem einzigen, leicht festzustellenden Element, sondern aus mehreren Nebengerüchen. Er war in Wirklichkeit eine Mischung, eine Mixtur aus verfaulten Pilzen, alkalischem Schweiß; jenem, der aus den übelriechenden Körpern der Koranleser sickerte *Und sie werden dich über die Menstruation befragen. Sprich: "Das ist eine Verunreinigung. Darum haltet euch fern von euren Frauen während ihrer Menstruation und nähert euch ihnen nicht, bis sie rein sind. Sobald sie rein sind, geht zu ihnen, wie Gott euch befohlen. Wahrlich, Gott liebt die Bußfertigen und die sich Reinigenden*" (Koran, Sure von der Kuh, Vers 222), der Koranleser also, armer Teufel mit mickerigem Körper, zerschlissenen Kleidern, schriller und zugleich eintöniger Stimme; Kampfer, mit dem man den Leichnam eingerieben und das Leichentuch getränkt hatte; Benzoe mit seinem dichten herben Rauch, der in Spiralen aus dem Kohlenbecken stieg, das Tante Mamia, ihre Lieblingsmagd, hysterisch auf der Innenfläche ihrer rechten Hand kreisen ließ, völlig weggetreten wie sie war, usw. An jenem Tag hatten die Wäscherinnen sich ihres Körpers bemächtigt, sich ihn gewissermaßen angeeignet mit viel Überheblichkeit und Arroganz. Ich sah ihren nackten Leichnam, ausgestreckt auf den Marmorfliesen des kleinen maurischen Familienbads unter dem Dach des Hauses. Gleich einem Häufchen Knochen, Muskeln und Häuten. Sie hatte ohnehin einen schmächtigen Körper und eine durchsichtige Haut, jetzt aber wirkte sie noch schmächtiger, zerbrechlicher, hinfälliger und durchsichtiger; mit ihren geschlossenen Augen und ihrem Mund, der sich nicht schließen wollte, so daß man ihr ein rosa Tuch mit Goldpailletten um das Kinn band, damit ihr Mund geschlossen blieb. Man hatte den Eindruck, daß sie nicht länger schweigen wollte, sie, die ihr Leben in Schweigen, Resignation und Geduld verbracht hatte. Seither habe ich mich nie von ihrem Geruch nach Rosenessenz befreien können, auch nicht von ihrem Geruch einer Toten, die nach Kampfer, Antiseptika, Kresol und Chlorwasser stank. Mein Vater verstieg sich sogar dazu, ein paar Koranverse an ihrem Leichnam zu lesen, bevor er abgeholt wurde. Ich hatte wirklich Angst, er könnte sich vergessen und jene obszönen Verse der 2. Sure, genannt die Sure von der Kuh, aufsagen; die unter dem Diktat des blinden Meisters zu schreiben ich mich - als Kind - geweigert hatte. Aber er vergoß keine einzige Träne. Ich weiß nicht, warum ich davon überzeugt war, daß das Ableben meiner Mutter nicht wirklich natürlich gewesen war, sondern - gewissermaßen - ein Selbstmord, der es ihr ermöglicht hatte, diesem grünlichen Sumpf zu entfliehen, dieser Art grüner Hölle, die das Haus war, völlig überwuchert von der strotzenden Vegetation des Gartens, der die Mauern umgab und sie einschnürte, so daß man immer zu ersticken meinte, wenn man es betrat. Diese beängstigende Situation nötigte den Herrn der Örtlichkeiten dazu, an den Türen und Fenstern Gitter anzubringen, um zu verhindern, daß die buschige Vegetation in die Zimmer drang. Das machte die Örtlichkeiten nur noch dunkler, in denen eine giftige und stinkige Atmospäre herrschte wie in einem Grab, einem Sterbehaus, einer Leprastation, einem Schlammloch, einer Moderkammer. Als ich erwachsen wurde, hatten alle darin wohnenden Onkel beschlossen, auszuziehen außer Onkel Hocin, seiner Frau Nana und ihrer zahlreichen Nachkommenschaft, in der Chems-Eddin sowohl das schwarze Schaf, die lahme Ente wie der verlorene Sohn und das Wunderkind war. Meine Mutter starb also plötzlich zu jenem Zeitpunkt, da ich, meiner Fettleibigkeit ledig, sicherlich unter dem Einfluß der Adoleszenz zusammengeschmolzen war. Mein Vater jedoch hatte mich schon immer von sich ferngehalten, wegen seiner zahlreichen Ehefrauen, seiner unzähligen Mätressen und der unabsehbaren Zahl seiner Kinder. Wenige Monate vor ihrem Tod erzählte mir meine Mutter in allen Einzelheiten von jener Kundgebung, die die Frauen spontan organisiert hatten, nach dem Blutbad, das die Kolonisten und die französischen Soldaten in Constantine angerichtet hatten, am 20. August 1955. Das war zu Beginn des Krieges. Später, 1958, wurde Chems-Eddin, die Waffe in der Hand, festgenommen. Sein Vater jauchzte vor Freude, als er es erfuhr. Augenblicklich suchte er den Militärkommandanten auf, um ihn zu diesem Fang zu beglückwünschen und eine Erklärung zu unterschreiben, in der er versicherte, daß er die Ideen seines Sohns absolut nicht teile und sich dem großen edelmütigen Frankreich, der Mutter aller Unterdrückten, zur Verfügung stelle. Die Demonstrantinnen hatten an jenem Tag den Inhalt ihrer Körbe ausgekippt, randvoll mit verfaultem Gemüse, verwesenden Tieren (darunter eine achzigjährige (oder fast hundertjährige?) Schildkröte, die sie - meine Mutter - so zärtlich aufgezogen hatte; vor kurzem verendet und von ihr selbst im Garten begraben; die auszugraben und als fauliges, erschreckendes, ekelerregendes, aber wirksames Geschoß zu benutzen ihr in den Sinn gekommen war!) und verdorbenen Krustentieren. Die Körbe sahen aus wie gehässige und bösartige große Vögel, die wogend den Raum bespritzten und schließlich mit voller Wucht die Soldaten trafen. Der tunesische Krapfenhändler weinte an jenem Tag alle Tränen seines Körpers, weil die Demonstrantinnen seinen Kessel mit siedendem Öl umgestoßen hatten, qualvoll die Soldaten verbrennend, die emsig und übereifrig damit beschäftigt waren, ihnen blutige Bajonette in Bauch und Geschlecht zu stoßen. Die Stadt war seit mehreren Wochen in Aufruhr. Die Frauen hatten unerwartet und unverhofft ihre Häuser verlassen und Straßen und Plätze besetzt. Sie hatten ihre schwarzen Schleier ausgebreitet, so daß die Ordnungskräfte den Horizont völlig versperrt sahen. Das Gebet für die Sterbenden wurde gesprochen, heimlich, wegen der Razzien, der Sperrstunde und des Stacheldrahts, der zum erstenmal in der Stadt aufgetaucht war. Ein Kind spielte an jenem Tag mit einem Käfig voller Kanarienvögel, denen er Kunststücke beibrachte. Er gab seinen hochbegabten Vögeln den Wink, auf die Truppen zu urinieren, und sie wurden reichlich begossen. Dann stimmten sie die Revolutionshymne an. Was die Soldaten so wütend machte, daß sie auf die Terrasse kletterten, wo sich der Käfig befand, und ihn mit Säbel- und Bajonetthieben zertrümmerten. In der allgemeinen Aufregung schlug ein senegalesischer Unteroffizier mit einem Schwerthieb den Kopf des Kindes ab. Das war der Anlaß des Gebets für die Toten, verbunden mit dem Gebet für den Abwesenden.

Onkel Hocin eilte also an dem Tag, an dem man seinen Sohn Chems-Eddin festnahm, zu dem Ortskommandanten und versicherte, daß er ihn verleugne und die gerechte Sache Frankreichs unverbrüchlich unterstütze. Etwa zwanzig Jahre später konnte ich nicht länger an mich halten und erklärte ihm, sein Sohn sei der beste aller Menschen. Was ihm in höchstem Maße mißfiel. Er sagte er ist bloß ein schwachsinniger Alkoholiker! Ich sagte vielleicht trinkt er, um zu vergessen, daß sein Vater immer ein Verräter gewesen ist, ein Spitzel der französischen Armee. Und da stand er nun mitten auf dem Trottoir, verdattert, baff, erschüttert, niedergeschmettert, wie vom Schlag gerührt, abwesend, verblödet usw. Er war sehr gealtert, seit ich ihn das letzte Mal gesehen hatte. Sein Hals einer senilen Schildkröte sah aus, als wäre er aus Packpapier und als schlotterte er in seinem zu weit gewordenen Hemdkragen. Sein Körper war gleichsam nur noch ein weicher, haltloser und zerknüllter Haufen schlaffer Muskeln, wabbeligen Fleischs, verblühter, runzliger, welker und zerknitterter Haut. Eine Art magerer zerlumpter Vogelscheuche, hier aufgepflanzt auf dem Trottoir, vor dem Hauptbahnhof. Seine entgeisterten, weit aufgerissenen Augen fixierten mich auf anarchische und zerfahrene Weise, aber er hatte nicht die Stirn, mir zu widersprechen. Ich machte mir seine Bestürzung zunutze und schleuderte ihm ein zweites Mal ins Gesicht: dein Sohn Chems-Eddin ist der beste aller Menschen! Er schwitzte eine Mischung aus Unterwürfigkeit, Feigheit und Schiß aus, die ich seit jeher an ihm kannte. Ich hatte in diesem Augenblick den Eindruck, daß er mit seinem zahnlosen Mund, seinem Adamsapfel und seinen beiden Augen gleichzeitig zu mir sprach. Er beeilte sich, das Thema zu wechseln, und begann, von meinem Vater zu sprechen, sagend: ah wirklich dein Vater er hat nie Glück mit den Frauen gehabt... Ich antwortete nicht auf eine so vulgäre Provokation; als erreichte mich seine Stimme vom fernsten Ende der Welt. Ich versuchte, unsere Begegnung zu beenden und ihn loszuwerden, indem ich mich bemühte, seine Hand zu erwischen, um sie ihm zum Abschied zu drücken; aber vergebens. Es war nicht wirklich eine Hand, sondern eine Art verdorbener, schleimiger, toter Fisch, mit Öl eingeschmiert und mit Seife umhüllt. Also eine im wesentlichen gelatinöse Hand, glitschig, schlüpfrig, schlaff, gleichsam mit Vaseline eingefettet. Ich erinnerte mich an die Übersetzungsübungen im Büro meines Vaters. Wie dies übersetzen: ein fischiger Fisch, schleimig, ölig, und mit Seife umhüllt? In eben jenem Büro, in dem immer die Miniatur von Wasiti hing, Zeuge meiner Schrecken, meiner Leiden und meiner Ängste. Mein Vater sagte: sehen wir uns doch diesen Text von Sallust über Jugurthas Kriege an. Und er begann mit Stentorstimme theatralisch zu deklamieren, seine Brille halb aufgesetzt: *Igitur quarto denique die haud longe ab oppido Cirta undique simul speculatores siti sese ostendunt, qua re hostis adesse intelligitur. Ita Iugurtham spes frustata:*

Igitur:	somit
Quarto:	vierter
Denique:	am Ende
Haud:	nicht
Longue:	fern
Ab:	von
Oppidum:	befestigte Stadt
Cirta:	Cirta (Constantine)
Undique:	auf allen Seiten
Simul:	gleichzeitig
Speculatores:	Späher
Siti:	gelegen
Sese:	sie
Ostendunt:	sehen
Qua:	woraus
Re:	Sache
Hostis:	Feinde
Adesse:	anwesend sein
Intelligitur:	verstanden
Ita:	als
Iugurtham:	Jugurtha

Spes: Truppen
Frustrata: verteilt

Onkel Hocin fing aufs neue an: nein wirklich der Arme! er hatte nie Glück mit den Frauen. Ich sah, daß er sich von neuem gehen ließ, abdriftete, sich lockerte, weil er gespürt hatte, daß ich zögerte, ihn einfach stehen zu lassen, weil er mir leid tat. Und er fuhr fort: sieh dir Nana und mich an das reine Glück! Plötzlich brach er in irres Gelächter aus. Er konnte nicht mehr an sich halten. Es war nicht zu unterdrücken. Er geriet außer sich. Ich aber war mir sicher, daß er eher so tat, als packte ihn dieses verfluchte satanische irre Lachen. Meiner selbst war ich gar nicht sicher. Ich sah ihn also lachen wie - wie sagt man doch gleich? wie einen Buckligen; wieso eigentlich! ich habe mich immer gefragt, was dieser Vergleich soll und dieses Bild? warum sollte ein Buckliger mehr lachen als ein Nichtbuckliger? was für eine Verirrung, all diese Sprachen! Ich sah ihn also lachen wie einen Buckligen, rundheraus, jetzt, da er mein Zögern bemerkte, meinen Mangel an rascher, blitzschneller Reaktion; den Mund vollnehmen; geradezu triumphieren; seine faulen, mit Zahnstein verkrusteten, fehlenden Zähne zeigend; mit Löchern hier und dort (Kamil pflegte zu sagen das stopft dir ein Loch anus sinus cosinus na!), Essensresten und Tabakkrümeln usw. Mit einemmal packte mich die Wut. Ich war außer mir. Fuchsteufelswild. Genarrt worden zu sein von diesem alten Affen, den ich immer gehaßt habe, so lange ich zurückdenken kann; und der dabei war, dieses schäbige lächerliche und haltlose Straßenscharmützel zu gewinnen. Er nutzte es aus, sein Gift zu verspritzen. Gott vergebe meinem armen Bruder... und was Chems-Eddin angeht so solltest du dich vor ihm hüten und nicht mehr mit ihm verkehren er ist eine wahre Plage ein elender Säufer... Da beschloß ich sehr schnell, mich zu rächen, nicht an diesem schwachsinnigen stupiden Onkel, sondern an mir selbst. Ich sagte also hastig: vielleicht trinkt Chems-Eddin deshalb soviel damit er vergißt daß sein Vater ein dreckiger Zuträger ist der viele Widerstandskämpfer an die französische Armee verraten hat... Ich ging weg und ließ ihn stehen wie eine vom Blitz erschlagene Vogelscheuche. Apoplektisch. Epileptisch. Sein in der Kehle steckengebliebenes Lachen. Nach ein paar Schritten drehte ich mich um und sah, daß er nach rechts und nach links blickte, als fürchtete er, ein Passant könnte gehört haben, daß ich ihm die Wahrheit sagte. Da stand er also. Ich hatte Angst, er könnte das Bewußtsein verlieren, so erschrocken wirkte er. Ich sah ihn in all seiner Lächerlichkeit, Komik, Absurdität, Banalität, Gewöhnlichkeit, Vereinsamung, Verlassenheit, Nichtigkeit, Albernheit und Unwirklichkeit. Da steckte er also tief in seiner ewigen, ständigen Einsamkeit, der er nie entronnen war. Ich sagte mir soll er doch zu Nana gehen und an ihrer Brust saugen, er, der nur diesen Namen im Munde führt. Nana hier! Nana dort! Diese Nana, die meine Kindheit verdorben hatte mit ihren prachtvollen Schenkeln, immer weit geöffnet über jener Art unglaublicher, unbeschreiblicher Geheimniskrämerei, erschreckend in dem, was sie an Leben, Tod, Ewigkeit, an ungereimtem und irrsinnigem Weltsinn präfigurierte! Geh doch und sauge an der Brust deiner Nana, elender Feigling, Speichellecker, Verräter. Und er stand immer noch an derselben Stelle, regungslos, unglücklich; indes die leuchtenden gleichsam von der Sonne emulgierten Pastillen und die verschnörkelten Lichtkringel begonnen hatten, sich auf seinem grämlichen Gesicht widerzuspiegeln, durch das Laub der Bäume hindurch; was sein Gesicht sprenkelte, Ton in Ton, wie bräunliche Brandblasen; und seine Hände auf seltsame, erschreckende Weise grün gefärbt, als käme es - dieses grüne Licht - nicht aus den Bäumen, sondern - vielmehr - vom Ende der Welt oder von hinter jener Geschichte, die, unerbittlich und ungreifbar, alles zu Staub zerfallen läßt und in seinem Schwung abbremst, was ihren Vormarsch behindern könnte.

SECHSTER TEIL

"... wie schön deine Mutter war, wie sie bleich war
Wenn sie, so groß und müde, sich bückend...,
Und wenn, zerteilend eines Traumes Umschattung, der helle Schein der Musseline
Einflutete in deinen Schlaf!"

Saint-John Perse, *Preislieder*

Als Kind schlug ich eines Tages ein Buch auf. Ich erblickte darin mehrere Illustrationen. Eine von ihnen entsetzte mich und grub sich für immer in mein Gedächtnis. Das Bild erweckte den Eindruck von etwas Vagem und Dunklem; gleichsam kastanienfarben oder - genauer - braun und blutrot zugleich. Wie getrocknetes Blut. Der wie in Eile getünchte Himmel war kupferfarben. Er zeigte ungeheure orangefarbene Feuersbrünste am ganzen Horizont. Ihre Flammen erfaßten die gesamte Fläche der Illustration und schoben sich unter die Hufe, die Bäuche und die Brüste der Pferde mit ihren übertrieben hervortretenden und glänzenden, gleichsam öligen Muskeln; erschrockene Pferde also, sich aufbäumend, wiehernd, auf den Hinterbeinen stehend. Auch dies: auf der Zeichnung waren die Augen der Frauen *(ihr wißt wohl, daß diese Halbinsel herrliche Frauen von sinnlicher Schönheit birgt, Töchter hellenischer Könige, funkelnd von Perlen und Korallen, gekleidet in prächtige Gewänder aus mit Gold- und Silberfäden besticktem Musselin; in den Wohnungen der angesehensten Herren...)* aus den Höhlen getreten, entsetzt, schreckensstarr, verdreht, verstört; flüchtend oder verzweifelt zu fliehen versuchend; zwischen den Beinen der Pferde, den Waffen der Kämpfenden und den Gliedern der Leichen. Manche zogen widerspenstige Kinder hinter sich her oder von Starrsucht befallene Babys mit weißem, dickem, gallertigem oder - vielmehr - gleichsam ausgetrocknetem Schaum vor dem Mund, was dieser Anhäufung von Aas, Unheil, Feuersbrünsten und Schrecknissen - paradoxerweise - einen komischen Aspekt verlieh. Vielleicht rührte diese etwas hysterische, ängstliche und entsetzte Reaktion lediglich von einer deutlich sichtbaren Übertreibung her, einem Übermaß an technischen Einzelheiten, die das Gesamtbild dieser Horror- und Höllenvision wenig glaubhaft, unwirklich und daher - letzten Endes - sehr komisch erscheinen ließ. Mit all diesen Strömen von Blut, das in hochroten Fontänen aus den klaffenden violetten Wunden quoll; all dieser Fülle von grausigen Eingeweiden in Großaufnahme und, häufig, im Vordergrund; all dieser Flut unerträglicher Bilder, wie - zum Beispiel - dem jener Frau mit dem von einem Säbelhieb herausgerissenen Auge ihres eigenen Babys zwischen den Zähnen. Usw. Was war das nur für ein Buch? Das der Übersetzungsübungen, arabisch-französisch und *vice versa*; sicherlich! Das heißt das Buch mit den zu übersetzenden Texten, die zumeist den arabischen Eroberungen gewidmet waren. Was die Aufmerksamkeit meines Vaters geweckt hatte, der eine so schöne Gelegenheit nicht verstreichen lassen konnte, ohne sie wahrzunehmen, um sein unglaubliches Wissen, seinen Fanatismus und seine Leidenschaft für die Übersetzung auszubreiten. Er umzingelte meine Schulzeit und versuchte, mich in seine Leidenschaft für die Welt einzusperren. Ich verbrachte meine Zeit also damit, aus Leibeskräften zu übersetzen. Wort für Wort, so wie man sagt, daß man auf der Stelle tritt. Ohne mich um den Sinn oder die innere Logik des Textes zu kümmern. Nie das Wörterbuch zu Hilfe nehmend, weil er es mir ausdrücklich und ein für allemal verboten hatte. Wortlos seine kleinliche, pedantische und himmelschreiende Zensur über mich ergehen lassend. Sagend. Wiederholend (mein Vater) übersetze du Dummkopf worauf wartest du noch was nützt dir ein Wörterbuch das taugt nur für Faulpelze und Nichtskönner übersetze und versuche nicht mich reinzulegen ich habe dich im Auge... Ich gehorchte, indem ich Wort für Wort übersetzte quer durch all jene Schlachten, jene Kriege und jene menschlichen Katastrophen, angefangen mit Jugurtha und seinem numidischen Widerstand gegen die römischen Heere bis hin zum Krieg von Salah Bey und seinem Bruder Ahmad Bey gegen den General und Herzog von Aumale, mit der Belagerung von Constantine, die, im Jahre 1846, mehrere Wochen dauerte oder mehrere Monate

oder mehrere Jahre oder was weiß ich; bis hin zu jenem Krieg, dessen Zeuge ich heute, 1959, war; der die Stadt in einem Strom von Blut, Schlamm und unerhörter Bestialität versinken ließ; nicht zu vergessen - natürlich - Tarik ibn Ziad und seine Invasion Spaniens. Ich war - entschieden - angewidert von diesem Pesthauch der Toten, der mich überall verfolgte, einschließlich des Geruchs ihres Todes, meiner Mutter, die immer gut gerochen hatte, nach der Essenz von Rosenblättern, mazeriert in Weihwasser, Olivenöl und Holzalkohol; aber ich versuchte trotzdem, seinen (meines Vaters) Ansprüchen zu genügen, quer durch jene holocaustische Sicht einer Welt, die grausam verstümmelte Leichen, furchtbar mißhandelte Gefangene, bestialisch massakrierte Frauen und Kinder anschwemmt... *Er zerschlug die westgotischen Horden, machte Tausende von Gefangenen, raffte eine phantastische Beute zusammen und verwüstete gnadenlos die Ländereien dieser gottlosen Völker, bis er sich der völligen Vernichtung der gotischen Rasse sicher war. Die muslimischen Heere fegten alle Hindernisse hinweg, die sich auf ihrem Weg befanden, drangen tief ins Innere des Frankenlandes vor und besetzten seine Ebenen und Berge. Der Wind des Islams blies über alle diese ketzerischen und heidnischen Völkerschaften wie ein heilsamer Sturm. Wonach Tarik den Rückweg nach Osten antrat, zusammen mit allen gemachten Gefangenen, der ergriffenen Beute, den erbeuteten Waffen und Munitionen, getragen auf dem Rücken von Menschen und Pferden. Man sagt, es habe dort über 30 000 Gefangene gegeben* (Ibn Khaldun, *Die Geschichte der Araber und der Berber*, Bd. IV, S. 433). Und er, mein Vater, fuhr fort sich aufzuregen, aus der Haut zu fahren, zu sagen, übersetze so übersetze doch du Schwachkopf; während ich ihn fragen wollte, welcher Zusammenhang denn bestehe zwischen all diesen toten Goten, Westgoten, Franken, Galliern, Franzosen, Algeriern und dem Tod meiner Mutter? Aber ich stelle ihm diese Frage nicht, da er außerstande war, mich zu verstehen. Ich übersetzte also Wort für Wort (ونزل بهم جبل الفتح)
=(Er ließ sie am Felsen des Sieges an Land gehen) (فسمي به)

=(Dem er seinen eigenen Namen gab). Und er brauste auf, sagte du sturer Esel das ist keine wörtliche Übersetzung was du da treibst... du willst mich provozieren mich verhöhnen... ich weiß daß du es eilig hast auf diesem lächerlichen Fußballplatz zu trainieren... du glaubst wohl ich weiß nicht Bescheid über diesen Skandal über diese Schande in die du die ganze Familie bringst... du glaubst wohl du kommst so einfach davon... klar hast du es eilig Fußball zu spielen... du willst nicht wörtlich übersetzen nicht wahr? du wagst es mir nicht zu gehorchen... das wundert mich überhaupt nicht gar nichts interessiert dich weder das Übersetzen noch Arabisch noch Französisch noch Latein noch Geschichte noch Mathe noch Theologie noch... nichts von alledem interessiert dich... du bist eine Null ein Versager genau das bist du aber Fußball o ja! und du glaubst ich weiß nicht Bescheid daß du deine nackten Schenkel auf diesen lächerlichen Fußballplätzen zur Schau stellst die ganze Stadt weiß Bescheid und macht sich hinter meinem Rücken lustig... in allem bist du eine Niete und Jugurtha der ist dir schnuppe Jugurtha *At Jugurtham dum sustentare suos et prope iam adeptam victoriam retinere cupit, circumventus ab equitibus, dextra sinistraque omnibus occisis solus inter tela hostium erumpit. Denique Numides iam undique fusi!* = Jugurtha will die Seinen unterstützen und den Vorteil eines Siegs bewahren, der fast überwältigend gewesen wäre, daher war er ganz allein losgestürmt und hatte sich auf seine Feinde gestürzt, angespornt von seinen rechts und links auf der Erde liegenden Soldaten; und trotz der gegnerischen Reiterei, die ihn von allen Seiten umzingelte, konnte er sich einen Weg durch die feindlichen Reihen bahnen. Dennoch endete alles mit der allgemeinen Flucht der Numidier! sein Mut sein militärisches Genie und alle Siege die er über die Römer errungen hat... das alles ist dir schnuppe weil er offensichtlich den Krieg verloren hat aber es ist die Schuld von Verrätern deiner Sorte daß er diese Kriege verloren hat... du brauchst dir nur deinen Onkel Hocin anzuschauen und du verstehst alles... hältst du mich für dämlich oder was? glaubst du ich wüßte nichts von seinem Gemauschel mit den Franzosen und daß du heimlich in der Mannschaft des MOC spielst? der Herr spielt Fußball und zeigt dem Publikum seine Schenkel der Herr treibt jeden Sonntag Nudismus... man hat mir gesagt daß du unter einem Pseudonym spielst... ha - ha - ha wie witzig... Zuba II. hat man mir gesagt? warum nicht Juba II. oder Jugurtha wenn du schon mal dabei bist das macht wenigstens was her! unter einem Pseudonym weil du dich deines Vornamens schämst ha! was ist mit deinem Vornamen das du ihn so verabscheust... ich dagegen hätte gewollt daß mein Vater mich Tarik nennt... das ist hübsch ein wahres Symbol... warum nicht Massinissa wenn schon das macht wenigstens was her... ha! ha! ha! Er stürzte sich in ein cholerisches Selbstgespräch, lachte mit all seinen Zähnen, nahm mich sadistisch, grausam und maßlos auf die Schippe. Und ich sagte mir dein Tarik ibn Ziad was hat es ihm genützt daß er dem Felsen der Meerenge seinen Namen gab? wer weiß heute noch daß es Dschebel Tarik = Gibraltar ist. Ich wußte nicht daß er im Bilde war daß ich Fußball spielte... bestimmt hat mich jemand verpfiffen... er wird nie begreifen daß es falsch von ihm war mich Tarik zu nennen... es müssen die Söhne seiner letzten Ehefrau Kamar gewesen sein die mich verpetzt haben... ganz sicher! könnte er mich doch bloß in Frieden lassen mit all diesen berberischen numidischen römischen arabischen gotischen westgotischen algerischen algebraischen Geschichten mit seinen Obsessionen der Übersetzung mit seinen Fixierungen auf die Gleichungen dritten Grades... Herrgott nochmal... ganz bestimmt haben die Kinder der Stiefmutter mich verpetzt... dabei zahle ich ihnen alle Süßigkeiten die sie wollen damit sie den Mund halten... falls es nicht Onkel Hocin war... der Verrat damit kennt er sich aus das ist sein Gebiet seine Spezialität... Plötzlich holt er unter dem Schreibtisch seinen herrlich geschnitzten Stock hervor und droht mir: gibst du zu daß du heimlich Fußball spielst? Ich sagte: nein! Seine Augen traten aus den Höhlen wie die der von den muslimischen Soldaten verfolgten gotischen

Frauen in meinem Übersetzungsbuch. Ich sagte also: nein!... nie habe ich einen Fußballplatz betreten... das sind Verleumdungen... Er hob den Stock aus Ebenholz (oder Adobe?) und schlug mich. Ich sagte mir soll er doch schlagen soviel er will es ist nicht schlimmer als die Hiebe des Koranlehrers als ich klein war... jetzt bin ich ein Mann!... **dargaz!**... soll er sich austoben wenn er mich bloß in Frieden läßt mit dieser Fixierung auf meine Schularbeiten was geht es mich an... wer hat mich verpfiffen? WMOC! ich bin Schläge gewohnt... soll er doch schlagen ich scheiß drauf immerhin haben wir denen aus Bône eine Abreibung verpaßt 4 zu 1 erst diese Woche! nein ich werde es nie zugeben soll er doch kommen und sehen wie gut ich Fußball spiele der Trottel ich habe sogar ein Tor geschossen Trottel! Ich schwitzte Blut aber ich sagte kein einziges Wort. Er schickte mich weg. Ich ging ins Haus um mich zu waschen und sagte mir er kann mich mal! ich bin der beste Schüler der Klasse, natürlich abgesehen von Kamil genannt Kurzschluß aber der ist ja kein Schüler sondern ein Monstrum von einem blöden Hochbegabten noch dazu wo er sich sämtliche Mädchen leistet die ihm zu Füßen liegen die Schlampen da braucht man sich nicht aufzuplustern wenn ich bloß seine Augen hätte dann würde auch ich Verwüstungen anrichten und überhaupt mit seiner Jacqueline ich habe die Schnauze voll zu sehen wie er sie anhimmelt als wäre sie Ismahan oder Lollo oder die Amerikanerin wie heißt sie doch gleich die Monroe? Das Blut sickerte durch meine Kleider. Ich blieb standhaft. Mir sagend nicht mal Mama ist mehr da bei der ich mich beklagen könnte... aber Kamil dem kann ich noch so oft sagen er soll sich anders anziehen er will nichts davon hören der Blödmann! nicht nur daß er mir im Gymnasium alle ersten Plätze wegschnappt und mir alle Miezen ausspannt er muß sich auch noch den Luxus leisten so schön zu sein... aber ich habe immer zu ihm gesagt Kamil du hast deinen Spitznamen Kurzschluß wirklich verdient du bist schön du bist hochbegabt aber du hast überhaupt keinen Sinn für Ästhetik... deine Krawatten sind grell und scheußlich. Und er nörgelte sagte was ist denn mit meinen Krawatten! damit haben wir ich und dein Vetter die Legionäre zur Strecke gebracht was! ein Köder mein Kleiner paß auf sie sind schon in die Geschichte eingegangen meine Krawatten und eines Tages wird man es würdigen und außerdem etwas Respekt bitte du weißt genau daß mein Bruder sie mir aus Paris schickt paß auf mein Bürschchen! reine Chinaseide und handgemalt meine Krawatten... Er kam vom Hundertsten ins Tausendste sagte: und meine Schuhe? da bleibt dir die Spucke weg das stopft dir alle Löcher anus sinus cosinus ha!... made in Italy Brüderchen! handgenäht Achtung... aber du bist neidisch ja genau das bist du: neidisch! *(Tarik unterrichtete Musa über den Sieg und die Beute, aber letzterer empfand darüber Neid...)* du mußt nicht neidisch sein wie dieser Fettkloß Nusair... du kennst ja die verheerenden historischen Folgen des Neids der zwischen diesen beiden Typen schwelte allen beiden ist es schlecht ergangen denn sie wurden um ihre Siege und um ihr Ansehen frustriert *Ita Iugurtham spes frustrata* da ist wieder das Wort frustriert! und ich unterbrach ihn *frustrare* heißt nicht frustrieren Idiot es heißt verteilen! Aber er: leck mich mit deiner verdammten lateinischen Etymologie die kann es nicht aufnehmen mit dem Arsch von Jacqueline! was ist mit meiner Krawatte! und meinen Schuhen was ist mit ihnen? bist du blöde oder was weißt du was so ein Paar Schuhe kostet? Und ich ließ ihn quatschen bis er es leid wurde und sagte sobald er schwieg: typisches Zeichen schlechten Geschmacks Kamil du bist ein Typ der einen sehr schlechten Geschmack hat aber vergiß es! kannst du $x^3 + 3x^2 - 3x - 1 = 0$ in fünf Minuten im Kopf lösen? zeig uns dein Genie! zeig daß du deinen Spitznamen Kurzschluß wirklich verdienst! Und er: wetten daß ich es schaffe aber gib mir zehn Minuten nicht fünf! Ich sagte okay! einverstanden du hast zehn Minuten und keine Sekunde länger... Ich schaue auf den Sekundenzeiger meiner Armbanduhr und beginne rückwärts zu zählen. Und er geht mir kopfüber in die Falle und macht sich mit lauter

Stimme an seine Gleichung: $x^3 + 3x^2 - 3x - 1 = 0$ Sei $(1)^3 + 3 (1)^2 - 3 - 1 = 0$. $P(x) = (x - 1)(x^2 + 4x + 1)$ wobei 1 im übrigen offenkundig eine Wurzel ist. Daraus folgt daß $x - 1$. Das heißt: $x = -2 - \sqrt{3}$. Also $x = -2 + \sqrt{3}$ das wärs mein Kleiner du kannst ruhig deinen kleinen Mathelehrer fragen ob es stimmt oder nicht! Er hatte - natürlich - recht! Es kam oft vor, daß er den Mathelehrer unterbrach und ihm andere, sehr viel schnellere (wir sagten *kurzgeschlossenere*) Lösungen vorschlug. Letzterer wurde zuerst wütend, forderte ihn schließlich auf, an die Tafel zu kommen und es zu demonstrieren. Wir nannten Kamils superschnelle Art des Vorgehens: einen Kurzschluß! Dann schritt Kamil zur Tat. Geblendet verhehlte der Lehrer nicht lange seine Bewunderung für diesen begabten Schüler. Ihm selber aber behagte es gar nicht, das Zirkustier zu spielen. Lange hatten wir ihn Kamil Kurzschluß! genannt.
Gelb, von der gleichen Farbe, wie sie auf der Miniatur von Wasiti (13. Jahrhundert) vorherrschte, die Tarik ibn Ziad und seine Vorhut gegenüber dem Felsen der Meerenge, später Gibraltar, darstellte. Die militärische Gruppe überstieg nicht die Zahl von zehn Reitern. Aber die restlichen Pferde waren dunkelrot, kastanienbraun oder grau. Sie standen in einer Reihe, mit Ausnahme eines von ihnen, dem des Tambourmajors, dessen Instrument aus zwei Schlagflächen bestand. Hinter der Gruppe sah man fünf Standarten auftauchen. Die eine, grau, trug einen Teil eines Koranverses, der auf die Einmaligkeit Gottes hinwies; der Rest war vom Kopf eines der Offiziere verdeckt. Die zweite Standarte, rot, trug drei übereinandergeschriebene Wörter bezüglich der Größe Gottes, fein gestickt. Die dritte, hellocker, trug Inschriften, die unleserlich waren, weil ihre Farbe sich kaum vom Hintergrund abhob. Die vierte war aus dunklem Stoff geschnitten und trug eine hellfarbene Inschrift, die ebenfalls auf die Einmaligkeit Gottes anspielte und die zum Teil vom Arm des zweiten Tambourmajors verdeckt war. Die fünfte, granatrot, brachte die völlige Unterwerfung unter den Propheten Mohammed zum

Ausdruck, deren Sinn man lediglich erahnen konnte, da der Rest des Satzes unleserlich war, vielleicht wegen des Alters der stellenweise beschädigten Miniatur. Jede der Standarten trug an ihrer Spitze ein Art Quaste oder Baumwolltroddel, gleichsam ausgefranst, gleichsam aufgebläht, gleichsam zerzaust, rosafarben und kegelförmig; den Eindruck erweckend, als hielte sie den Stoff fest und spannte ihn über dem Holzrahmen. Aber hierbei handelte es sich lediglich um eine wenig plausible Hypothese. Außerdem gab es drei Fahnen, jeweils von einem Soldaten getragen. Sie waren schwarz und gelb, infolge des Windes um sich selbst gerollt. Schließlich sah man auf der äußersten Linken der Miniatur ein relativ langes Banner von rötlicher, schwarzer und gelblicher Farbe, auf beiden Seiten von einer Vielzahl kleiner Quadrate in allen möglichen Farben flankiert, fröhlichen bunten Fransen gleich, die die vorherrschende Farbe ein wenig abmilderten. Das Banner wurde von einem Offizier gleichsam mit ausgestrecktem Arm getragen, so schwer war es; oder - im Gegenteil - weil es zu leicht war und, da zu kostbar, heilig, vergöttert, er fürchtete, es könnte wegfliegen. Das Banner wies außerdem rechts und links zwei Ränder auf, mit goldener Farbe aufgemalt und mit ganz verschiedenfarbigen und -förmigen Fransen und Borten verziert, wollig oder flockig oder aus Samt, mit aufgenähten Inschriften aus Seidenfäden. Aber es war unmöglich, die Inschriften auf diesem Banner zu lesen wegen der Beschädigung, die die im Jahre 1237 entstandene Miniatur gerade an dieser Stelle aufwies; das heißt links oben. Aber es lassen sich noch andere Hypothesen über die Unleserlichkeit dieser Schrift vorbringen. Zum Beispiel, daß sie einem mystischen Willen, einer Kriegslist oder einer politischen Einstellung seitens derer entspringt, die dieses Banner entworfen haben, darauf bedacht, daß der Feind nichts von alledem verstehe. Oder daß sie, auch, einen Versuch darstellt, durch dieses kabbalistische Element den Feind zu erschrecken, der, militärisch gesprochen, bereits in die Flucht geschlagen war. Oder aber daß es sich hier um eine Zusammen-

stellung magischer Zeichen handelt, wahrscheinlich zu dem Zweck gemalt, die gotischen, westgotischen, fränkischen oder gallischen Soldaten, aus denen Roderichs Heer bestand, zu magnetisieren oder - besser - zu hypnotisieren, sie auf diese Weise schwindlig machend, sie zerstreuend, zersprengend und vollends in die Flucht schlagend, ohne einen Schuß (oder Schwertstreich?). Oder aber. Doch wollte man den Dingen auf den Grund gehen, so würde es an Hypothesen nicht mangeln, insofern die Kriege ihre unerbittlichen Strategien haben, wo nichts dem Zufall überlassen oder im Dunkel bleibt und jedes Detail, jede Nebensächlichkeit von wesentlicher Bedeutung ist.
Aber ist es wirklich glaubhaft, eine fremde Stadt nur deshalb besichtigen zu wollen, weil sie - ganz einfach - einmal der Ausgangspunkt für die Eroberung Spaniens, ja Europas durch die arabischen Heere gewesen ist, angeführt von Tarik ibn Ziad, Musa ibn Nusair und Tarif (daher der heutige Name der spanischen Stadt Tarifa weißt du das?) ibn Malik al-Nakhi! Tarik zögerte nicht, meine Frage positiv zu beantworten. Wir waren also im Begriff, in der Stadt und der Umgebung von Gibraltar herumzukutschieren auf der Suche nach irgendeiner arabischen Spur oder Ruine oder Andeutung. Aber vergebens, völlig umsonst! Wie ich nicht müde wurde, meinem Freund zu wiederholen, der völlig besessen war von diesem Verlangen, auf den Spuren, in den Fußstapfen von Tarik ibn Ziad genannt der Zanata genannt der Numidier zu wandeln, dessen allzu schwer zu tragenden Vornamen er geerbt hatte, mit Folgen, deren Ernst ich allmählich zu begreifen begann. Nach einer Woche gescheiterter und sinnloser Versuche gelangten wir in eine Gegend, in der sich ein arabischer Brunnen befinden sollte, angeblich von dem berberischen Führer selbst gebaut, zur Heiligung seines Siegs über die Gottlosen, aus dem seine eigenen Pferde am Tag der Einnahme von Gibraltar getrunken hatten, kurz nach jenem Sieg, den Ibn Khaldun - recht objektiv - als überwältigend bezeichnet. Aber ich mißtraute diesem Hinweis, den uns der marokkanische

Pförtner des Hotels gegeben hatte, in dem wir wohnten, mitten im Stadtzentrum von Gibraltar. Wir kamen an einem kleinen Café vorbei, das mitten in der Steinwüste lag und vor das man drei kleine Tische gestellt hatte. Im Innern befanden sich nur zwei. Niemand war draußen, wegen der sengenden Hitze. Ich warf einen Blick ins Innere des in Halbdunkel getauchten Cafés und sah ein paar Leute, die an einem Tisch saßen und über Politik sprachen, denn ihre Reden waren mit den Namen bekannter Parteiführer durchsctzt. Dcr andere Tisch war leer. Manche hatten nackte Oberkörper. Andere trugen eher dreckige Unterhemden. Ich fragte den Wirt, der hinter seiner Theke stand, ob er vielleicht die Stelle des arabischen Brunnens kenne. Er machte Handbewegungen, die besagten, daß er nicht verstand, was ich sagte. Ich wandte mich Tarik zu, der im Wagen geblieben war, dessen Tür weit offenstand, damit soviel Luft wie möglich hereinkam, und sagte: es scheint sie verstehen kein Sterbenswort Englisch... sie bekommen wohl nicht oft Touristen hier zu sehen... Er antwortete: weil dein Akzent zu schlecht ist frage was sie sonst sprechen? oder nein komm! fahren wir Kamil es ist nichts herauszukriegen aus diesen Armleuchtern von Bauerntrampeln Arschlöcher anus sinus cosinus los hauen wir ab! was sie sich zieren! Ich stieg wieder in den Wagen. Tarik schlug die Tür zu. Ich sagte: man könnte meinen die Tore der Hölle hätten sich sperrangelweit geöffnet... Noch nie hatte ich so eine erstikkende Hitze erlebt. Nicht mal in der Sahara mitten im Sommer! Der Wagen fuhr an. Ich sah einen zänkischen und streitsüchtigen Truthahn mit dürrem, gerumpftem Hals hinter dem Wagen herrennen, der eine beißende, dichte und gelbliche Staubwolke aufwirbelte. Unsere Nasen waren voll davon. Fast hätte der Wagen den Truthahn überfahren, der gleichsam von Raserei gepackt war. Gleichsam epileptisch. Gleichsam staksig. Mit abgehackten Bewegungen wie in Zeichentrickfilmen. Aber Tarik konnte ihm ausweichen. Ich sagte: wenn du ihn getötet hättest, dann hätten wir sämtliche Deppen der Gegend am Hals gehabt. Tarik sagte:

wo sollen sie denn herkommen es ist eine wahre Wüste hier. Ich zog es vor zu schweigen. Ich spürte, daß die Verzweiflung bei ihm zu wirken begann. Seine Nerven waren zum Zerreißen gespannt. Der Wagen bog rechts ab. Wir kamen an einem kleinen Maisfeld vorbei. Der Wagen kam mehrmals in Schleudern wegen der ausgefahrenen kleinen Straße voller Schlaglöcher. Tarik zündete sich eine Zigarette an und bot mir eine an. Ich sagte: unnötig mir eine anzubieten ich habe beschlossen nicht mehr zu rauchen. Er machte eine ironische Handbewegung und steckte die Zigarette in die Schachtel zurück. Ich sagte: du bist wirklich zu egoistisch ich dagegen als wir klein waren ich habe dich ermutigt deine Diät einzuhalten damit du abnimmst... fast hätte ich deswegen gefastet und du willst nicht daß ich mit dem Rauchen aufhöre du bist neidisch auf meine Willenskraft... Tarik brach in schallendes Gelächter aus. Dann fügte er hinzu: also Kamil das ist wirklich idiotisch... wir benehmen uns wie ein altes Ehepaar... immer zanken wir uns. Ich begann ebenfalls zu lachen. Was die Atmosphäre entspannte. Die kleine Landstraße war jetzt rundweg schauderhaft. Wir kamen an einer winzigen Kate vorbei, die einen Eindruck von Trostlosigkeit und Beklemmung erweckte. Ein rachitisches kleines Mädchen von etwa zehn Jahren kam heraus. Sie hatte einen Klumpfuß. Ich wandte den Kopf ab, um ihren unförmigen armen Fuß nicht sehen zu müssen. Tarik hielt an und winkte ihr von weitem zu. Sie hinkte uns erbärmlich entgegen, blieb ein paar Meter vor uns stehen, vorsichtig und mißtrauisch. Tarik bedeutete ihr, näherzukommen. Sie rührte sich nicht vom Fleck. Eine etwa vierzigjährige Frau erschien auf der Schwelle des kleinen Bauernhauses. Sie rief das kleine Mädchen in einer Sprache, die weder Spanisch noch Englisch war. Und Tarik sagte: such a shit country! Ich sagte: aha jetzt wirst du rassistisch und sagst Obszönitäten auf Englisch an wen wendest du dich eigentlich? doch nicht etwa an diese arme Frau! du weißt ja gar nicht ob sie nicht arabischer Abstammung ist und vielleicht sogar eine Nachfahrin von Tarik ibn Ziad persönlich! denn dein

numidischer Namensvetter hat in jenem heiligen Jahr 711 bestimmt eine Menge Bastarde gezeugt! Er reagierte nicht auf meinen Scherz. Sagte jedoch: was für eine Hitze Mama! was muß er abgekriegt haben dieser Tarik! an einem 20. August anzukommen da muß man übergeschnappt sein...
Hört, wackere Krieger. Lauscht, tapfere Soldaten! **Wo ist denn der Ausweg?** *Das Meer liegt hinter euch und der Feind steht gegenüber. Als Trost bleibt euch also nur noch eure Wahrhaftigkeit und eure Geduld, denn wisset, daß ihr auf dieser Halbinsel nichts anderes seid als arme Waisenkinder, die ruchlosen Schurken in die Hände gefallen sind... Und wenn ihr kein wahres Wunder bewirkt, so wisset, daß ihr zu Staub zerfallen werdet, den der Wind überall verstreuen wird, und daß eure Feigheit euren Feinden, die noch gestern bei der Erwähnung eures Namens zitterten, Mut machen wird. Tretet ihr ihnen nicht mit Kampfeslust entgegen, so werden sie euch mühelos bezwingen... Ich werde euch nicht in ein Abenteuer stürzen, um selber fern zu bleiben, vor der Gefahr geschützt... Ich werde euch auch in keine Strategie hineinziehen, die eurem unschätzbaren Leben nicht Rechnung trüge. Deshalb beginne ich mit mir selbst und stürme voraus, um euch Mut zu machen und ein Beispiel zu geben! Beneidet mich nicht zu sehr, denn mein Los ist in keiner Weise beneidenswert. Sollte ich getötet werden, so wankt vor allem nicht. Begeht auch nicht Verrat. Entzweit euch nicht. Denn sonst werdet ihr vernichtet werden. Versucht, eure Feinde in euren Fallen zu fangen, tötet so viele von ihnen wie möglich und nehmt die übriggebliebenen gefangen. Begnügt euch nicht mit dem geringeren Übel und ergebt euch niemals dem Feind. Wählt lieber den Tod und die ewige Ruhe als die Schande und die Erniedrigung. Ich werde kämpfen bis zum letzten Hauch meines Atems. Eifert mir nach!* Diese berühmte Ansprache an die Truppen, die Tarik ibn Ziad an jenem schrecklichen 20. August 711 gehalten haben soll, kommentierend, sagte unser Geschichtslehrer Herr Aschur folgendes: al-Baladhiri zufolge hielt Tarik nach einem dreitägigen furchtbaren und mörderischen Kampf zwischen den Muslimen

und den Westgoten, als er sah, daß seine Truppen in großen Schwierigkeiten waren, diese berühmte Rede, die ihr alle in der Schule auswendig gelernt habt. Nun aber sagt man uns, al-Baladhiri zufolge, daß sie nicht an dem Tag gehalten wurde, an dem der numidische Heerführer aus Tanger an dem Felsen landete, wie viele Quellen behauptet hatten, sondern tatsächlich erst drei Tage nach der Landung! Eine höchst verwirrende Hypothese, Kinder! Aber Tarik war erst seit kurzem ein Muslim und daher außerstande, einen Text in Arabisch zu schreiben, dessen Rhetorik, Eloquenz und Strenge absolut beispielhaft sind. Er war ein Numidier aus dem Stamm der Zanata. Er war der Sohn von Ulghu, Sohn von Urfadschun, Sohn von Nighaz, Sohn von Ulhaz, Sohn von Jatumiz, Sohn von Nefza. Über diese Genealogie besteht nicht der geringste Zweifel, und jede Anspielung auf persische Ursprünge ist eine historische Fälschung oder eine politische Manipulation. Soviel also zum Wahrheitsgehalt und zur Urheberschaft dieser außerordentlichen Prosopöie. Es war, als hätte uns der Blitz getroffen. Wir hatten den Eindruck, daß unser Lehrer die politische Seite gewechselt und uns mitten im nationalistischen und verheerenden Krieg verraten hatte. Einige meinten, man müsse ihn bei der Résistance denunzieren, die ihn bestimmt zum Tode verurteilen werde. Andere zögerten. Kamil und ich verhielten uns abwartend, denn wir mochten ihn sehr und räumten ihm das Recht auf Irrtum ein. Mein Vater beeilte sich, mir das Heft wegzunehmen, in dem ich gewissenhaft das Stammeln, das Lallen und die Widersprüche der Geschichte verzeichnet hatte. Er war empört. Aber die meisten Schüler waren perplex. Um die Spannung abzuleiten und zu verringern, sagte ich zu Kamil: wetten daß ich die Gleichung $x^3 + 3x^2 - 3x - 1 = 0$ schneller lösen kann als du und deinen Rekord um zwei Minuten dreißig Sekunden sechs Zehntel schlage? Er lächelte traurig, zuckte die Achseln und kehrte mir den Rücken. Wann würde Herr Aschur, der Geschichtslehrer, bestraft werden wegen Hochverrats? Wegen Treubruchs? Untergrabung der Moral des

Volkes? Usw. Die maßlosen, rachsüchtigen und gereizten Slogans kamen auf den Mauern des Gymnasiums zum Vorschein. Die Faulpelze waren natürlich mit ganzem Herzen dabei. Die französische Verwaltung dieses einzigen Gymnasiums, das ausschließlich algerischen Schülern und Lehrern vorbehalten war, goß Öl ins Feuer. Ein Slogan machte großen Eindruck auf Kamil, aber ich hatte sofort den Verdacht, daß er der Urheber und Schreiber war: DIE GESCHICHTE IST EINE KONTINUIERLICHE DIALEKTIK UND KEIN DISKONTINUIERLICHER STILLSTAND! W TARIK IBN ZIAD DER ZANATA DER NUMIDIER! ABAS LA FRANCE! PUERI CAVETE CANEM! Im Klartext besagte dieses *pueri cavete canam*: paß auf auch die Hunde der Spitzel haben Ohren! Dasselbe Übersetzungsgenie schrieb auf eine Mauer des Gymnasiums mit riesigen Buchstaben: LAUDATE PUERI NULLUM IN MUNDO BELLUM SINCERUM SINE FURORE, bloß um den Lateinlehrer in Rage zu bringen, der als gefährlicher Pazifist galt, dessen humanistische Neigungen wir haßten, indes der entsetzliche Krieg sich auf dem Höhepunkt befand... Die Vögel hatten die Gewohnheit angenommen, sich zur Dämmerstunde auf den zwei oder drei nach Westen ausgerichteten Bäumen des Familiengartens zu versammeln, wo der üppige Maulbeerbaum Verwüstungen anrichtete und alles in seiner Umgebung mit seiner wuchernden Vegetation überzog, vor allem die massigen Formen, die zu dem Zeitpunkt, da das Licht gefährlich abnimmt, noch herausragen mochten. Die schwache Dunkelheit, die sich dann überall einnistete, legte einen Hauch von Traurigkeit und Melancholie auf die Dinge, die Wesen und die Tiere; was ihnen ein erschreckendes, stürmisches, schauriges und trauerndes Aussehen verlieh. Sie verwandelte die Massen und Formen in überaus kantige, fest installierte und sehr eigensinnige Phantome. Genau in diesen Momenten bemerkte ich, daß die Farben sich verwandelten, ausfransten, sich aufhoben, sich verflochten; so daß ich - dann - vom Eindruck überwältigt wurde, daß die Welt nur zwei einzige Farben absonderte: das Olivgrün des Maulbeerbaums und das Kirschrot des Fensterrahmens in meinem Zimmer. Dann erreichten mich allmählich ihre (der Vögel) anfangs verstohlenen, dann immer deutlicher werdenden Stimmen; indes die Atmosphäre sich nicht wirklich spürbar verändert hatte; obwohl ich - intuitiv - fühlte, daß etwas Unmerkliches starb und etwas anderes, aber ebenso Unmerkliches geboren wurde. Es herrschte eine Atmosphäre, die aus Abenddämmerung und Morgengrauen bestand, etwas eng miteinander Verwobenes, ein wenig vage, verschwommen und brüchig. Nun begannen die Vögel einander zu rufen, einander zu antworten, ihre Gesänge gleichsam gedämpft zu vermischen, zaudernd, stammelnd usw. Ganz zu Beginn dieses undefinierbaren Übergangs zwischen der Nacht und dem Tag. Dann faßten sie nach und nach ein wenig mehr Mut, wurden immer deutlicher, quollen zuerst aus dem Maulbeerbaum, dann aus allen anderen Bäumen des Gartens, bis sie ein wahres musikalisches Gewebe von äußerster Sanftheit bildeten, das anschwoll bis an die Grenzen der Betäubung, wo sich, hier und dort, eine gewisse Improvisation bemerkbar machen und von Zeit zu Zeit ein unvorhergesehener Ton laut werden wird, vereinzelt und prachtvoll, dem Bereich des Göttlichen und Übernatürlichen entstammend. Das Ganze ordnete sich um eine zentrale, gleichsam mißtönende, anarchische und atonische Bewegung, die jedoch von geradezu beispielloser Lieblichkeit und Wollust war. Und auch dies: die sowohl klimatische wie musikalische Anordnung wurde sehr rasch umgestoßen: der Horizont färbte sich mit richtigem Rosa, im Westen mit Gelb bestäubt; während das musikalische Übergewicht jetzt rundheraus ohrenbetäubend wurde. Es war, als würde die alte Welt, deren Gang immer schwierig, kompliziert, eigensinnig, endlos und ununterbrochen gewesen war, von neuem geboren, klar, gewaschen, sauber, friedlich und erfüllt vom Rauschen einer unsagbaren und ungreifbaren, gleichsam paradiesischen Musik. So daß ich, wenn ich die Augen hob, indes die Morgenröte tief in den Garten eingedrungen war, jeden Morgen eine Reihe von Vögeln auf dem östlichen Rand des Daches sah, die immer sichtbarer zu werden begannen, je mehr das Licht sich verstärkte und die Dunkelheit sich auflöste, sich verschliß und unerbittlich zerfaserte. Dennoch verharrten hier und da noch Zonen violetten fahlen und goldbraunen Dunkels, die in der Atmosphäre stagnierten, in zwar leichten, aber übereinanderliegenden, angehäuften und sich auftürmenden Schichten; dennoch weiterhin ein gummiartiges und nachtgetränktes Gewebe bildend. Alle diese zögernden, unentschiedenen und flüchtigen Farben hoben sich von der graubläulichen Farbe ab, die die Tausende von Federn der Vögel bildeten, die dort auf dem Rand des Dachs hockten, reglos, mißtrauisch und ungewöhnlich; und - auch - von der grünen Farbe, die die Tausende von Blättern des riesigen Maulbeerbaums bildeten, der jetzt fast das ganze Dach des Hauses und die Dächer der umliegenden Häuser verdeckte; sowie eine große Parzelle des Himmels selbst! Aber schließlich hielt die Helligkeit endgültig Einzug, in einer phänomenalen Operation des Ausschwärmens, deren Sinnlichkeit und Laszivität mich immer wieder in Erstaunen setzten; und drang schließlich - auch - durch das Glas des Fensters meines Zimmers, um es zu überfluten und in allen Ecken und Winkeln herumzustöbern, sich um die Formen der Gegenstände und Bücher zu schmiegen. Was mich zwang, die Schreibtischlampe zu löschen, die - bislang - so etwas wie ein chromatischer Pleonasmus war, eine Art leuchtender Zusatz, bis ich mich beeilte, sie zu löschen. Aber noch einige Augenblicke blieben die Nachwehen (oder Rückstände?) dieser bisher wimmelnden und lebhaften Ionen in der Atmosphäre des Zimmers hängen, als wollten sie nicht völlig verschwinden; das heißt gänzlich und plötzlich, aus Angst, die Vögel zu erschrecken, die sich im Laufe der Nacht an sie gewöhnt hatten. Die Vögel, die sich jetzt auf dem Rand des Dachs mir gegenüber drängten, bereit, sich aufzuschwingen für einen langen Tag der Flüge, des Taumels und der Gaukeleien. Doch was mich jeden Morgen frappierte, war die diaphane Zerbrechlichkeit ihrer rötlichen Beine und die extravagante Beweglichkeit ihrer Federn, die sich nach und nach unmerklich ausbreitete, bis sie schließlich ihre Körper erfaßte, gleichsam plüschartige, wattierte, flockige, jedoch lebhafte und gefärbte und gleichwohl völlig synchrone Federkugeln mit ihren Schreien, ihren Melodien und ihren musikalischen Improvisationen; eine Art klanglicher Anarchie, serieller Kakophie und melomanischer Unordnung. Und wenn das Licht dann auf dem Höhepunkt war, erschienen ihre (der Vögel) gelblichen, schwarzgeränderten Augen klarer und deutlicher, mit allem, was sie an Angst, Traurigkeit und Verzweiflung auszudrücken vermögen. Auch ihre Schnäbel tauchten auf, glänzend, orange, rosa, gleichsam lachsfarben. In diesem Augenblick sah man, wie aus dem Nichts, ihre Jungen hervorkriechen, grantig, aggressiv, erschöpft, etwas neurasthenisch, gleichsam asthmatisch (wegen ihrer repetitiven, automatischen Art (das heißt, als imitierten sie die Automaten oder wären selber Automaten), sich ständig zu bewegen, zu atmen, zu picken usw.) und - letztlich - burlesk. Einige - die Männchen - traten nun in Aktion, brüsteten sich ein paar Augenblicke auf dem Rand des Daches, kokettierten, prahlten, spielten die Schlauberger und die Clowns. Die Schlafwandler. Hörten nicht auf, unentwegt - bis zum Überdruß - irgend etwas zu tun, während sie (die Weibchen) eifrig das Gefieder ihrer Jungen glätteten, sich selbst mürrisch putzten und sich fieberhaft darauf vorbereiteten, aufzufliegen. Was - sicherlich wegen der Aufregung des Starts - den Glanz ihrer schwarzen, geschwärzten, flammenden, scharfen und beunruhigenden kleinen Augen erhöhte.

Mein Vater, der alle Entscheidungen traf, ohne je irgend jemanden um Rat zu fragen, bedachte mich gerade mit seinen letzten und aggressiven Ermahnungen, als er gewahr wurde, daß der blinde alte Meister auf uns zukam, wobei er - kokett - in eine enorme runde Flasche aus grobem Glas pustete, um die Pflanzen besser mit dem Wasser zu vermischen, in dem sie ständig schwammen. Es war einige Jahre vor dem Krieg, und ich erinnerte mich lediglich an jene karikatureske und unselige flammende Morgenröte, die an jenem Tag den Himmel erleuchtete. Es war vier Uhr morgens. Augenblicklich schnitt mir der Greis einen Stift aus einem Stück Schilf und rollte eine neue Alfagrasmatte vor meinen Füßen aus, um meinem Vater gefällig zu sein; brachte mir das Alphabet bei. Ein paar Jahre später sagte er zu mir: schreib! Ich gehorchte und schrieb mehrere Koranverse, die oft sehr widersprüchlich waren und sich besonders durch den Zorn und die üble Laune Gottes auszeichneten. Während ich schrieb, entzifferte ich auch oft die Schlagzeilen der Zeitungen **EINE BANDE GESETZLOSER VÖLLIG VERNICHTET** sowie die Slogans, die auf den Mauern und dem Boden der Terrasse geschrieben standen: WMOC! WFLN! usw. Seitdem hatte ich diese ein wenig lächerliche und romantische Sehnsucht nach gelber Kreide und Kalkstaub nicht loswerden können, den sie wie unauslöschliche, pollenartige Spuren auf meinen Fingerkuppen hinterließ. Gelbe Kreide also, von derselben Farbe wie die Kräne (POTAIN), die ich über den Himmel ausschwärmen sah, sich deutlich abzeichnend im Rahmen des Fensters meines Sprechzimmers für externe Konsultationen, das in einer auf Berufskrankheiten spezialisierten Poliklinik lag. Die alte Krankenschwester, die mich seit vielen Jahren bemutterte, trat zur unpassenden Zeit ein, um mich zur Ordnung und an die Arbeit zu rufen. Ich zog es vor, ihr nicht zu antworten. In gewisser Weise schüchterte sie mich ein und machte mir angst. Die gleiche Angst, aus dem Haus zu gehen wie damals, als ich an Fettsucht litt und die Hänseleien und Beleidigungen meiner Schulkameraden fürchtete: Botty Totty! Baba Patata! Voller Mehl bis zur Nase! Voller Fett bis zum Hintern! Ich erinnerte mich - auch - noch immer an jenen französischen Soldaten, der sich über mich lustig gemacht hatte, auf den Stufen eines Fußballstadions: was für ein dicker Kartoffelsack! Da begriff ich, daß ich unbedingt eine Diät machen mußte, um der üblen Nachrede der ausländischen Armee keine Handhabe zu bieten. Das war ausschlaggebend. Nach ein paar Wochen schmolz ich. In Wirklichkeit hatte ich überhaupt keine Diät eingehalten, aber der jähe Einbruch der Adoleszenz in meinen Körper ließ mich sehr schnell abmagern. Doch die Spötteleien des französischen Soldaten hatten sicherlich eine gesunde Reaktion meines Körpers ausgelöst, der es nicht mehr aushielt; eine Art jäher Schub des Stolzes und des Überlebenstriebs. Mein Haß auf die Soldaten nahm zu. Mein wiedergefundener Körper ermöglichte es mir, mich an ihnen zu rächen. Ich sagte niemandem etwas davon. Vor allem nicht diesem verrückten Chems-Eddin. Auch nicht diesem Idioten von einem senilen, sabbernden, blinden und - obendrein - unterwürfigen Greis, der mit meinem patriotischen Vater, aber auch mit allen Spitzeln der Stadt unter einer Decke steckte. Eines Tages sagte er: schreib: *Und sie werden dich über die Menstruation befragen. Sprich: "Das ist eine Verunreinigung, darum haltet euch fern von euren Frauen während ihrer Menstruation und nähert euch ihnen nicht, bis sie rein sind. Sobald sie rein sind, geht zu ihnen, wie Gott euch befohlen. Wahrlich, Gott liebt die Bußfertigen und liebt die sich Reinhaltenden*" (Sure von der Kuh, Vers 222). Instinktiv war ich entsetzt über den verborgenen, dunklen und bizarren Sinn einer solchen Behauptung. Ich reagierte spontan: meine Mutter ist rein! obwohl ich nicht einmal wußte, worum es sich eigentlich handelte. Ich weigerte mich zu schreiben. Der Meister geißelte meine Fußsohlen bis aufs Blut. Meine Mutter - letzte Zuflucht - ohrfeigte mich und weinte dann, weil sie mich geohrfeigt hatte. Mein Vater pflichtete dem blinden Greis bei und ermutigte ihn. Mehrere Jahre später, als ich ins Gymnasium kam, bagann er (mein Vater) mir am Zeug zu flicken. Mich zu piesacken. An mir herumzunörgeln. Mich zu drangsalieren. Eines Nachmittags, verärgert über meine Böswilligkeit und meine mangelnde Begeisterung für einen Text von Sallust oder ich weiß nicht von wem, etwas in dieser Art, sagte er unvermittelt: hältst du mich für einen Idioten? glaubst du ich weiß nicht Bescheid über deine Machenschaften und die Bespitzelungen deines Onkels Hocin ihr werdet mir nichts als Skandal und Unehre bescheren alle beide gib zu daß du Fußball spielst in der Mannschaft des MOC! Ich war furchtbar gedemütigt, daß er mich mit seinem Bruder dem Verräter auf eine Stufe stellte. Ich sagte: nein das ist nicht wahr man hat dir Märchen erzählt und außerdem bin ich kein *Kafar* (Petzer) ich nicht! Er schlug mich brutal mit seinem Stock aus kamerunischem Adobenholz, bis aufs Blut. Ich blieb standhaft, indem ich an den legendären Mut meines Vetters Chems-Eddin dachte. Um durchzuhalten, wiederholte ich innerlich WFLN! WMOC! WFLN! WMOC! wie eine magische, beschwörende und wilde Litanei. Ich wußte, wer mich bei meinem Vater verpfiffen hatte... Es waren die Kinder der letzten Stiefmutter... der jüngsten, wollüstigsten, gemeinsten, aufreizendsten, schmachtendsten, laszivsten usw. Das spornte mich an, nicht nachzugeben, nichts zu gestehen und nicht schwach zu werden. Ich bot die Stirn. Ehrenhaft. Ich hätte gewollt, daß Chems-Eddin in diesem Moment meinen Mut sähe, aber er war einige Monate zuvor verhaftet worden. Wir hatten noch keine Nachricht von ihm. Sein Vater, Onkel Hocin, rieb sich zufrieden die Hände. Er wiederholte: eine Last weniger! Gott ist groß! er hat meine Wünsche erfüllt! Ich gab also nichts zu. Im übrigen hatte ich nichts zu verlieren, da ich wußte, daß ich ausgeschlossen war, und mich in der Haut eines von seinem Vater mißhandelten, gehaßten und verstoßenen Kindes fühlte. Er liebte mich nicht. Deshalb härmte ich mich nie, wenn er mich züchtigte. Außerdem war Krieg. Ich hatte anderes zu tun, als mich von ihm lieben und akzeptieren zu lassen. Ich sagte also zu dem Meister: aber meine Mutter ist rein. Meine Mutter war nach den Massakern vom 20. August 1955 aus dem Haus gegangen, um zusammen mit Tausenden anderer Frauen gegen die grausame Unterdrückung zu demonstrieren. Constantine hatte schon Schlimmeres erlebt. Zur Zeit des von Salah und Ahmad Bey angeführten Widerstands (1840-1846) hatte die französische Armee bereits ihr Unwesen getrieben. Ihre Belagerung der Stadt hatte über ein Jahr gedauert. Hunderte von Einwohnern verhungerten und Tausende verdursteten. Nachdem General von Aumale schließlich das Wasser an der Quelle abgegraben hatte, die sich außerhalb der Wallanlagen befand, war der Bey von Constantine gezwungen, sich zu ergeben. Als sie (die französische Armee) einzog, wurden Hunderte von Widerstandskämpfern und Überlebenden enthauptet und ihre Köpfe auf die Wälle hinaufgezogen. Eines Tages fragte mich mein Vater unvermittelt: wie lange leistete Salah Bey Widerstand? Um ihn schuften zu lassen, antwortete ich nicht. Auf alle Fälle hatte er seine fix und fertigen Antworten parat. Also? Er sagte auch: wie viele Krieger hatten Tarik ibn Ziad bei seiner Eroberung Andalusiens begleitet? Still und stumm. Warum fragte er mich das? Wo er die Antwort doch genau kannte... Noch heute erinnere ich mich an jene herrliche Miniatur von Wasiti. Er hat sie wohl in seinen Banktresor eingeschlossen. Jedesmal, wenn ich ihn darauf anspreche, wechselt er das Thema. Noch immer erinnere ich mich - auch - an jenen Schrei, den der französische Landser ausstieß. Was für ein dicker Kartoffelsack! oder: ein Sack Kartoffeln und ein! oder... Jedenfalls etwas in dieser Richtung. Andere Male kam mein Vater auf jene Fußballsache zurück und sagte: warum versteifst du dich darauf den Augenschein zu leugnen? Ich sagte: nein es ist nicht wahr das sind Verleumdungen und ich weiß auch wer sie dir hinterbracht hat. Trotz allem wagte ich nicht, die Halbbrüder aus letzter Ehe zu beschuldigen, er hätte mich zu Brei geschlagen. Es waren seine Lieblinge. Ich sagte also zu mir selbst: *pueri cave canem!* Ein andermal sagte er zu mir: wer hat deiner Meinung nach Recht al-Baladhiri der behauptet Roderich habe ein Heer von 100 000 Kriegern gehabt oder Ibn Khaldun der von nur 40 000 westgotischen Soldaten spricht? Feigerweise wollte ich ihm eine Freude machen. Ich habe gesagt natürlich al-Baladhiri, Vater, das ist doch sonnenklar! Er jauchzte. Wiegte sich in den Hüften. Jubelte. Stimmt! ich habe Ibn Khaldun schon immer mißtraut bestimmt ein Atheist auch wenn er der Kadi von Kairo war wie soll ich es dir sagen er war zu... zu... wie es ausdrücken? aber lassen wir das! bravo Tarik... seitdem sprach er mich nicht mehr auf diese Fußballgeschichte an, auch nicht auf den MOC. Und, allzu glücklich, begann er eine Stelle von Sallust über die Kriege Jugurthas vorzulesen... Ich sah das alte Cirta um sich selbst kreisen und meinen Kameraden Kamil um Jaqueline kreisen (deren körperliche Reize Kamil zu rühmen pflegte, sogar sagte, wenn ich ihm zu sehr auf die Nerven fiel scheiß auf deine lateinische Ethymologie die kann es mit Jacquelines Arsch nicht aufnehmen!), die schönste Europäerin von Constantine. Ihr Ehemann war ständig abwesend. Er war Hauptmann und moderte damals wohl in Vietnam in irgendeinem Kriegsgefangenenlager. Bestimmt gefangengenommen! Die Frauen waren also in die Stadt gegangen und hatten sich auf der Hängebrücke versammelt. Ihre Kundgebung war beeindruckend. Die Armee konnte es nicht fassen. Meine Mutter erzählte, wie ein zwei Meter großer Senegalese einem Kind, das auf der Terrasse seines Hauses mit einem Käfig voller Kanarienvögel spielte, den Kopf abgeschlagen hatte, unter dem Vorwand, es habe seine Vögel den Soldaten auf den Kopf pissen lassen oder selbst auf sie gepißt. Ich habe meinen ersten politischen Slogan auf die Terrasse geschrieben, zusammen mit Chems-Eddin, während ich gerade einen schrecklichen Krieg mit meinem eigenen Körper begonnen hatte, der allenthalben überquoll von Fett und Fleisch. Als ich zwölf war, verfolgten mich die Kinder auf der Straße. Botty-Totty! Sie hatte dieses Wort erfunden, indem sie den Namen des Schauspielers der amerikanischen Burleske entstellten: Bud Abbot! Totty! Moffy! Foffy! Voller Mehl bis zur Nase! Voller Fett bis zum Hintern! Totty-Boffy! Eisschlecker und Makkaronifresser! Noch heute kenne ich nicht die genaue Ursache dieser neurotischen Bulimie, die mich auf spektakuläre Weise dick gemacht hatte. Kamil mochte mir noch so oft sagen, das habe Musa ibn Nusair nicht davon abgehalten, ein großer Heerführer zu sein, ich fand mich dennoch nicht mit meinem Schicksal ab. Mein Vater sagte zum Thema des Senegalesen, der dem Jungen den Kopf abgeschlagen hatte: dieser Neger hat nicht viel Humor. Einfach so. Kaltblütig. Ruhig. Ich war entrüstet. Er war kein Rassist, und er war nicht so gefühllos, diesen entsetzlichen grauenhaften Tod auf so phlegmatische, fast schon zynische Weise zu kommentieren. Dabei war er auch nicht zynisch. Was wollte er damit sagen? Die Soldaten verwüsteten alles, worauf sie stießen: die Körbe voll faulem Gemüse und verwester Tiere; die Kisten mit Orangen, Eiern, Datteln, Feigen, Liliengewächsen und Hülsenfrüchten im Laden meines verhafteten Vaters; die Käfige mit unschuldigen Kanarienvögeln; die Zuggarnituren der pistaziengrünen elektrischen Straßenbahn mit ihrem ohrenbetäubenden Quietschen, die durch die Stadt zockelte und munter die Steilhänge erklomm; die Kessel voller Öl des tunesischen Krapfenhändlers usw. Den Kopf des enthaupteten Kindes hatte man nie gefunden. Einige Bengel wagten den Gedanken zu äußern, er sei von dem Senegalesen, der dieses abscheuliche Verbrechen begangen hatte, gefressen worden. Mein Vater behauptete zu recht, er sei von den Offizieren der psychologischen Dienste beschlagnahmt und heimlich begraben worden, denn sie versuchten, das Volk gegen die Widerstandsbewegung aufzubringen. In einem Rinnstein sah ich einen Arm, der die eintätowierte Aufschrift trug: Hoch soll ich leben! Aber liebt mich trotzdem! Ich erbrach meine Eingeweide. Hatte mehrere Tage Fieber. Schreckliche Alpträume! Einige Tage zuvor hatte ich darauf bestanden, am Gebet für die Toten teilzunehmen, das heimlich in den Negervierteln der Stadt gesprochen wurde. Meine Drüsen gerieten in Panik. Besonders die Schilddrüse. Das Fett sammelte sich im Innern meines Körpers. Und ein Jahr später war es das Gebet für den Abwesenden. Zu Ehren meines im Ausland umgekommenen älteren Bruders. Der Körper kam zwei Monate später an, eingeschlossen in einem mit rotem Wachs versiegelten Sarg mit dem Stempel der Zollbehörde. Das erweckte den Eindruck, als enthielte er nicht den schon stark verwesten Leichnam meines älteren Bruders, sondern irgendeine verdorbene Ware. Die Behörden weigerten sich, uns den Sarg öffnen zu lassen, angeblich aus Gesundheitsgründen. Wir sind auf die Terrasse des Hauses gestiegen, Chems-Eddin und ich, und hatten wütend geschrieben: ALGÉRIE LIBRE! ABAT LA FRANSSE! Diesmal sage ich meinem Vetter nichts zur Orthographie der beiden Wörter. Er war in diesem Punkt zu empfindlich und imstande, mich einen dreckigen Verräter zu schimpfen. Aber etwas später konnte ich nicht widerstehen und korrigierte heimlich das Wort ABAT, indem ich das T durch ein S ersetzte. Mein Vetter bemerkte es schnell und sagte hartnäckig, ich hätte unrecht; obwohl ich - aus Groll - das Wort FRANSSE nicht angetastet und so stehen gelassen hatte. Wir zogen das Wörterbuch zu Rate. Es gab mir Recht. Vorher hatten wir um ein Eis für den Sieger gewettet. Chems-Eddin kaufte es mir, höchst widerwillig. Er hatte seinen schwarzen Blick der sehr bösen Tage und machte mir angst. Ich verbarg also meine Freude aus Angst, er könnte etwas Ungeheuerliches sagen. Gierig habe ich mein Eis gegessen. Ich war bereits sehr bulimisch. Mein Vetter sagte zu mir: laß mich mal dran lecken. Ich weigerte mich strikt. Verärgert sagte er: Botty! Totty! Boffy! Eisschlekker und Makkaronifresser. Ich gab ihm eine Ohrfeige. Er gab mir zwei zurück. Dabei war ich zwei oder drei Jahre älter als er. Das Eis fiel auf den Boden. Dann entfernte ich wütend das Wort FRANSSE und schrieb stattdessen: FRANCE. Mein Vetter prustete los und sagte: ich wußte doch daß du bestochen bist, warum sonst hättest du den Namen Frankreichs richtig geschrieben... Er verblüffte mich so sehr, daß ich ihn bat, Frieden zu schließen. Er willigte ein. In meiner Euphorie spendierte ich ihm ein Eis und leistete mir zwei. Er traute sich nicht etwas zu sagen. Vielmehr las ich eine Art Zärtlichkeit in seinen Augen, die mich mit meinen zwei Portionen Eis ansahen. Um mir mehr Haltung zu geben, sagte ich zu ihm: **Wo ist denn der Ausweg?** *Wackere Krieger. Tapfere Soldaten. Das Meer ist hinter euch und das Meer vor euch...* Chems-Eddin verstand die Anspielung auf die berühmte

Philippika nicht, die Tarik ibn Ziad hielt, bevor er zum Sturm auf die westgotischen Heere blies. Er sagte: schnell schreiben wir andere Slogans bevor es dunkel wird und danach gehen wir noch ein Eis essen. Ich sagte: nein nein! nur nicht übertreiben! ich habe schließlich meine Diät! Er brach in Lachen aus. Ich war zutiefst gekränkt, tat jedoch, als merkte ich rein gar nichts. Es war also die Zeit der Entdeckung des Krieges, das Debakel der Drüsen, die Kristallisierung der Komplexe. Von der väterlichen Zärtlichkeit ausgeschlossen, sollte ich nun von der Komplizenschaft meiner Kindheitskameraden ausgeschlossen werden; während der ganzen sogenannten bulimischen (abulischen) Epoche war Chems-Eddin - und natürlich Kamil - mein einziger bedingungsloser und absoluter Verbündeter, trotz einigen Zusammenstößen und Meinungsverschiedenheiten hinsichtlich der französischen Orthographie mit dem einen und der lateinischen Etymologie mit dem anderen. Er tat alles, damit ich von meinen Spielkameraden nicht geächtet würde. Seit dem Tag, an dem der unterwürfige blinde Meister mich grausam bestraft hatte, setzte mein Vetter nie wieder einen Fuß in die Koranschule und drohte, den armseligen Greis zu ermorden; was er bestimmt getan hätte, hätte ich es ihm nicht energisch ausgeredet. Ich hatte ihn immer um seinen Mut und seine Willensstärke beneidet. Der alte Koranlehrer sagte mir jeden Sommermorgen: schreib! Unter seinem Diktat schrieb ich eine Menge manchmal zorniger, manchmal apokalyptischer, manchmal erotischer und manchmal schlechterdings obszöner Koranverse. Eines Morgens sagte er schreib: *Und sie werden dich über die Menstruation befragen. Sprich: "Das ist eine Verunreinigung..."* Ich weigerte mich kategorisch zu schreiben. Er ließ mir die Knöchel mit Hilfe eines an einem Stock befestigten Seils fesseln. Die beiden Rasenden, die ihm mit sadistischem und fieberhaftem Eifer halfen, hatten zu fest zugezogen. Er peitschte mir brutal die Fußsohlen. Ich sagte zu mir selbst: immerhin bin ich nicht weniger mutig als mein verrückter Vetter! Ich hielt stand. Dann ging ich auf meinen

Wunden nach Hause. Zwar hatte ich damals den beanstandeten Vers nicht ganz verstanden, aber ich ahnte dunkel, daß er alle Frauen der Welt herabwürdigte; einschließlich meiner eigenen Mutter. Sie aber solidarisierte sich mit dem Koranlehrer und ohrfeigte mich. Ich schob diese Reaktion auf die Überraschung und den Verdruß. Sie befand sich nämlich im hinteren Teil des Gartens, im Begriff, ihre intime Wäsche aufzuhängen, bei dem alten Olivenbaum, der unfruchtbar und krank geworden war seit dem Tod meines Großvaters, der ihn zu Lebzeiten mit allem versorgte, was er brauchte. Ich hatte bemerkt, daß ihre Achselhöhlen, ganz kurz entblößt, erstaunlich kahl waren, glatt, schimmernd wie das Glanzpapier der Luxuszeitschriften. Ich war von der Haltung meiner Mutter enttäuscht. Ich stieg sofort auf die Terrasse, um mich abzureagieren, indem ich rachsüchtige und unversöhnliche nationalistische Slogans schrieb. Einige Monate später brachte ein Schiff die sterbliche Hülle meines älteren Bruders. Ich weigerte mich, den Hafen von Bône zu verlassen, aus dem man uns vertrieben hatte, weil das Paketboot zwei oder drei Tage Verspätung hatte. Man sagte uns, es habe in Höhe der Küste von Malta eine Panne gehabt. Ich war damals erschöpft von meiner Diät und meiner spektakulären Fettleibigkeit. Ich wollte nicht, daß die französischen Soldaten sich über mich lustig machen, aber meine Drüsen wollten nichts davon hören und spielten weiter verrückt wegen nichts Besonderem, denn - letztlich - war der Krieg zur Gewohnheit geworden.

"Die meisten muslimischen Quellen berichten kaum etwas über die Situation von Tarik ibn Ziad nach seiner Rückkehr nach Damaskus, wohin er, wie übrigens auch Musa ibn Nusair, vom omaijadischen Kalifen Sulayman ibn Abdalmalik zurückgerufen worden war. Dagegen lieferten sie eine Fülle von Einzelheiten bezüglich seiner hypothetischen Beibehaltung als Gouverneur von Andalusien durch denselben Kalifen. Aber diese Ernennung wurde nie vollzogen, weil der König letzten Endes Mugith ar-Rumi, dem Eroberer von Córdoba, den Vorzug vor Tarik ibn Ziad gab, der in Andalusien und bei der mit den muslimischen Eroberungen beauftragten Armee zu populär war. Der Kalif hatte Angst, ihn auf diesen sowohl strategischen wie neuralgischen Posten zu berufen. Mugith, ein dem Befehl Tariks unterstellter Offizier, wurde also zum Gouverneur von Andalusien ernannt. Was den Numidier sehr schmerzte, weil der neue Gouverneur sein Erzfeind war. Aber Tariks Los war beneidenswert im Vergleich zu dem von Musa ibn Nusair, der nach seiner Rückkehr aus dem Maghreb nach Damaskus von dem omaijadischen Kalifen gedemütigt wurde, denn dieser verurteilte ihn dazu, eine übertriebene, unverhältnismäßig hohe Geldbuße zu zahlen, unter dem Vorwand, er habe einen Teil der in Spanien angehäuften Beute für sich behalten. Da er diese Summe nicht besaß, brachte er den Rest seines Lebens damit zu, bei seinen Soldaten Gold zu erbetteln, um seine Schulden, die auf mehrere Jahre verteilt worden waren, abtragen zu können. Musa ibn Nusair starb schließlich im Jahre 716 in furchtbarem Elend und unerträglichem Vergessen. Dieselben muslimischen Quellen berichten zwar nichts über Tariks weiteres Schicksal, aber man ist allgemein der Ansicht, daß er in gewissem Wohlstand starb. Doch niemand weiß, wann und wo er verschied. Dasselbe gilt für Julian, den westgotischen Fürsten, der Tariks Verbündeter und Komplize gewesen war und ohne den die Eroberung Andalusiens durch die Muslime wahrscheinlich nicht geglückt wäre. Da er es war, der ihm seine Schiffe geliehen hatte, die es ihm ermöglichten, das Meer zwischen Tanger und dem Felsen der Meerenge zu überqueren, der heute Gibraltar heißt. Die muslimischen Quellen wissen also nichts über Julians Persönlichkeit, obzwar er der Mann gewesen war, der mit Tarik ibn Ziad ein Bündnisabkommen unterzeichnet hatte, das uns in folgendem Wortlaut überliefert ist: *(Im Namen Gottes des Allbarmherzigen. Zwischen Tarik ibn Ziad dem Zanata und Julian dem Westgoten wurde folgendes vereinbart: Tarik ist willens, dieses Friedensabkommen zu unterzeichnen, und verpflichtet sich im Namen Gottes, sein Fürstentum nicht umzu-*

stürzen noch einen Christen zu enteignen, der besagtes Abkommen respektiert. Er verpflichtet sich des weiteren, keine Kinder und keine Frauen zu töten oder gefangenzunehmen; niemanden an der Ausübung seiner Religion zu hindern, keine Kirchen zu verbrennen, in denen der Gottesdienst normal abgehalten wird. Dies unter der Voraussetzung, daß es ihm genüge, seine Machtbefugnis einzig auf sieben Städte auszudehnen; daß er keinen unserer Feinde beherberge; unsere Sicherheit nicht gefährde und uns keine Information vorenthalte, in deren Besitz er wäre. Desgleichen soll er uns für jeden Kopf der Seinen einen symbolischen Dinar pro Jahr zahlen sowie vier Scheffel Weizen, vier Scheffel Gerste, vier Fässer Fett, vier Fässer Essig, zwei Fässer Honig und zwei Fässer Öl. Die Hälfte davon wird er für jeden Sklaven zahlen. Abgefaßt am 4. Radschab 92 der Hedschra in Anwesenheit der folgenden Zeugen...usw.)" Wir waren also wie vor den Kopf gestoßen von dem, was uns der Geschichtslehrer über das Schicksal von Tarik, Musa und Julian berichtete. Genauso, wie wir schockiert gewesen waren an dem Tag, an dem er Zweifel am Ursprung der berühmten Ansprache von Tarik und am Mythos der Schiffe geäußert hatte, die er verbrannt haben soll, um seine Soldaten daran zu hindern, nach Tanger zurückzukehren, da ihm nie welche zur Verfügung gestanden hatten. Wir distanzierten uns von dem Lehrer. Kamil sagte: Trotz allem hat er sich hereinlegen lassen unser braver naiver Berber **thakhnek ya Bni Nir Ghass werthilidh dargaz!** Wir beschlossen, den FLN von dieser Sache zu informieren, damit er Herrn Aschur zum Tod verurteile. Aber niemand traute sich, den denunzierenden Brief abzufassen; da wir genau wußten, daß unser Lehrer ein Nationalist der ersten Stunde war, hart und rein; der gegenüber der Kolonisation und ihren Handlangern stets unbeugsam gewesen ist. Ein erregter Schüler schrieb an die Mauer NIEDER MIT HERRN ASCHUR! Ein anderer erwiderte ihm ES LEBE DER GESCHICHTSLEHRER! Zwietracht war in unsere Klasse eingezogen. Die Empfindlichkeiten spitzten sich zu. Die Antagonismen und Widersprüche ebenso! Es war die

Zeit, da man mich bei meinem Vater denunziert hatte, weil ich hinter seinem Rücken Fußball spielte und Mitglied der ersten Mannschaft des MOC war. Mein Vater sagte: du hältst mich für einen Idioten du glaubst ich bin nicht im Bilde gib es zu. Ich habe gesagt: nein das ist nicht wahr... nie im Leben habe ich einen Ball angerührt. Er schlug mich brutal mit seinem kamerunischen Stock aus Ebenholz (oder Adobe?). Ich sagte zu mir selbst: soll er doch schlagen immerhin bin ich nicht weniger mutig als Chems-Eddin! schließlich ist das Schicksal der großen Männer immer tragisch man braucht sich bloß anzusehen wie das Leben von Tarik und Musa geendet hat, diesen großen Eroberern Europas...

Gelb. Dann gelblich. Dann wieder gelb. Rot. Dann rötlich. Dann wieder rot. Der Kran der Marke POTAIN schwingt sich in die Lüfte wie ein gigantischer beweglicher-unbeweglicher Pfeil; der von Zenon aus Elea (zwischen Mathestunde und Philostunde); sanft und weich auf den Balken des Himmels prallend. Oder - vielmehr - die gebläute Watte des unermeßlichen Azurs durchpflügend, gleich einem schlanken furchtlosen Schiff, zwischen Raubvogel und chimärischem Wolkenkratzer. Ich hob den Kopf zum Fenster. Ich sah einen grünen Streifen sich im Gelb des Raums ausbreiten, der zwischen mir und der leicht gewölbten, ein wenig abgeflachten Sonne lag. In diesem Augenblick sah ich einen orangefarbenen Kran neben dem gelben Kran vorbeigleiten (ihn streifen), so daß ich an einen unvermeidlichen Zusammenstoß dachte; wobei er (der rote Kran) auf den beiden beweglichen Seiten das Wort BOUYGUES trug. Der rote Kran hatte nichts am Ende seines Arms (Flügels) oder, genauer, jener Art Schnabel, der an seinem äußersten Ende in Form eines Ringes herabhängt, den man im Raum schaukeln sieht, auf lächerliche und zugleich aggressive Weise. Der rote Kran glitt, sogleich, ganz dicht am Fenster meines Sprechzimmers vorbei und zeichnete einen Schatten auf das Isolierglas, das die Rolle einer zerbrechlichen, brüchigen und durchsichtigen Scheidewand spielte.

Gleichsam eines Filters, der gewissermaßen alle audiovisuellen Rückstände zurückhält und jede Störung verhindert, die die ideale Beziehung zwischen dem Rund der Sonne und dem Öffnungswinkel des Auges beeinträchtigen könnte, eines Auges, das ständig allen möglichen Hypothesen bezüglich der Qualität der Atmosphäre auflauert, die gekennzeichnet ist durch ihre Instabilität, ihre unverhofften Veränderungen und ihre unmerklichen Variationen und - gleichzeitig - durch ihre Fähigkeit, sich unermüdlich zu wiederholen. Kleine schwarze Punkte häufen sich jedesmal auf meinem Gesicht, wenn eine leichte Wolke im Rahmen des Fensters vorüberzieht. Gefühl, als striche man mit einem feuchten Samtlappen über meine vom scharfen (stechenden?) Licht und seinem Gewimmel entzündeten Lider. Dann wird mir klar, daß einer der gelben Kräne (POTAIN) seine Geschwindigkeit erhöht und dabei ständig dieselbe Bewegung wiederholt, die ihm das Aussehen eines gleichsam angeschlagenen, ein wenig lädierten und gleich zerberstenden Automaten verleiht. Ich bemerkte, daß er - der Kran - den Raum überfallen hatte und vor mir erschien, durch die Glasscheibe hindurch. Gelb. Gelblich. Dann wieder gelb. Ich sagte mir, daß die Gesamtzahl der Kräne stetig zugenommen hatte. Natürlich wegen der Ankunft neuer roter Kräne oder fast roter (orangefarbener?), wegen der vielen Elemente, die auf einer Baustelle die Farben verfälschen können, wie der Staub, der Schmutz und eine Menge anderer Stoffe, die die Geräte in einer solchen Situation im allgemeinen bedecken. An Regentagen war es mir indes unmöglich, genau zu sagen, welche Farbe dieser oder jener Kran hatte. Die roten tragen auf den Seiten den Namen ihres Herstellers: BOUYGUES, in dunkelblauen Buchstaben. An den vorangegangenen Tagen hatte ich der Montage dieser neuen Geräte zugesehen. Rot also. Rötlich, wenn sie vor der Sonne vorbeiglitten. Dann wieder rot. Und manchmal orange. Mehr konnte ich von der riesigen Baustelle nicht sehen, da die Arbeiten sich erst im Stadium der Fundamente befanden, während ich mich im zehnten Stock des Gebäudes aufhielt, in der Poliklinik, wo ich als Chefarzt arbeitete. Oft hatte ich das Gefühl, daß die Kräne aus der Tiefe eines Brunnens zu mir emporstiegen. Aber in Wirklichkeit war das ein falscher Eindruck, da sie - vielmehr - weit über den fünfzehnten und letzten Stock meines Gebäudes hinausragten. Zu bestimmten Tageszeiten hatte meine in bezug auf die Sonne unveränderte Position zur Folge, daß der Schatten der Kräne sich riefelte und bis zu meinem Schreibtisch vordrang, dessen Fläche sich mit parallelen Schraffuren füllte, ebenso ein Teil meiner Arme und Hände. Diese Situation frustrierte mich ein wenig, weil ich, obwohl ich weder von der Baustelle noch vom Fortgang der Arbeiten etwas sah, dennoch fortwährend von dem unaufhörlichen Hin und Her der gelben und der roten Geräte angegriffen wurde. Diese Frustration gab mir das Gefühl, daß mein Sprechzimmer am Rand eines riesigen, unmöglich aufzufüllenden Lochs lag. Was mich - sehr selten - schwindlig machte und ein wenig ängstigte. Freilich hatte ich - auch - das Gefühl, daß die sich ständig bewegenden Kräne mir durch ihre Anwesenheit Sicherheit gaben, zumal ich mich an sie gewöhnt hatte. Sie erfüllten ästhetisch den milchigen Raum, der sich mir gegenüber im Fenster abzeichnete, gleich jenen Matisseschen Ausschnitten wunderlicher blauer Vögel im Strom einer sowohl aquatischen wie nebelhaften Welt. Matissesche Vögel also, blau, abgebremst, gigantisch, somnambul, vorsichtig, gebogen, aber beunruhigend; so daß ich bei Einbruch der Dunkelheit gewahr wurde, daß die beweglichen oder unbeweglichen Geräte Panik unter den Reihen der in ihre Nester zurückgekehrten Vögel auslösten, die deshalb nun ein wenig affektiert, gleichsam manieriert, gleichsam künstlich wirkten. Während die Kräne - im Vergleich - lebendige, lebhafte, frenetische und reale Dimensionen annahmen. Was in mir den Eindruck erweckte, als wären die Kräne weit lebendiger als die Vögel und leichter zugänglich und berührbar; das heißt in meiner Reichweite, so daß ich, ohne mich von meinem hinter dem Schreibtisch stehenden Sessel zu

erheben, nur die Hände auszustrecken bräuchte, um sie mit verwirrender Leichtigkeit berühren zu können.
Ich sah also in jenem den Miniaturen von Wasiti gewidmeten Buch Kriegsszenen, die die Eroberung Spaniens durch Tarik ibn Ziad betrafen, alle im 13. Jahrhundert gemalt, das heißt fünf Jahrhunderte nach der Einnahme von Gibraltar. Eine der Miniaturen, die besonders spektakulär war, hatte mich schon immer fasziniert. Die Leinwand schwamm in Farben, die alle vom Rot abgeleitet waren. Es herrschte darauf ein unmöglich genau zu erkennendes Klima der Dunkelheit. Es gab mehrere rote Flecke, die von Scharlach bis Dunkelbraun reichten. Der Himmel über den Kriegern war an manchen Stellen schiefergrau, an anderen kupferfarben. Die Flammen verschlangen alles, was auf der Leinwand enthalten war, samt dem Himmel selbst und sogar den rötlichen Horizont. Der orangefarbene Widerschein der Feuersbrünste ließ die Flanken der muskelstrotzenden und vor Schweiß, Wasser und Blut glänzenden Pferde schimmern. Sie alle waren in einem Zustand wilder Erregung, die Nüstern vorgestreckt, sich aufbäumend, sich auf die Hinterbeine stellend, Schaum vor dem Maul, mit erschrockenen, entsetzten und verstörten Gesichtern. Horden von Frauen mit blutbespritzten Kleidern und Wangen versuchten in ungeordneter und anarchischer Bewegung zu fliehen, mit hervorquellenden Augen, ekstatischen Gesichtern, taumelnden Leibern usw. Einige zerrten gleichsam widerspenstige, gleichsam störrische und ungehorsame Kinder mit verrenkten Gliedern hinter sich her; oder trugen Babys mit aufgeplatztem Schädel und herausquellendem Gehirn. Alle diese Schrecken des Krieges versetzten mich in einen Zustand tiefer Katalepsie. Mein Vater überrraschte mich oft in dieses Buch vertieft, das mich abstieß und zugleich faszinierte. Er riß es mir (das Buch) aus den Händen und ohrfeigte mich, wobei er brüllte: du bist nichts weiter als ein Faulpelz ein Taugenichts der seine Zeit damit vertrödelt Bilder anzuschauen statt seine Schulaufgaben zu machen wo ist denn das Buch mit den Überset-

zungsübungen und wo ist der Text von Ibn Khaldun hast du die Rede von Tarik ibn Ziad an die muslimischen Truppen fertig übersetzt und wie steht es mit der Mathematik? wie weit bist du mit der Gleichung von gestern? hast du sie gelöst das heißt brauchbar gelöst? ($x^3 + 3x^2 - 3x - 1 = 0$) bestimmt hast du die Lösung von Kamil abgeschrieben! nicht wahr? gibs zu gibs zu! du bist ein Faulpelz eine Null eine Niete ein Versager übersetze endlich übersetze doch endlich! Ich begann zu übersetzen, damit er sich ein wenig beruhige. Er ermüdete mich mit seiner überschäumenden Energie und seinem leidenschaftlichen Verhältnis zur Welt. Ich warf einen Blick zum Wörterbuch. Sofort legte er die Hand darauf, sagend, ich habe dir bereits gesagt daß ich nicht will daß du das Wörterbuch benutzt... das taugt nur für Idioten und Schwachköpfe ein Wörterbuch ist schiere Bauernfängerei... das Übersetzen ist eine Sache der Intuition der Sensibilität! entweder man hat welche im Kopf oder man hat keine Wörterbücher ändern fast gar nichts daran... und die Mathe? Er sprang von einem Thema zum andern wie ein Irrer. Ich war wirklich erschöpft von soviel Ungestüm, Hektik und Kreischerei. Ich begann, die Gleichung zu lösen, im Kopf natürlich, sonst hätte er mir den Rücken zerschlagen mit seinem furchtbaren Stock aus Adobenholz, den er aus Kamerun mitgebracht hatte. Ich sagte: $x^3 + 3x^2 - 3 - 1 = 0$. Wir können sie folgendermaßen reduzieren: $(1)^3 + 3\ (1)^2 - 3 - 1 = 0$. Jäh unterbrach er mich ja ja genau so... also $P\ (x) = (x-1)\ (x^2 + 4x + 1)$... in Ordnung du hast den Dreh verstanden... gut so... nun zu etwas anderem... Ich war müde von dieser Unbeständigkeit und dieser ewigen Nervosität. Tatsächlich konnte er sich nie länger als fünf Minuten konzentrieren. Von neuem sagte er: ein Kinderspiel diese Gleichung, nichts Schreckliches... ich habe schon Schlimmeres gesehen! Ich sah nun, daß er versuchte, mir zu schmeicheln, meine Gunst zu gewinnen. Doch ich zog es vor, es zu ignorieren und so zu tun, als bemerkte ich diese plötzliche Veränderung in Ton und Verhalten nicht. Dann, mit einemmal und völlig unvermittelt, stellte er mir eine Falle: weißt du wer *Die Sprache der Araber* fabriziert hat? Ich antwortete: Mohammed ibn Mokra ibn Ali ibn Ahmad al-Amadi al-Ifriki al-Masri Dschamel Eddin Abu 'l-Fadal ibn Manzur gebürtig aus Ruaka bei Alexandria in Ägypten geboren im Jahre 630 der Hedschra angeblich Schüler von Ibn al-Mukair von Morkad ibn Hatem von Abdurraham ibn Tufail von Jusif ibn al-Mukhail und anderen Kapazitäten... Er unterbrach mich, sagend: gut das genügt... Ich sprach weiter, um ihn zu provozieren, damit von neuem Krieg zwischen uns herrsche. Der Krieg war mir lieber als dieser latente, larvierte und unverständliche Zustand, den er mir zuweilen aufzwang, eine Art verschämte und folglich grundlegend aggressive Freundlichkeit, der ich überaus mißtraute, weil sie oft umschlug, eine mißliche Wendung nahm, sich gegen mich kehrte. Ich sprach also weiter: er hinterließ uns mehr als 500 handgeschriebene Manuskripte sowie *Die Sprache der Araber* die aufgrund ihrer Originalität ihrer Strenge und ihres Reichtums zum besten arabischen Wörterbuch aller Zeiten wurde er leitete das Amt für Übersetzungen und bekleidete den ehrenvollen Posten des Kadis von Tripolis und... Er unterbrach mich ein zweites Mal, sagend: halt den Mund! willst du mich provozieren? Übersetze ohne Wörterbuch sonst schlage ich dir den Schädel ein. Ich wagte nicht, ihm ein zweites Mal zu trotzen, aus Feigheit. Ich mochte noch so sehr an Chems-Eddin denken, vergebens. Ich hatte trotzdem große Angst, zumal mich der Geruch nach sauer gewordenem Obst, der fortwährend das Büro meines Vaters verpestete, ständig an jenen Geruch des Todes erinnerte, der mich immer überall verfolgt hat: an ihren, meiner Mutter, Tod; die Tode der Kriege der arabischen Eroberung; auch die Tode dieses Krieges, den ich hier in Constantine erlebte. Alle diese Gerüche vermischten sich und erzeugten einen einzigen Verwesungsgeruch, an der Grenze der Abstraktion, als wäre er ein Rückstand und gleichzeitig der Inbegriff des Todes. Ich begann also zu übersetzen, weil ich angesichts seiner Drohungen und seines Terrors keine andere Wahl hatte: (وأجاز طارق بن زياد البحر سنة 92) (Tarik ibn Ziad stach im Jahre 92 in See), während er fortfuhr, mich zu piesacken, zu nörgeln, zu schimpfen, mich zu schmähen, usw. Sagend: die wörtliche Übersetzung ist nicht irgendwas... gib auf die Idiotismen acht sowas will ich nicht ich weiß daß dich diese Eroberungen diese Kriege und diese Geschichte absolut nicht interessieren... ich weiß daß du mit diesem Bilderstürmer von Geschichtslehrer unter einer Decke steckst... ich weiß auch daß du und deine Freunde diese arabischen Eroberungen erfolgreiche Imperialismen nennt! ich weiß es!... aber kannst du mir sagen du Idiot warum manche Erfolg haben und andere scheitern?... Ich wollte ihm antworten, daß die Eroberung Spaniens jedenfalls kein Erfolg war! Achthundert Jahre dableiben und dann abziehen, schlau wie zuvor! Aber ich sagte nichts. Er wäre imstande gewesen, mich auf der Stelle umzubringen! Zwar ging ich bei ihm manchmal Risiken ein, aber kalkulierte! Immer kalkulierte! Denn bei ihm hatte ich es mit einem Irren zu tun, schlimmer! mit einem Fanatiker plus einem Nostalgiker plus einem Rührseligen plus einem Impulsiven plus einem... uff! Er fuhr fort, seinen Verfolgungswahn auszubreiten, wie um seine eigene Angst, seine eigenen Zweifel, seine eigenen Gewissensbisse zu bannen. Also sagend: ihr seid alle Ketzer und Ungläubige du und dein Lehrer dein Freund Kamil dein Vetter Chems-Eddin... ich weiß daß Tarik ibn Ziad für euch bloß ein dreckiger Kolonialist ist der mit seinem Coup Erfolg hatte während General Bugeaud ein dreckiger Kolonialist ist der seinen Coup vermasselt hat nicht wahr? Ich überließ ihm die Verantwortung für das, was er da äußerte. Ich ließ ihn reden, in seiner krankhaften Geschwätzigkeit und seiner Einsamkeit schmoren. Er fuhr fort: du bist nichts weiter als ein Ignorant ein Dummkopf Gott wird dich strafen für deine Ketzerei... für dich sind die Franzosen die uns heute abschlachten dasselbe wie die Araber von gestern die uns von diesen westgotischen Horden befreit haben! ist dir klar du bist verrückt... und dein Kamil der nichts anderes kann als hinter französischen Röcken herzulaufen! auf das Wesentliche pfeifst du also... Plötzlich hielt er inne. Ließ die Arme sinken. Ich hatte ihn also untergekriegt! Kamil sagte, als ich aus dem Büro kam: sag mal ich warte schon seit Stunden auf dich... ich habe nämlich ein Rendezvous! Er fiel mir auf die Nerven. Also sagte ich: habe ich dich gebeten auf mich zu warten... ich weiß und die ganze Stadt weiß daß du ein Rendezvous mit Jacqueline hast der Frau von Hauptmann Lecoq... sie wird sich - natürlich - in deinem Schoß über das Los ihres armen Ehemanns ausweinen nicht wahr? den die Viets in einem Konzentrationslager gefangenhalten wie sie sagt die Schlampe... und du wagst es nicht mal ihr zu sagen daß der Sinn der Geschichte nicht zwangsläufig über die Furche ihres Hinterns läuft... weil du sie ficken willst... deine Liebesaffären sind Kinkerlitzchen... habe ich dich gebeten auf mich zu warten? du kennst doch meinen Vater oder? wenn er seine alten Obsessionen auskramt kann das ein oder zwei Jahrhunderte dauern... bei ihm darf man es nicht eilig haben... los lauf zu Jacqueline... für mich ist es Verrat was du da treibst... aber von mir aus! Und er, um sich freizusprechen, die Atmosphäre zu entspannen, mich zum Lachen zu bringen, zu sagen, daß er mich liebe, daß ich im Grunde recht hätte, daß man nicht ungestraft mit der Frau eines französischen Offiziers schlafe, der Vietnamesen umgelegt hat, usw. Er sagte also: schau dir diese Krawatte an! was hältst du davon Bürschchen? Ich brach in Lachen aus. Wieder hatte er mich eingewickelt. Er nutzte die Gelegenheit, seinen Vorteil auszubauen. Sagend: und was ist mit der erlauchten Gemahlin des Generalgouverneurs auf die hast du nicht gespuckt als ich dir sagte daß ich sie gevögelt habe als sie nach Constantine gekommen ist um das neue Mädchengymnasium einzuweihen! Ich sagte: nein das ist nicht dasselbe wie die Geschichte mit Jacqueline im ersten Fall handelt es sich um eine patriotische Heldentat im zweiten Fall um Kollaboration mit einer brünstigen Feindin... zwischen beidem liegt der Sinn der Geschichte ob du willst oder nicht das bleibt sich gleich.

Und da sagte er: also jetzt ärgerst du dich schon wieder... schau dir meine neue Kraw...
Ich mochte Onkel Hocin nicht, den Spezialisten für grobe Lügen und Denunziationen unter freiem Himmel. Er machte nicht einmal einen Hehl daraus. Mein Vater, der sein Nichtstun finanzierte, tat, als wüßte er nichts von den Machenschaften seines jüngeren Bruders, über die die ganze Stadt Bescheid wußte. Aber auch die Résistance hatte beschlossen, die Augen zuzudrücken, um meinen Vater nicht in Verlegenheit zu bringen; zumal Onkel Hocin in Wirklichkeit nur eine einzige Person denunzierte; nämlich seinen Sohn Chems-Eddin, der sein Engagement nie verheimlicht hatte. Onkel Hocin kam mich jetzt öfter besuchen, mit heimtückischer und zugleich honigsüßer Miene. Immer wiederholte er denselben Refrain: euer unglücklicher Vater hat nie Glück gehabt weder mit den Frauen noch mit den Geschäften... er der er so reich war! und wenn man bedenkt daß er heute gerade soviel hat um nicht Hungers zu sterben... auch mit den Frauen hatte er kein Glück! ich dagegen kann über mein Los nicht klagen Nana ist eine wunderbare Frau die mich überglücklich macht. Er hatte sie Nana genannt, nachdem er einen drittklassigen ägyptischen oder hinduistischen Film gesehen hatte, der so hieß. Ich aber hatte weder seine Komplizenschaft mit der französischen Armee noch den wirklichen Vornamen (Warda) seiner liederlichen Gattin vergessen. Besonders nicht den Tag, an dem sie - die Armee - ins Haus kam, um meinen Vater zu verhaften. Meine Mutter hatte ein Wort erfunden, um - im nachhinein - die Angst auszudrücken, die sie ausgestanden hatte. *Schisseritis*. Sie wollte uns zum Lachen bringen. Die Soldaten drangen also in das Haus ein und durchsuchten alles. Sie stiegen auf die Terrasse und entdeckten unsere patriotischen Slogans WFLN! ABAT LA FRANSSE! samt ihren orthographischen Fehlern. Zwar hatte ich Angst, aber noch mehr schämte ich mich, als ich die Soldaten über unsere Fehler lachen sah. Oder vielmehr die meines Vetters. Ich wollte mich nicht immer darauf versteifen,

seine Wörter in Ordnung zu bringen, weil ich in Wirklichkeit panische Angst davor hatte; denn ich wußte, daß er zu allem fähig war, sobald er sich davon überzeugt hatte. Onkel Hocin wäre fast in Ohnmacht gefallen. Er hatte sich vor dem Hauptmann in Entschuldigungen überboten. Es ist Ihr gutes Recht, Herr Hauptmann! Mit seinem Schädel eines Zurückgebliebenen, seiner Visage eines karikaturesken Vaudeville-Verräters und seinem erbärmlichen Französisch; mir wurde speiübel. Sein Sohn war eher tollwütig. Die anderen Mitglieder der vielköpfigen Familie waren wie durch Zauberei verschwunden. Meine Mutter hatte den Mut, auf die Terrasse zu steigen und den Soldaten entgegenzutreten. Sie sagte auf arabisch, einfach so, um Onkel Hocin zu trotzen: na und wenn sie uns den Kopf abschlagen wollen worauf warten sie dann! Er wurde noch feiger und unterwürfiger. Da schleuderte sie ihm ins Gesicht: so schweig doch wenigstens... es ist Krieg! Chems-Eddin, gleichsam angespornt von der Kühnheit meiner Mutter, bespuckte plötzlich den französischen Offizier. Dieser ohrfeigte ihn und zog gleichzeitig seine Waffe. Sagend: wenn du kein Gör wärst hätte ich dir dein Hirn herausgepustet. Die Soldaten zwangen uns, die Slogans abzuwaschen und zu tilgen. W ALGÉRIE INDEPANDANT! WOMC! Onkel Hocin schlotterte vor Angst. Am nächsten Tag ging er zur französischen Kommandantur, um das Protokoll der Haussuchung und andere Papiere zu unterschreiben, die zu unterschreiben ihn keiner gebeten hatte; so eifrig war er bei der Sache. Einige Tage später ersetzten wir die getilgten Slogans durch noch grimmigere und bösartigere, diesmal mit roter Kreide. Aber jetzt wollte ich nicht, daß Chems-Eddin Fehler machte. Er schrieb ABAT LA FRANSSE. Ich sagte bist du ein Esel oder was? hast du nicht gesehen wie sich die Landser über unsere Fehler mokiert haben. Er sagte zu mir: sollen sie doch ihre Sprache vereinfachen diese Scheißfranzosen! und warum willst du daß ich den Namen ihres Landes richtig schreibe? bei allem was sie uns antun! Ich sagte: du hast ja recht Vetter! du hast immer recht! ich spendiere dir ein großes Eis... was für einen Geschmack willst du? Er sagte, sehr geschmeichelt: Schokolade und Erdbeer. Ich sagte: einverstanden morgen zahle ich dir ein riesiges. Aber schon traute ich mich nicht mehr, das Wort ABAT zu erwähnen, das er falsch geschrieben hatte. Tante Fatma, die über hundert war, sagte beim Anblick der neuen in Rot geschriebenen Slogans: diesmal ist es die Guillotine! zuerst werden sie euch die Eier abschneiden und dann den Kopf ich wäre gern dabei um eure dreckigen kleinen Fratzen zu sehen! Chems-Eddin feixte und sagte zu ihr bist du's nicht leid zu leben Alte? Am nächsten Tag stieg ich frühmorgens auf die Terrasse und korrigierte unauffällig die Fehler meines Vetters. Deshalb kam ich ein paar Minuten zu spät ins Gymnasium, wo der Lateinlehrer, überaus empfindlich in bezug auf die kleinste Verspätung und unnachgiebig in bezug auf alles, was auch nur entfernt die römische Kultur betraf, unerschütterlich auf mich wartete. Unentwegt wiederholte er uns: "Wenn ihr für eure Ideen sterben müßt, dann sterbt intelligent, nicht dämlich! Mit eurer krassen Unwissenheit wollt ihr Frankreich hinauswerfen... Und außerdem ist der Krieg eine Sache für Erwachsene. Haltet euch abseits!" Natürlich verfehlte er mich nicht, als er mich wie einen Verrückten ins Klassenzimmer stürzen sah, nachdem ich den ganzen Weg vom Haus zum Gymnasium gerannt war: "Warum diese Verspätung! Du bekommst eine harte Strafe! Wie wär's mit dieser Übersetzung: *At Iugurtha dum sustentare suos et prope iam adeptam victoriam retinere cupit, circumventus ab equitibus, dextra sinistraque omnibus accisis solus inter tela hostium erumpit,* und gefälligst nicht wörtlich, wenn ich bitten darf! wenn schon, dann ist es besser, man stirbt schlau und intelligent... übersetze." At Iugurtha dum sustentare: Als aber Jugurtha zu Hilfe eilen wollte... Augenblicklich geriet der Lehrer in Wut. Er schrie nein! nein! das ist eine Farce keine Übersetzung! es sei denn du willst mich provozieren und tust es mit Absicht... ungezogener Bengel! der Krieg der Krieg! nur daran denkt ihr! denunziert mich nur bei eurem FLN davor habe ich keine Angst! ich habe schon viele Kriege erlebt und zwar lange bevor ihr geboren wurdet ihr Rotznasen! Tarik du bekommst eine doppelte Strafe... du ärgerst mich also mit Absicht... Übersetzen ist Intuition. Und ich sagte mir, darauf wartend, daß er sich beruhige, das habe ich irgendwo schon mal gehört!... In der Pause sagte ich dann zu Kamil: wir werden ihn denunzieren müssen diesen Scheißpazifisten der uns mitten im Krieg das Hirn mit seinen Schweinereien verkleistert... und Kamil sagte ruhig: er ist ein hohes Tier beim FLN in unserm Gymnasium... immer entgeht dir das Wesentliche Bürschchen! Das stopft dir ein Loch anus sinus cosinus!

Mein Vater, der gern die Stempel wechselte, die seinen Namen trugen - Zeichen seines geschäftlichen und gesellschaftlichen Ranges und seines Ansehens - besaß sämtliche Rechte über die riesige Familie. Er hatte mich, als ich vier Jahre alt war, dem Meister der Koranschule anvertraut und ihm gesagt, er solle alle Mittel einsetzen, damit ich den Koran lerne, schnell und auf soliden Grundlagen. Das war vor Ausbruch des Krieges. In den ersten Jahren dieser Lehrzeit sorgte ich dafür, daß man mich vergaß. Ich erinnerte mich lediglich an die nuancen- und farbenreichen Morgenröten; draußen. Innen aber war es wie eine Hölle. Zudem war der Greis blind. Seine Unterwürfigkeit machte keinen Eindruck auf mich. Ich wußte, daß er meinem Vater zu Füßen lag. Manchmal hatte mich Kamil bis zur Schwelle der Schule begleitet, dann verdrückte er sich. Am ersten Tag bemerkte ich, daß der große Hof der Moschee, an dessen Ende sich die Schule befand, vor Licht wimmelte, als gösse es jemand mit Eimern aus. Gleich beim erstenmal gab mir der Meister einen aus Schilfrohr geschnittenen Stift, ein kleines bauchiges Tintenfaß aus gelblichem Glas mit lachsrotem Inhalt und sagte: schreib. Ich schrieb alles, was er wollte, um Ruhe zu haben. Schnell lernte ich das arabische Alphabet. Zwei Jahre später konnte ich auch das französische Alphabet. Es diente mir - später - dazu, meine ersten politischen Slogans zu schreiben, ohne allzu viele Fehler zu machen, natürlich mit Hilfe des Wörterbuchs! FLN VAINCRA! WOMC! Der Greis überraschte mich eines Tages, als er sagte, schreib: *Und sie werden dich über die Menstruation befragen. Sprich: "Das ist eine Verunreinigung..."* Ich weigerte mich, ohne genau zu verstehen, worum es ging. Ich wurde streng bestraft. Noch heute habe ich Sehnsucht nach den Flecken der pflanzlichen Tinte auf meinen Fingerkuppen und nach dem Staub gelber Kreide auf meinen 28 Fingergliedern. Ich nahm ein leeres Rezept mit dem Briefkopf der Poliklinik, konnte mich jedoch nicht darauf konzentrieren. Es war über dreißig Jahre her, daß ich diesen traumatischen Angriff in der Koranschule erlebt hatte. Damals hatte ich den Eindruck, daß die Geschichte durch alle Falten und Ritzen meines Kinderkörpers sickerte, der die Mißgeschicke der Fettleibigkeit und ihre psychologischen Komplikationen durchgemacht hatte. Aber in Wirklichkeit verstand ich kaum etwas von dem unentwirrbaren Geflecht der historischen Gegebenheiten. Man hatte mir das Hirn verkleistert mit Arabisch, Französisch, Grammatik, Latein, Griechisch, Englisch, Mathematik, Naturwissenschaft usw. Noch heute weiß ich nicht, wie ich mich trotz allem ziemlich unbeschadet aus jenem schulischen Hinterhalt herauswinden konnte, den die obsessive Leidenschaft meines Vaters für jede Art von Wissen schlechterdings zur Hölle machte. Auch die Kinder meines Alters schonten mich nicht! Totty! Botty! (Bud Abott) Baba! Patata! Foffy! Moffy! Eisschlecker und Makkaronifresser! Voller Mehl bis zur Nase! Voller Fett bis zum Hintern! Noch heute verfolgen sie mich in manchen Alpträumen. Es war eine Kindheit, die in enorm viel Fett gebettet war und tief in den Scheußlichkeiten des Kriegs wurzelte. Mir bleibt davon eine Sehnsucht, vermischt mit einer gewissen Betäubung und, auch, einer gewissen Sinnlichkeit, die - vielleicht - jener schrecklichen Angst zu verdanken ist, in der ich lebte, indes der Krieg verheerende Dimensionen annahm. Wie ein fortwährender Geschmack ständig unterdrückter Tränen. Meine Mutter sagte zu mir: ärgere dich nicht immerhin ist er dein Koranlehrer! du kannst es ihm nicht verübeln... Mein Vater, der mit Stentorstimme die Ansprache Tarik ibn Ziads an die Truppen vor der Einnahme von Gibraltar vorlas *(...Ihr wißt, welche Wunder euch auf dieser Halbinsel erwarten: paradiesisch dralle Frauen, funkelnd von Perlen und den schönsten Diamanten; in prächtigen Gewändern aus golddurchwirktem Musselin... Sie wohnen in den herrschaftlichen Häusern und den Palästen der mit Diademen gekrönten Könige...)*, eines Tages, als er mich dabei ertappte, wie ich Miniaturen betrachtete, Bilder mit rasenden Pferden, blutenden Frauen, entzweigehauenen Soldaten und lodernden Feuersbrünsten. Während Mama angesichts meiner Fragen, meines Ekels und meiner Revolte sagte: mach dir keine Sorgen, wenn du groß bist, wirst du alles verstehen... würde dein Großvater noch leben, dann hätte er dir alles erklärt, er, der ein so glühender Kommunist war! Aber ich merke, daß ich noch immer nicht viel verstanden habe von diesem ganzen Wust und dieser ganzen Melasse, die man - gemeinhin - Geschichte nennt.

Ich nahm also ein unbeschriebenes Rezept mit dem Briefkopf der Poliklinik und schrieb: "**wo ist denn der Ausweg?**"

VOM GLEICHEN AUTOR
IM GLEICHEN VERLAG

BEFRUCHTUNG
aus dem Arabischen
von Issam Beydoun
herausgegeben von Donata Kinzelbach
ISBN 3-927069-12-4 * 95 S. * DM 24.-

DER REGEN
aus dem Französischen
von Eva Moldenhauer
ISBN 3-927069-17-5 * 180 S. * DM 28.-

DIE HARTNÄCKIGE SCHNECKE
aus dem Französischen
von Eva Moldenhauer
ISBN 3-927069-18-3 * 180 S. * DM 28.-

TOPOGRAPHIE
aus dem Französischen
von Thomas Dobberkau
ISBN 3-927069-22-1 * 245 S. * DM 28.-

PRINZIP HASS
aus dem Französischen
von Uwe Bennert u. Thomas Bleicher
ISBN 3-927069-21-3 * 180 S. * DM 28.-

SONNENSTICH
aus dem Französischen
von Eva Moldenhauer
ISBN 3-927069-20-5 * 192 S. * DM 28.-

PALÄSTINA-TAGEBUCH
aus dem Französischen
von Barbara Rösner-Brauch
ISBN 3-927069-03-5 * 196 S. * DM 28.-

TIMIMOUN
aus dem Arabischen
von Hatem Lahmar
ISBN 3-927069-27-2 * 160 S. * DM 28.-
(ERSCHEINT FRÜHJAHR 1995)

VERLAG DONATA KINZELBACH
Stolze-Schrey-Str. 3 * 55124 Mainz
tel. 06131-45662 * fax 06131-41088

LITERATUR AUS DEM MAGHREB
IM VERLAG DONATA KINZELBACH

KATEB YACINE: STERNENVIELECK
ISBN 3-927069-23-X * 192 S. * DM 28.-

MOHAMMED DIB: WÜSTEN
ISBN 3-927069-19-1 * 130 S. * DM 28.-

MOHAMMED DIB: HABEL
ISBN 3-927069-13-2 * 190 S. * DM 28.-

ALBERT MEMMI: DIE FREMDE
ISBN 3-927069-08-6 * 184 S. * DM 28.-

FADHMA AÏTH MANSOUR AMROUCHE: GESCHICHTE MEINES LEBENS
ISBN 3-927069-05-1 * 206 S. * DM 28.-

MALEK HADDAD: UND EWIG SCHWEIGT DER QUAI AUX FLEURS
ISBN 3-927069-09-4 * 150 S. * DM 28.-

JEAN AMROUCHE: LIEDER VON DER VERLORENEN HEIMAT
ISBN 3-927069-06-X * 126 S. * DM 24.-

MOHAMMED KHAÏR-EDDINE: AGADIR
ISBN 3-927069-16-7 * 160 S. * DM 28.-

DRISS CHRAÏBI: SÜNDENBÖCKE
ISBN 3-927069-24-8 * 250 S. * DM 28.-

MYRIAM BEN: SABRINA
ISBN 3-927069-14-0 * 200 S. * DM 28.-

ABDELHAK SERHANE: SONNE DER FINSTERNIS
ISBN 3-927069-26-4 * 200 S. * DM 28.-
(FRÜHJAHR 1995)

TAHAR DJAOUT: DIE SUCHE NACH DEN GEBEINEN
ISBN 3-927069-30-2 * 180 S. * DM 28.-
(FRÜHJAHR 1995)

Katalog gerne auf Anfage!

VERLAG DONATA KINZELBACH
Stolze-Schrey-Str. 3 * 55124 Mainz
tel. 06131-45662 * fax 06131-41088

Die Übersetzung der Zitate von Saint-John Perse stammt von Friedhelm Kemp.